Janette Oke

JUDITH

ZUM LEBEN BERUFEN

Schulte & Gerth

Die amerikanische Originalausgabe erschien im Verlag
Bethany House Publishers, Minneapolis, MN 55438
unter dem Titel „The Calling of Emily Evans“

Aus dem Amerikanischen übersetzt von Beate Peter

Best.-Nr. 815 338
ISBN 3-89347-338-5
1. Auflage 1995
2. Auflage 1996
Umschlaggestaltung: Bethany House/Inez Reichel
Satz: Typostudio Rücker & Schmidt
Druck und Verarbeitung: Ebner Ulm
Printed in Germany

Vorwort

Obwohl Judith Evans eine rein fiktive Gestalt ist, hätte ihre Geschichte sich Zug um Zug so ereignet haben können, wie sie hier erzählt ist. Die „Missionary Church" (etwa: Missionarische Kirche) war eine von mehreren Denominationen, die junge Frauen aussandte, um im kanadischen Westen geistliche Pionierarbeit zu leisten. Es war keine einfache Aufgabe. Manchmal hatten die jungen Missionarinnen nicht einmal Pferde für ihre langen Wegstrecken zur Verfügung. Manche einsame und schwere Stunde verbrachten sie zu Fuß auf unbefestigten Straßen, um mit jeder Familie im Umkreis durch Hausbesuche Kontakt zu halten.

Doch selbst die Schwestern, die mit einem Gespann gesegnet waren, hatten es nicht leicht, denn die Straßen bestanden oft nur aus Pfaden, die sich durch die Landschaft wanden. Und diese waren mitunter durch schwere Regengüsse oder Schneewehen so gut wie unpassierbar.

Auch ihre Unterkünfte waren nicht gerade komfortabel. Aufeinandergestapelte Holzkisten stellten nicht selten einen beträchtlichen Teil der Einrichtung dar. Manche der jungen Frauen waren bei einer Familie untergebracht, doch die meisten wohnten allein.

Ihren Lebensunterhalt bestritten die Schwestern aus der Sonntagskollekte. Viele gutherzige Farmer brachten ihnen von den Erzeugnissen ihrer Äcker, doch in den ersten Jahren auf der Prärie hatten die meisten kaum genug für die eigene Familie. Die jungen Frauen litten nicht weniger unter der Härte des Pionierlebens als ihre Nachbarn.

Bei der Materialsammlung für Judiths Geschichte habe ich Konferenzaufzeichnungen ab 1917 durchgesehen; die Konferenz von 1917 war die zwölfte Jahreskonferenz der „Missionary Church“. Demnach fand die erste Konferenz 1905 statt, im selben Jahr also, als Alberta kanadische Provinz wurde. Über die Arbeit der Schwestern wurde, genau wie über die der männlichen Prediger, Bericht erstattet. In diesen Aufzeichnungen war unter anderem von evangelistischen Versammlungen die Rede, von Gemeindegründung, von den Gottesdiensten, die in den örtlichen Missionskirchen gehalten wurden, von der Arbeit in einem Heim für ledige Mütter und von den Versammlungen, durch die „das Evangelium in die Prärie gebracht wurde“ – dies alles zählte zu den Aufgaben der „Geprüften Dienenden Schwestern“, wie sie später bezeichnet wurden.

In Berichten, die von Frauen für das Konferenzjournal von 1919 geschrieben worden waren, fanden sich Eintragungen über die Grippeepidemie und die Rückkehr der Soldaten aus dem 1. Weltkrieg.

Das Jahrbuch von 1920 erwähnt das Komitee, das zur Festlegung der „Arbeitstracht“ der Schwestern ernannt wurde: „... und daß ihre Kleidung schlicht sei, wie es sich für ihre Arbeit und die Würde ihrer Berufung schickt, wobei das Tragen von halsfernen Oberteilen (gemeint sind Blusen) nicht gestattet ist und der Rock an Länge und Weite reichlich bemessen zu sein hat.“ Zu der Tracht gehörte ebenfalls eine schlichte, dunkle Haube.

Das Komitee bestand übrigens aus drei Frauen.

Bei der Konferenz der Mennonite Brethren in Christ *(Mennonitischen Brüder in Christus),* die 1928 in Allentown (Pennsylvania) stattfand, berichtete Alvin Traub, der Vorsitzende der Ältesten aus dem Bezirk Kanadischer Westen: „Unsere Prediger und Schwestern sind mit ganzem Herzen bei der Sache. Voller Hingabe und Aufopferung gehen sie ihrer Arbeit nach.“

In den frühen Konferenzaufzeichnungen fand ich achtundzwanzig Namen von Schwestern. Auf den ersten Blick mag diese Zahl vielleicht nicht sehr beeindrucken, doch wir dürfen nicht vergessen, daß die „Missionary Church“ zu Anfang ihres

Dienstes nur drei oder vier Kirchengemeinden in der „bedürftigen Prärie“ umfaßte.

Viele dieser Namen kannte ich aus meiner Kindheit: Missionarinnen, Evangelistinnen, Lehrerinnen und Ehefrauen von Pastoren.

Ich persönlich verdanke diesen treuen jungen Frauen sehr viel, denn eine von ihnen, Miss Pearl Reist-Lemont, hat die Arbeit an meinem Heimatort ins Leben gerufen. Meine Heimatkirche, Lemont Memorial, wurde nach ihr benannt. Miss Reist heiratete Nels Lemont, einen Farmer aus der Umgebung, und unterstützte die kleine Gemeinde mit Feuereifer – auch dann noch, als längst ein Pfarrer für die Gemeinde angestellt worden war.

Eine andere Schwester, Beatrice Hedegaard, war die Kindermissionarin in dem Zeltlager, wo ich mich mit zehn Jahren für den Herrn Jesus Christus entschied.

Frau Alma Hallman ist mit ihren weit über neunzig Jahren noch immer in der Lage, sich selbst zu versorgen, unsere Ortsgemeinde zu besuchen und ebenso humorvoll wie interessant über den Werdegang der Kirche während der Jahre ihrer Mitarbeit zu plaudern. Sie zeigte mir ihre „Papiere“ und ihre Anstecknadel und erzählte mir von dem harten Leben und der Hingabe der jungen Frauen, die dem Heiland und der Kirche in den ersten Jahren dieses Jahrhunderts gedient haben.

Gott allein weiß, wieviel dieser Dienst die jungen Missionarinnen gekostet hat. Und er allein kennt auch die Zahl der Menschen, die durch ihren Dienst und dessen Auswirkungen gesegnet wurden. Wir dagegen wissen, daß aus diesen kleinen Missionsstationen im Laufe der Jahre Pfarrer, Missionare und Laienprediger hervorgegangen sind.

Die meisten der „Geprüften Dienenden Schwestern“ haben inzwischen ihren himmlischen Lohn bekommen, doch das Erbe ihres selbstlosen Dienstes bleibt bestehen.

Ausbildung

Judith Evans hob eine schmale Hand und strich sich eine widerspenstige braune Haarsträhne aus der Stirn. Sie reckte sich ein wenig, um das Ziehen in ihrer verkrampften Muskulatur zu lindern, und rieb sich dann den Nacken. Ihr ganzer Körper protestierte gegen die Haltung, in der sie schon seit Stunden, so schien es ihr, dasaß. Sie schob das aufgeschlagene Buch von sich und rutschte ein Stück von dem kleinen Holztisch ab, der ihr als Schreibtisch diente. Sie war hundemüde. Außerdem hatte sie das Lernen satt. Sie hatte es satt, die Nase in Bücher zu stecken. Sie hatte es satt, reihenweise Geschichtsdaten in ihren müden Kopf zu hämmern.

Entschlossen stand sie von dem Holzstuhl mit der kerzengeraden Rückenlehne auf und trat ans Fenster. Mit der linken Hand schob sie die Gardine zur Seite, um das friedliche Bild da draußen zu betrachten. Ohne den Mond, der von oben herablächelte, hätte sie in dem formlosen Schwarz nichts ausmachen können. So aber waren die Umrisse eines anderen Gebäudes klar und deutlich in dem silberfarbenen Licht zu erkennen.

Judith kannte das Bild genau. Unzählige Male seit ihrer Ankunft an der Bibelschule *Gethsemane* in der westkanadischen Stadt Regis hatte sie es vom Fenster aus betrachtet. Die Bibelschule war weder groß noch weithin bekannt. Nur solche, die an ihrem Unterrichtsangebot Interesse hatten, schienen überhaupt von ihrer Existenz zu wissen. Ausgenommen waren natürlich die Ladenbesitzer der Stadt, die in ihr eine willkommene Gelegenheit sahen, ihren Umsatz an Lebensmitteln, Toilettenartikeln und Winterstiefeln zu steigern.

Auf dem kleinen Grundstück der Bibelschule standen nur

vier Gebäude. In dem Hauptgebäude waren die beiden Unterrichtsräume, die Bibliothek und die Büros untergebracht. Das Mädchenwohnheim lag rechts davon und das der Männer links. Hinter dem Hauptgebäude, auf halber Strecke zwischen den beiden Wohnheimen, stand die kleine Kapelle. Judith fand es schade, daß sie diese nicht von ihrem Fenster aus sehen konnte. Die Kapelle war ihr das Liebste an der ganzen Bibelschule.

Sie wandte sich so leise wie möglich von dem dunklen Fenster ab, um die Schläferin in dem Bett dort drüben nicht zu stören.

„Schluß mit dem Pauken!“ murmelte sie leise. „Was ich jetzt nicht weiß, muß ich mir halt entgehen lassen. Ich bringe jedenfalls nichts mehr in meinen Kopf hinein.“

Sie warf einen Blick auf ihre schlafende Zimmergenossin. *Wie schafft sie es nur, immer so gute Arbeiten zu schreiben?* fragte Judith sich seufzend. *Sie hat's nie nötig, dafür zu lernen.*

Judiths neiderfüllte Feststellung entsprach nicht ganz den Tatsachen. Ruth Ramore lernte sehr wohl für ihre Klassenarbeiten. Sie war jedoch nicht darauf angewiesen, wie Judith stundenlang über den Büchern zu brüten. Judith war zwar kein Genie, doch sie war auch keine schlechte Schülerin. Während ihrer Schulzeit waren ihre guten Zensuren stets das Resultat von vielen Stunden fleißigen Lernens gewesen. Hier an der Bibelschule, die sie möglichst erfolgreich absolvieren wollte, hatte sie sehr bald festgestellt, daß Fleiß der einzige Weg zu guten Noten war.

Mitten in die Stille hinein ertönte das unverkennbare Knarren der zweiten Treppenstufe. Judiths Kopf fuhr erschrocken in die Höhe. Sie verschwendete keine Sekunde mit der Überlegung, wer wohl gerade die Treppe heraufstieg und den Flur betrat. Abend für Abend wurde kontrolliert, ob das Licht in den Zimmern gelöscht war, und wieder einmal hatte Judith sich verspätet.

Auf Zehenspitzen hastete sie vom Fenster zum Tisch und löschte schnell das Licht. Sie konnte hören, wie leise eine

Zimmertür nach der anderen geöffnet wurde. Mit einem Satz schlüpfte Judith aus ihren Schuhen und unter die Decke neben die schlafende Ruth.

Ruth regte sich, drehte sich auf die andere Seite und atmete bald tief und ruhig weiter. Judith hielt die Luft an und vergewisserte sich, daß ihr die Decke bis ans Kinn reichte. Dann drehte sie sich mit dem Rücken zur Tür, betete im stillen, daß ihr langer Rock ihr bis auf den letzten Zipfel unter die Decke gefolgt war, schloß die Augen und wartete ab.

Bald wurde ihre Tür geöffnet, und sie konnte förmlich spüren, wie sie in dem Lichtstrahl, der aus dem Flur ins Zimmer huschte, abgezählt und abgehakt wurde. Zwei junge Damen im Bett, die sich ordnungsgemäß für die Nacht zur Ruhe gelegt hatten. Ebenso leise, wie die Tür geöffnet worden war, wurde sie wieder geschlossen. Judith konnte mehr spüren als hören, wie die lautlose Gestalt auf dem Flur zu dem letzten Zimmer auf der linken Seite weiterging.

Erleichtert atmete Judith auf. Für diesmal war sie von einer Zurechtweisung oder dem Strafdienst in der Küche verschont geblieben.

Sie wagte nicht, sich zu rühren, bis sie die Schritte wieder treppab gehen hörte. Endlich war alles still. Judith schlug die Decke zurück, um aus dem Bett zu steigen.

Im Dunkeln tastete sie sich durch das Zimmer und zog sich die Kämme aus den Haaren. Sie schüttelte die langen, lockigen Strähnen und fuhr sich mit den Fingern durchs Haar. Heute abend bedauerte sie nicht einmal die Tatsache, daß ihre Haare von einem unscheinbaren Aussehen waren, schlicht und braun. Dunkelbraun sogar. Wie oft hatte sie Ruth um ihre rabenschwarzen Locken und Olivia Tyndale um deren goldglänzenden Schopf beneidet! Aber heute abend war sie viel zu müde, um auch nur einen Gedanken an ihre Haarfarbe zu verschwenden.

Auf dem Weg zu dem Kleiderschrank, wo ihr Nachthemd hing, stolperte sie über ihre Schuhe. Wegen der Dunkelheit konnte sie die Kleidungsstücke, die sie sich über den Kopf streifte, nicht ordentlich aufhängen. Sie ließ sie einfach fallen und hoffte, sie würden auf dem Stuhl landen, wo sie vorhin gesessen hatte. Dann schlüpfte sie in das bedruckte Flanellnachthemd und schlich wieder auf Zehenspitzen durch das Zimmer. Als sie nach den kalten Fußbodenbrettern den geflochtenen Bettvorleger unter ihren Füßen spürte, wußte sie, daß sie die richtige Richtung eingeschlagen hatte.

Behutsam ließ sie sich wieder in das Bett neben Ruth sinken und streckte sich unter der warmen Decke aus. Sie hatte gar nicht gemerkt, wie kalt es im Zimmer war, bis sie die Wärme des Bettes spürte. Ihre schmerzenden Muskeln schienen die Wärme förmlich aufzusaugen, während ihr Kopf auf dem weichen Kissen aus Protest zu schmerzen begann.

Ich muß unbedingt demnächst früher zu Bett gehen, schalt sie sich aus, *sonst werde ich wieder krank, genau wie Vater es mir prophezeit hat!*

Doch bevor Judith die müden Augen schloß, widersprach sie sich selbst.

Aber wie denn, bitte schön? Wenn ich mich nicht hinter meine Bücher klemme, schaffe ich es nie. Vielleicht fliege ich dann sogar von der Schule. Wenn ich aber nicht rechtzeitig ins Bett komme ...

Judith dachte den Gedanken nicht zu Ende. Sie wußte sehr wohl, daß es gute Gründe dafür gab, ausreichend zu schlafen. Ihre Gesundheit hing davon ab. Sie war noch nie kräftig gewesen. Außerdem übertrat sie die Schulregeln, und an dieser kleinen Bibelschule waren Regeln dazu da, um eingehalten zu werden. Judith wand sich unter dem Schuldbewußtsein, das auf ihr lastete. Was würde geschehen, wenn bekannt würde, daß sie den Zapfenstreich nur zu oft mißachtet hatte, daß sie mehr als einmal schnell ins Bett gesprungen war, sobald sie die Schritte der Lehrerin auf der Treppe gehört hatte?

Trotz der warmen Decke schauderte Judith. Der Gedanke, wegen Verstoßes gegen die Vorschriften nach Hause geschickt zu werden, war ihr äußerst unbehaglich. Sie wollte unter allen Umständen an der Schule bleiben. Sie hatte doch noch so viel zu lernen. Ohne den Grund erklären zu können, war es ihr ein großes Anliegen, Gottes Wort zu studieren.

Warum war sie dann weiterhin so ungehorsam? Judith schüttelte ratlos den Kopf. „Diese Regeln!“ murmelte sie schläfrig. „Kein Mensch kann mit solchen verrückten Regeln leben.“

Wieder regte sich Ruth, und Judith merkte, daß sie der Wärme wegen unbewußt dichter an sie herangerückt war, als sie beabsichtigt hatte. Sie rollte sich ein Stück zur Seite und entspannte sich, um einzuschlafen. Die Glocke zum Aufstehen würde viel zu früh läuten, und jeder hatte sich ordentlich gekämmt, gewaschen und angekleidet zum Frühstück einzustellen, bevor die erste Unterrichtsstunde anfing.

*

Als die Glocke am nächsten Morgen läutete, regte sich Judith unruhig und hätte sich auf die andere Seite gedreht, um weiterzuschlafen, wenn Ruth nicht gerufen hätte: „Judith! Judith, Zeit zum Aufstehen! Sonst kommst du wieder zu spät zum Frühstück!“

Judith stöhnte und zog sich die Decke ein Stück höher.

„Judith! Du hast mir doch ans Herz gelegt, ich soll aufpassen, daß du nicht verschläfst, weißt du noch?“ schalt Ruth gutmütig von dem einzigen Spiegel des Zimmers her. „Komm schon! Du mußt wirklich jetzt aufstehen!“

Als Judith ihr noch immer nicht antwortete, beugte sich Ruth über das Bett und zog ihr die Decke aus den Händen.

„Judith!“ sagte sie streng.

Jetzt riß Judith die Augen weit auf. Voller Panik starrte sie in die dunkelbraunen Augen ihrer Zimmergenossin.

„Wo brennt’s denn?“ fragte sie, indem sie sich aufrichtete.

Der strenge Ausdruck wich aus Ruths Gesicht, und ein Lächeln spielte um ihre Mundwinkel.

„Nirgends“, antwortete sie lachend.

Judith ließ sich wieder auf ihr Kissen fallen.

„Warum machst du dann ...“

Doch Ruth ließ sie nicht ausreden.

„Es ist allerhöchste Eisenbahn, daß du aufstehst. Sonst

kommst du wieder zu spät. Du hast mich doch gebeten, dich zu wecken. Weißt du denn das nicht mehr?"

Judith seufzte.

„Ach ja, stimmt!" gestand sie leise.

„Dann steh jetzt auch auf!" befahl Ruth energisch.

Widerwillig setzte Judith sich auf die Bettkante und stand langsam auf, um sich fertigzumachen. Das Badezimmer im Flur wurde von allen Schülerinnen im Wohnheim gemeinsam benutzt. Judith schlüpfte in ihren Morgenrock und sammelte ihre Toilettenartikel. Ein Blick auf die Uhr verschlug ihr fast den Atem.

„Wir haben ja schon zehn vor!" jammerte sie. „Warum hast du mich nicht früher geweckt?"

„Das habe ich doch versucht!" verteidigte sich Ruth ungehalten. „Du kommst ja morgens einfach nicht aus den Federn!"

Judith antwortete nicht, sondern raffte alles zusammen, was sie für die Morgentoilette brauchte, und steuerte eilig auf das Bad zu.

Wenig später war sie wieder zurück und zog sich mit fliegenden Fingern ihren langen grauen Rock und eine frische weiße Bluse mit Spitzenkragen an. Dann beeilte sie sich, ihre unwilligen Haare zu bändigen, indem sie sie mit der Bürste bearbeitete und sie im Nacken zu einem Knoten wand. Hoffentlich würde er halten! Zu ihrer großen Bestürzung hatten sich ihre Haarnadeln schon öfter mitten im Unterricht aus ihrer Frisur gelöst. Sie schob noch eine zusätzliche Nadel zur Sicherheit hinein, doch selbst diese Maßnahme trug nicht zu einem festeren Sitz des Knotens bei.

Ruth war schon im Begriff, auf den Flur hinauszugehen, als Judith endlich fertig war.

Die letzte Frühstücksglocke läutete. Wenigstens würde sie den Speisesaal nicht allein und völlig außer Atem betreten müssen, während die anderen sich schon zu Tisch setzten. Sie ließ einen letzten Blick durch ihr Zimmer schweifen.

Nach ihrer Rückkehr vom Bad hatte sie keine Zeit zum Aufräumen gehabt. Kamm und Bürste lagen noch auf dem

Schreibtisch, wo sie sie achtlos hingeworfen hatte. Ihr Nachthemd hing über der Bettkante. Ihr Kleid von gestern hing halb auf, halb neben dem Stuhl. Judith seufzte tief und rannte dann entschlossen los. Das Aufräumen würde sie irgendwann zwischen Küchendienst und Morgenandacht erledigen müssen. Sie mußte unbedingt rechtzeitig zur ersten Unterrichtsstunde erscheinen. Heute war ja eine Geschichtsarbeit fällig. Und dabei hatte sie doch so gehofft, noch ein paar Minuten für einen letzten Blick in das Geschichtsbuch herauszuschlagen!

Nein, daraus wird wohl nichts mehr! stellte sie resigniert fest. Womöglich würde sie sogar die Morgenandacht heute im Eiltempo machen müssen, um alles übrige erledigen zu können. Judith rannte in den Speisesaal und erreichte ihren Tisch gerade noch rechtzeitig, um den Stuhl von Frank Tyndale, Olivias blondem Bruder, zurechtgerückt zu bekommen.

„Guten Morgen, Fräulein Evans!“ flüsterte er mit einem amüsierten Schmunzeln. „Wie man sieht, haben wir's heute morgen gerade noch geschafft!“

Judith warf ihm einen vernichtenden Blick zu. Zu Späßen war sie jetzt wahrlich nicht aufgelegt.

„Wir wollen uns zum Gebet erheben!“ erklang jetzt die Stimme der Aufsichtsperson. „Herr Russell, würden Sie bitte das Tischgebet sprechen?“

Judith stand auf und senkte den Kopf. Unbewußt wurde sie innerlich ruhiger. Fred Russell schien Gott immer so nahe zu sein, wenn er betete. Diese Nähe zu Gott wünschte sich Judith mehr als alles andere auf der Welt. Sie brannte darauf, Freds Geheimnis zu ergründen. Jetzt strengte sie sich an, jedes Wort des Gebets durch das leise Rascheln und Knarren des Speisesaals hindurch zu hören. Ruhe und Frieden kamen über sie, als sie sich auf die Gegenwart Gottes konzentrierte.

Sie spürte, wie sie von einer neuen Zuversicht erfüllt wurde. Alle Müdigkeit und Anspannung waren wie weggeblasen. Sie wußte ohne jeden Zweifel, warum sie hier an der Bibelschule war. Sie wußte, was sie mit ihrem Leben anfangen wollte. Sie wußte, daß sie trotz aller Mühen und Kämpfe mit dem Lehrstoff und dem häufigen Läuten der Schulglocke genau an dem

Ort war, wo sie hingehörte. Wo sie sein *mußte*. Mit jeder Faser ihres Herzens sehnte sie sich danach, Gott besser kennenzulernen, seine Wege zu gehen und seinen Willen für ihre noch so ungeordnete Zukunft zu ergründen.

Erneut seufzte sie, doch diesmal nicht aus Ungeduld und Ratlosigkeit, sondern aus Sehnsucht. Sie hob den Blick zu ihren Mitschülerinnen und lächelte. Jetzt war sie für den Tag gerüstet. Sie würde das verhaßte Scheuern der Töpfe und Pfannen so schnell wie möglich hinter sich bringen, um ihr Zimmer noch vor der Morgenkontrolle aufzuräumen. Dann würde sie sich ausreichend Zeit für ihre Morgenandacht nehmen. Was ihr jetzt noch an Stoff für die Geschichtsarbeit fehlte, darauf würde sie eben verzichten müssen. Sie wußte, daß sie Gottes Gegenwart dringender brauchte als eine gute Zensur, so wichtig diese auch sein mochte.

In dem Moment, als Judith endlich das Gefühl hatte, ihre Gedanken unter Kontrolle zu haben, spürte sie, wie die Haarnadeln in ihrem Nacken ins Rutschen gerieten und die eine Seite ihres Knotens als lange Strähne über ihren Rücken glitt. Mit rotem Kopf entschuldigte sie sich und stand vom Tisch auf, um sich die Haare neu hochzustecken, diesmal sorgfältig und stramm.

Alltag an der Bibelschule

Als Judith ihre Geschichtsarbeit korrigiert zurückbekam, stellte sie erleichtert fest, daß sie eine durchaus gute Note erzielt hatte. Voller Freude lief sie auf ihr Zimmer, um Ruth mit dem guten Ergebnis zu überraschen. Ruth war jedoch nicht allein, als Judith in das Zimmer gestürzt kam. Olivia Tyndale saß mit ihrer goldenen Haarpracht da und ließ sich von Ruth die Haarspitzen mit einer stumpfen Schere begradigen.

Judith blieb wie angewurzelt stehen. Sie konnte wohl kaum mit ihrer Geschichtsarbeit hereingeschneit kommen, um in Olivias Gegenwart über ihre gute Zensur zu prahlen.

„... und weißt du, was er zu mir gesagt hat?" erzählte Olivia gerade. „Er hat gesagt: ‚Deine Haare sehen aus wie gesponnenes Gold.' Das hat er tatsächlich gesagt. Ich konnte es kaum fassen!" Sie kicherte mädchenhaft.

Ruths Schere klapperte unbeirrt weiter. Ihr Gesichtsausdruck zeigte keine Anzeichen von Bewunderung. Olivia gab sowieso laufend irgendwelche Bemerkungen zum besten, die der eine oder andere junge Mann ihr gegenüber gemacht hatte. Ruth hörte zu, ohne ihr allzugroße Beachtung zu schenken. Sie selbst hatte nicht die geringste Absicht, sich in Schwärmereien über junge Männer zu ergehen. Wenn Olivia das tun wollte, war das ihre Sache. Außerdem war das Kompliment nicht sonderlich originell.

„Und dann hat er gesagt ..."

„Ach, da bist du ja, Judith!" unterbrach Ruth sie. „Mary Frieson hat dich gesucht. Sie wollte sich ein Haarwaschmittel besorgen und hat gefragt, ob du mitgehen möchtest."

„Nur zu gern!" antwortete Judith. „Aber dazu habe ich einfach keine Zeit. Ich muß morgen ein Referat in dem

Pentateuch-Kurs halten, und das ist noch nicht fertig – und außerdem habe ich mir vorgenommen, heute abend rechtzeitig zu Bett zu gehen."

„Dann solltest du Mary vielleicht Bescheid sagen. Sie hat schon auf dich gewartet."

Judith ging eilig über den Flur und klopfte leise an Marys Tür, doch es war Pearl, Marys Zimmerkollegin, die „Herein!" rief.

„Ruth sagte, Mary habe auf mich gewartet", erklärte Judith ihr Anliegen.

„Das hat sie auch", antwortete Pearl, „aber zum guten Schluß ist sie ohne dich losgegangen. Sie mußte zum Küchendienst wieder da sein, und da hat sie einfach Liz gefragt, ob sie mitkommen will."

Judith nickte.

„Ist das deine Geschichtsarbeit?" fragte Pearl und deutete auf die Papiere in Judiths Hand.

Erst jetzt merkte Judith, daß sie die Blätter noch immer in der Hand hielt, und spürte wieder die Freude in sich aufsteigen. Sie nickte und bemühte sich, nicht allzu beglückt dreinzuschauen.

„Was hast du denn bekommen?" wollte Pearl wissen.

„Siebenundachtzig", antwortete Judith.

„Siebenundachtzig Prozent?"

Judith nickte.

„Alle Achtung!" lobte Pearl aufrichtig. „Ich habe nur achtundsechzig bekommen, und das hielt ich schon für ganz beachtlich. Sogar Fred hat nur zweiundachtzig. Diese Arbeit hatte es wirklich in sich."

Einen Moment lang überkam Judith ein Gefühl von Stolz. *Ich habe sogar Fred Russell geschlagen!* freute sie sich. Doch dann landete sie schlagartig wieder auf dem Boden der Tatsachen. Fred hatte keine Gelegenheit gehabt, für die Klassenarbeit zu lernen. Er mußte nach Hause fahren, weil seine Mutter krank geworden war, und war erst am Abend vor der Klassenarbeit wieder zur Bibelschule zurückgekehrt. Aus ihrem Stolz wurde augenblicklich Mitgefühl für Fred.

„Er konnte sich ja auch nicht vorbereiten, weißt du das nicht mehr?“ erinnerte sie Pearl.

„Ja, richtig!“ nickte Pearl. „Trotzdem hast du besser abgeschnitten als er – haushoch sogar.“

„Also, das kann man doch kaum ...“

Doch da wechselte Pearl das Thema.

„Was ziehst du denn zu dem Missionsabend am Freitag an?“ erkundigte sie sich.

„Weiß nicht. Hab’ noch nicht groß darüber nachgedacht.“

„Kommst du mit Begleitung?“

Judith schüttelte den Kopf. Sie war sich nicht einmal sicher, ob ihr etwas an einem Begleiter lag. Der einzige junge Mann an der Bibelschule, den sie wirklich gern mochte, hatte schon Olivia eingeladen. Olivia mit dem blonden, goldgesponnenen Haar. Judith hatte längst ihren Traum begraben, je die Aufmerksamkeit von Ralph Norris gewinnen zu können.

„N-nein“, antwortete sie zögernd.

Pearl seufzte.

„Max hat mich eingeladen, aber ich habe ihm einen Korb gegeben. Da werde ich wohl allein gehen müssen.“ Sie seufzte noch einmal. „Ich hatte wirklich gehofft, daß Frank mich zuerst bitten würde. Jetzt kann ich nicht einmal annehmen, wenn er’s noch tun sollte.“

Judith fragte sich im stillen, warum Pearl glaubte, daß Frank ausgerechnet sie einladen würde, doch anstatt das zu sagen, bot sie ihr kameradschaftlich an: „Wenn du möchtest, kannst du dich zu mir setzen.“

Pearl nickte.

„Danke“, sagte sie. „Vielleicht tue ich das.“

Judith ging wieder auf ihr Zimmer. Es war höchste Zeit für ihre Hausaufgaben. Bald würde die Glocke zum Abendbrot läuten.

Olivia war noch immer da. Ruth hatte den Haarschnitt beendet, doch Olivia hatte sich noch nicht die Mühe gemacht, ihre Haare wieder hochzustecken. Statt dessen saß sie auf der Bettkante und fuhr sich mit ihren langen, schmalen Fingern durch die seidenweichen Strähnen.

„... und Rob hat gesagt, darüber soll ich mir nicht meinen hübschen Kopf zerbrechen“, erzählte sie kokett.

„Rob?“ fragte Ruth ohne übermäßiges Interesse.

„Rob. Robert Lee. Ich nenne ihn einfach Rob“, erklärte Olivia, wobei sie sich ihr goldenes Haar über die Schulter warf.

„Wenn ich mich recht erinnere, hast du ihn mit ‚Herr Lee‘ anzureden“, meinte Ruth trocken.

Olivia kicherte. In den Schulvorschriften war vorgesehen, daß die jungen Männer und Frauen einander höflich und respektvoll anredeten, keineswegs also beim Vornamen.

„Ach, das tu’ ich doch auch – jedenfalls wenn ein Prof in Hörweite ist“, versicherte Olivia. Dann warf sie einen Blick auf Judith. „Sag mal, hast du etwa vor, jetzt zu lernen?“ fragte sie ungläubig, als Judith sich einen Platz auf dem überladenen Schreibtisch freimachte und ihre Bücher darauf stapelte.

„Das muß ich wohl oder übel“, antwortete Judith. „Ich habe ein Referat für morgen vorzubereiten.“

Olivia seufzte. Referate vorbereiten war so langweilig.

„So, ich muß mich jetzt auch an die Arbeit machen“, erklärte Ruth, womit sie Olivia höflich, aber bestimmt zu verstehen gab, daß sie deren Besuch als beendet ansah. Widerwillig erhob sich Olivia von der Bettkante, wobei sie sich noch immer mit den Fingern durchs Haar fuhr, warf dann den Haarschopf mit einer schwungvollen Kopfbewegung über die Schulter zurück und sammelte ihre Haarnadeln und Kämme ein.

„Na schön, ihr Streber!“ schalt sie keck. „Dann steckt eben die Nasen wieder in eure Bücher!“ Einen beliebten Schlager summend, verließ sie das Zimmer.

Judith setzte sich an den kleinen Schreibtisch.

„Brauchst du auch Platz?“ fragte sie Ruth und überlegte, was sie beiseite räumen könnte, um Platz für Ruth zu schaffen.

„Nein, ich glaube, ich gehe in die Bibliothek. Ich brauche ein paar Nachschlagewerke für mein Referat.“

Erst jetzt bemerkte Ruth Judiths Geschichtsarbeit.

„Wie bist du denn zurechtgekommen?“ erkundigte sie sich interessiert.

Judith konnte ein Aufleuchten ihrer Augen nicht verhindern.

„Besser, als ich erwartet hatte!" antwortete sie strahlend. „Ich habe siebenundachtzig bekommen."

„Prima!" Ruth freute sich mit ihr. „Nach dem, was ich so gehört habe, ist das eine der besten Zensuren in der ganzen Klasse."

„Wirklich?" Judith konnte kaum glauben, daß sie besser als ihre Klassenkameraden abgeschnitten hatte – sie, die immer so hart für ihre Noten arbeiten mußte.

„Sogar Fred ..." begann Ruth.

„Ich weiß. Pearl hat's mir erzählt. Aber Fred war ja nicht hier, um für die Arbeit zu lernen", verteidigte Judith ihn wieder.

Ruth nickte nur und suchte sich ihre Bücher zusammen.

„Bis später!" verabschiedete sie sich.

Vom Flur her war Olivias Kichern zu hören, gefolgt von einem übertriebenen Kreischen von Pearl. Anstatt in ihr Zimmer zu gehen, um sich für den Unterricht am nächsten Tag vorzubereiten, schwatzten die beiden auf dem Flur. Anscheinend tauschten sie die jüngsten Schmeicheleien aus, mit denen die männlichen Bibelschüler sie in letzter Zeit bedacht hatten.

Judith beugte sich über ihr Buch und versuchte sich zu konzentrieren, doch die Wörter schienen ihr vor den Augen zu tanzen. Die Schlagermelodie, die Olivia vorhin gesummt hatte, wollte ihr einfach nicht aus dem Kopf gehen, so sehr sie sich auch bemühte, an etwas anderes zu denken.

Ach, verflixt! ärgerte sie sich. *Geradesogut hätte ich mit Mary in die Stadt gehen können. Bei all der Unruhe hier kann ich ja doch nicht lernen.* Nein, an das Leben im Wohnheim würde sie sich nie recht gewöhnen können, glaubte sie. Die Stille und Ungestörtheit der späten Abendstunden schienen ihre einzige Hoffnung zu sein.

Doch schließlich gelang es Judith trotz allem, sich auf ihr Referat zu konzentrieren. Sie vertiefte sich sogar so sehr in ihre Arbeit, daß sie die Glocke zum Abendbrot überhörte und das Essen versäumt hätte, wenn Ruth nicht aus der Bibliothek zurückgekehrt wäre und sie zur Eile gedrängt hätte. Judith schob ihre Bücher zurück und stand auf, um Ruth zu folgen. In ihrer Eile stieß sie versehentlich ein Bündel Papiere vom Tisch und blieb stehen, um sie aufzuheben. Auf dem Deckblatt von Ruths Geschichtsarbeit stand mit Rotstift: *Zweiundneunzig Prozent!* Judiths Augen weiteten sich.

„Und das, ohne sich das geringste bißchen anzustrengen!" murmelte sie vor sich hin. Plötzlich erschien ihr das Leben furchtbar ungerecht.

Sie hastete aus dem Zimmer und lief den Flur entlang, bis sie die anderen Mädchen eingeholt hatte. Ach, eigentlich behauptete ja auch niemand, daß es im Leben immer gerecht zuging, sagte sie sich, und wenn es außerdem jemanden gab, der diese glänzende Note verdient hatte, dann war es Ruth. Entschlossen schüttelte sie ihre Verstörtheit ab. Sie wollte nicht auf die Fähigkeiten ihrer Zimmergenossin neidisch sein. Gott erwartete von Judith Evans nur das, wozu sie in der Lage war. Nicht mehr – aber auch nicht weniger.

Mitschüler und Mitschülerinnen

Nur mit Mühe gelang es Judith, sich jeden Tag ausreichend für den Unterricht am nächsten Tag vorzubereiten. Mehr als einmal erwischte sie sich dabei, wie sie das Licht zu lange brennen ließ. Und hin und wieder kam sie auch noch zu spät zum Frühstück, so sehr Ruth sich auch bemühte, sie rechtzeitig wachzurütteln. Doch Judith gab sich alle Mühe. Sie tat ihr Bestes, um den Anforderungen der Schule gerecht zu werden. Sie hatte das Gefühl, ständig in Eile zu sein, ständig unter Druck zu stehen, ständig zu kämpfen, um mit den anderen Schritt zu halten. Trotz aller Hetze war sie sich jedoch eines sonderbaren Friedens bewußt, einer Gewißheit, am richtigen Ort zu sein und den richtigen Weg eingeschlagen zu haben. Mit jedem Tag nahmen ihre Bibelkenntnisse zu.

Für Judith war die bedeutsamste Stunde im ganzen Tagesablauf die gemeinsame Andacht in der Kapelle. Sie freute sich an den mehrstimmigen Chorälen, die die Bibelschüler gemeinsam sangen, die Männer auf der einen und die Frauen auf der anderen Seite. Die persönlichen Zeugnisse ihrer Mitschüler begeisterten sie, und die Predigten nahm sie begierig in sich auf. Sie hatte ja noch so unendlich viel zu lernen! Eigentlich fühlte sie sich nicht würdig, an einer solchen Bibelschule sein zu dürfen, doch sie war Gott zutiefst dankbar für ihren Platz hier.

Nicht immer war Judith mit Bibelstudium beschäftigt. Sie genoß die bunten Abende, die im Speisesaal stattfanden. Auf dem Teich war Schlittschuhlaufen erlaubt. Die Schulleitung begrüßte gemeinsame Unternehmungen, riet jedoch von engen Freundschaften zwischen männlichen und weiblichen Bibelschülern ab. So lernten sich die jungen Leute während des

Schuljahrs in einer respektvollen Weise gegenseitig recht gut kennen. Judith unterschied ihre Mitschüler und Mitschülerinnen bald nicht so sehr nach Namen oder Aussehen, sondern nach Wesensmerkmalen.

Ruth war in Judiths Augen ein Paradebeispiel für ein gläubiges junges Mädchen. Von vielleicht eher unscheinbarem Äußeren, besaß sie einen klaren Verstand, geschickte Hände und war von einer tiefen Gottesfurcht erfüllt. Ihr Sinn für das Praktische paßte gut zu ihrem Wunsch, ihrem Herrn und Heiland mit ihrem Leben zu dienen. Judith dankte Gott oft, daß er ihr eine Zimmergenossin wie Ruth gegeben hatte.

Olivia mit den schönen Haaren war flatterhaft, hatte nichts als junge Männer im Kopf und wirkte in einer Bibelschule völlig fehl am Platze. *Aber Gott wird schon seine Gründe dafür gehabt haben, sie hierherzubringen*, dachte Judith.

Mary war still und fleißig. Sie verlangte wenig von anderen und war ihrerseits sehr großzügig. Judith mochte Mary gern. Menschen wie sie eigneten sich sehr zur besten Freundin.

Nicht ganz so brennend wie Olivia an den Vertretern des anderen Geschlechts interessiert – aber dafür zweifellos hübscher – war Pearl. Sie gab keineswegs vor, sich der Tatsache unbewußt zu sein, daß es auch junge Männer an der Bibelschule gab. Sie hatte einen Sinn für Humor und war ausgesprochen schlagfertig. Judith hätte sie leicht beneiden können.

Der Reihe nach ließ Judith ihre Flurnachbarinnen im Schülerinnenwohnheim an ihrem inneren Auge vorüberziehen. Sie alle kamen aus unterschiedlichen Familien, besaßen ein unterschiedliches Aussehen und unterschiedliche Wesenszüge, doch andererseits teilten sie auch vieles miteinander – und zwar nicht nur das große Bad mit seinen Toilettenkabinen und den durch Vorhänge abgetrennten Duschvorrichtungen. Sie teilten Träume, Hoffnungen und Ziele. Sie teilten den Wunsch, die Heilige Schrift gründlich zu studieren und das Evangelium dann in irgendeiner Weise in die Welt hinauszutragen. Dies galt zumindest für die *meisten* jungen Leute hier an der Bibelschule; sie waren gekommen, um zu lernen und zu reifen.

Auch Judith war sich der jungen Männer ihres Kurses bewußt, wenn sie sich auch nicht so brennend für sie interessierte wie Olivia und Pearl. Frank Tyndale, blond wie seine Schwester, war der Witzbold der Schule, derjenige, dem stets ein alberner Streich einfiel, mit dem er einen ahnungslosen Mitschüler hereinlegen konnte. Ab und zu gingen Gerüchte um, daß Frank von der Schule verwiesen werden sollte, wenn er sich nicht strikter an die Vorschriften hielt. Doch aus Tagen wurden Wochen, ohne daß Frank verschwunden wäre. Judith fand, daß der Direktor die Geduld in Person war, was Franks Betragen anbelangte.

In Judiths Augen war Fred Russell für die Männer an der Schule das, was Ruth für die Frauen war: ein Vorbild in jeder Hinsicht. Er besaß ein ausgeprägtes Verantwortungsbewußtsein, war einfühlsam, zuverlässig und von allen hoch geachtet. Der Lehrkörper erwartete von Fred, die Atmosphäre unter den Schülern zu bestimmen. Man mußte Fred einfach mögen. Das nicht zu tun wäre beinahe frevelhaft gewesen.

Robert Lee, von Olivia mit „Rob“ bezeichnet, war der Schönredner der Schule. Jedenfalls hielt ihn Judith dafür. Vielleicht hatte er tatsächlich zu Olivia gesagt, sie solle sich nicht ihren hübschen Kopf zerbrechen, doch mit solchen Albernheiten hatte er längst jedes Mädchen auf der ganzen Bibelschule bedacht. Judith gab nicht allzuviel auf die Komplimente des Herrn Lee.

Morris Soderquist, dessen tiefblaue Augen von dicken Brillengläsern eingerahmt waren, war ein schmaler, drahtiger junger Mann, der sich ein hohes Ziel gesetzt hatte und dieses mit Leib und Seele verfolgte. Er wollte nach der Schule als Missionar nach Übersee gehen und studierte die Bibel mit großem Fleiß, um sich auf seinen Missionsdienst vorzubereiten. Eine Unterhaltung mit Morris war kaum möglich, da er stets entweder in der Bibliothek oder an seinem Schreibtisch saß.

Florian Beckett, ein kräftiger Farmerssohn, hatte einen Körperbau, der einem Kleiderschrank glich. Seine Stimme entsprach seinem Aussehen. Wenn er lachte, war es in allen Stuben und Fluren zu hören.

Insgesamt bewohnten dreizehn junge Männer das Männerwohnheim. Jeder von ihnen brachte seine Wesenszüge in die Gemeinschaft der Schüler ein. Sie stellten, gemeinsam mit den fünfzehn jungen Damen, eine Einheit des Lernens und Reifens dar, in der jeder in gewisser Weise das Leben seiner Mitschüler beeinflußte.

*

Zu Weihnachten fuhr Judith nach Hause zu ihrem Vater und ihren beiden Schwestern. Schon mit zwölf Jahren hatte Judith ihre Mutter verloren. Als mittleres Kind war sie bei den einschneidenden Veränderungen im Haushalt beinahe übersehen worden. Sie hatte weder für die Führung des Haushalts Verantwortung zu tragen gehabt wie Ina, noch war sie bemitleidet und verwöhnt worden wie die jüngere Anna. Nur ihr Vater, der in Judith schon immer die größte Ähnlichkeit zur Mutter gesehen hatte, hegte eine besondere Vorliebe für sie. Ihre zarte Gesundheit machte ihm ständig Sorgen. Judith war schmächtig und anfällig für Grippen und Erkältungen. Oft war es nur die schiere Willenskraft, durch die sie ihren Verpflichtungen nachkam.

Doch das Weihnachtsfest war für alle sehr schön gewesen. An Heiligabend hatten sie Großmutter Evans besucht und am Weihnachtstag Großmutter Clark. Ina war die Mühe erspart geblieben, ein großes Weihnachtsessen auf den Tisch zaubern zu müssen, und Anna, die inzwischen dreizehn war, wurde mit genug Aufmerksamkeit und Bemutterung für ein ganzes Jahr überschüttet.

So sehr Judith das Weihnachtsfest genossen hatte, sehnte sie sich im stillen danach, an die Bibelschule zurückzukehren. Sie bemühte sich jedoch, ihre Rastlosigkeit zu verbergen, weil sie den besorgten Blick ihres Vaters ständig auf sich gerichtet spürte. Die beiden hatten so gut wie keine Gelegenheit zu einem Gespräch unter vier Augen gehabt, und so beantwortete Judith die allgemeinen Fragen über die Schule, ihre Arbeit und ihre Gesundheit. Sie glaubte, über alles zufriedenstellend berichtet zu haben, bis sie eines Abends, nachdem Ina und Anna schon zu Bett gegangen waren, mit ihrer Bibel in der Stube saß.

Ein Rascheln der Zeitung ging der Frage ihres Vaters voraus: „Wie kommst du denn in der Schule zurecht?“

„Gut“, antwortete Judith nur, ohne aufzublicken.

Einen Moment herrschte Schweigen.

„Wie kommst du denn in der Schule zurecht?“ wiederholte ihr Vater seine Frage.

Diesmal hob Judith den Blick und sah geradewegs in seine warmen, braunen Augen hinein, die jetzt vor Anteilnahme und Besorgnis noch eine Spur dunkler waren.

„Gut“, sagte sie noch einmal. „Mir gefällt es dort.“

Er nickte und faltete mit seinen rauhen, schwieligen Händen die Zeitung auf seinem Schoß zusammen.

„Wie steht's mit deiner Gesundheit?“

Judith wollte gerade mit „Prima“ antworten, als ihr die Grippe einfiel, durch die sie drei Tage lang ans Bett gefesselt gewesen war, und die letzte Erkältung hatte eine ganze Woche gedauert.

„Es geht“, antwortete sie wahrheitsgemäß.

„Nimmst du deinen Lebertran?“

Schon allein das Wort „Lebertran“ ließ sie das Gesicht verziehen, doch sie nickte eifrig.

„Bestens. Du siehst nämlich ein bißchen spitz im Gesicht aus.“

„Spitz im Gesicht“ war ein Lieblingsausdruck ihres Vaters. Sobald eine seiner Töchter krank wurde, sprach er davon, wie „spitz im Gesicht“ sie aussehe.

„Mir geht es aber gut“, beharrte Judith.

„Hast du eine nette Zimmergenossin?“ war die nächste Frage.

„Ruth heißt sie. Sie ist einmalig. Ich mag sie wirklich sehr. Ich wünschte nur, ich wäre mehr wie sie“, antwortete Judith treuherzig.

„Wieso? Du bist doch ein Pfundsmädchen“, sagte ihr Vater, und Judith errötete vor Freude über das Lob.

„Gibt's denn dort einen Burschen, der's dir besonders angetan hat?“ fragte Herr Evans, und Judith sah gerade noch rechtzeitig auf, um das humorvolle Zwinkern in seinen Augen zu bemerken.

Sie lächelte und schüttelte den Kopf. Sie wußte genau, daß Ralph nicht zählte. Er schien noch immer nur Augen für Olivia zu haben, obwohl diese ihn abwechselnd mit Zuneigung und Abweisung bedachte.

Sie schüttelte erneut den Kopf.

„Nein, nicht so, wie du es meinst“, gestand sie.

„Willi Pearson erkundigt sich noch immer nach dir“, fuhr der Vater fort, worauf Judith errötete. Willi Pearson erkundigte sich schon seit Jahren nach Judith – seit viel zu vielen Jahren. Er war erheblich älter als sie, neun Jahre nämlich, und er machte sich schon seit langem falsche Hoffnungen. Judith interessierte sich nicht im geringsten für ihn, auch wenn er hundert Farmen besessen hätte.

„Er hält es für reichlich verrückt, daß ich dich auf die Bibelschule geschickt habe. Mädchen haben schließlich auf der Kanzel nichts zu suchen, meint er.“

Judith hob trotzig das Kinn.

„Manche schon“, widersprach sie energisch, als sei Willi Pearson persönlich anwesend. „Wir hatten schon Frauen in der Kapelle, die sehr wohl etwas auf der Kanzel zu suchen haben. Ihre Männer hatten sie auch mitgebracht. Alle beide waren sie Prediger. Frau Witt, die Frau von unserem Bischof, kann auch predigen.“

Herr Evans schaute seine Tochter überrascht an.

„Frauen als Prediger? So was hab' ich ja noch nie gehört!“

Herrn Evans Interesse war geweckt.

„Ordiniert?“ wollte er wissen. Judith mußte kurz über seine Frage nachdenken.

„Nein“, antwortete sie zögernd. „Aber sie predigen und leiten eine Gemeinde. Sie führen auch Leute zum Glauben.“

„Wenn sie nicht ordiniert sind, wie können sie dann eine Gemeinde leiten?“

„Sie haben eine ... eine besondere Stellung. Die Kirchenleitung stellt ihnen sogar ein Zeugnis aus. Darin steht, daß sie für den Gemeindedienst anerkannt sind."

„Und sie machen alles? Alles, was ein Pfarrer tut?" fragte ihr Vater.

„Nein, nicht ganz", mußte Judith zugeben. „Sie können keine Trauungen und Beerdigungen halten. Auch keine Taufen und dergleichen."

„Aber sie predigen?" fragte ihr Vater ungläubig. Er konnte sich eine Frau in einer solchen Rolle kaum vorstellen.

„Ja", versicherte ihm Judith. „Meistens dann, wenn ihre Männer unterwegs sind. Aber Pfarrer Jackson und seine Frau zum Beispiel, die wechseln sich sonntags mit dem Predigen ab."

„Na ja, ich für meinen Teil lege jedenfalls keinen großen Wert darauf, eine meiner Töchter auf der Kanzel zu sehen – auch wenn ihr Mann ein Pfarrer ist", bekundete er seine Meinung. „*Ein* Pfarrer im Haus reicht, finde ich. Weiß nicht mal, ob ich mir eine Predigt von einer Frau anhören würde." Judith rätselte, ob er das zu ihr gesagt oder eher zu sich selbst gesprochen hatte.

„Weißt du, ich glaube ... ich ..." Judith geriet ins Stocken. Ob sie im Begriff war, etwas Vertrauliches auszuplaudern? Ihr Vater wartete darauf, daß sie fortfuhr.

„Ich glaube, daß Ruth gern eine Gemeinde leiten würde", sagte sie schließlich. Es war kaum mehr als ein Flüstern. „Sie hat es zwar noch nicht so direkt gesagt, aber sie ist im Unterricht immer mit Feuereifer bei der Sache, und sie hat mir einmal erzählt, daß sie gern predigen würde. Ich glaube, am liebsten würde sie unterrichten und predigen. Sie freut sich immer riesig, wenn sie mit einer Andacht in der Kapelle oder in einer Gebetsversammlung an der Reihe ist."

Doch Judiths Vater schüttelte den Kopf.

„Das muß ja ein seltsames Frauenzimmer sein!" Kopfschüttelnd stand er von seinem Sessel auf, womit er Judith zu verstehen gab, daß es Zeit sei, das Licht zu löschen und zu Bett zu gehen.

Die Berufung

Mit einer neuen Entschlossenheit kehrte Judith an die Bibelschule zurück. Sie hegte keinerlei Absicht, an ihren Heimatort Jamestown zurückzukehren und Willi Pearson zu heiraten – ganz gleich, ob er noch auf sie wartete oder nicht!

Mehrmals dachte sie über das Gespräch mit ihrem Vater nach und kam zu dem Schluß, daß sie in vielen Dingen anderer Meinung war als er. Sie war überzeugt, daß eine Frau gemeinsam mit ihrem Mann eine Gemeinde sehr wohl leiten konnte. Im stillen begann Judith davon zu träumen, welche Ehre es für sie wäre, wenn Gott ihr einen Pfarrer als Ehemann gäbe, an dessen Seite sie in den Missionsdienst gehen könnte. Plötzlich betrachtete sie ihre männlichen Mitschüler mit anderen Augen. Welche unter ihnen hatten das Zeug zu einem guten Pfarrer? Welche würden dem Ruf Gottes in die Mission folgen? Eine solche Bewertung ihrer Kameraden hatte sie noch nie vorgenommen. Ihre Beobachtungen führten sie zu der Überzeugung, daß Ralph trotz seines guten Aussehens und seines charmanten Wesens mit Sicherheit *nicht* der Mann für sie war, selbst wenn er zufällig nicht in die ihm halb zu-, halb abgeneigte Olivia verliebt wäre. Ralph hatte einfach nicht das Zeug zu einem Prediger, fand Judith.

Frank war für einen Prediger etwas zu oberflächlich und unbeständig. Fred dagegen würde ein erstklassiger Pfarrer werden, doch er hatte schon eine Freundin namens Agatha. Außerdem empfand Judith, wenn sie sich mit Fred verglich, daß sie ihm in ihrem geistlichen Leben nicht das Wasser reichen konnte. Nein, sie war völlig ungeeignet dazu, seine Frau zu werden. Ob Agatha wohl den geistlichen Tiefgang hatte, um besser zu ihm zu passen?

Robert schied von vornherein aus. Er war einfach zu albern, zu unseriös. Judith war überzeugt, daß selbst Gott noch seine liebe Last mit ihm haben würde, bis er zu etwas Nützlichem zu gebrauchen war.

Morris bereitete sich für den Dienst in Übersee vor – und allem Anschein nach hatte er die Absicht, allein auszureisen. Er schien noch nicht einmal bemerkt zu haben, daß es auch Mädchen auf der Welt gab.

Florian mit seinem massigen Körperbau und seiner sonnigen Ausgelassenheit wurde ebenfalls von Judiths Liste gestrichen. Gott würde ihn erst noch den richtigen Schliff geben müssen, bevor er tauglich zum Dienst werden würde.

Der Reihe nach bewertete Judith ihre Mitschüler, doch jeder wies irgendwelche Fehler und Schwächen auf. Es schien einfach niemanden an der Schule zu geben, der für Judith in Frage käme. Zugegeben, sie kannte einige junge Männer mit hervorragenden Qualifikationen, doch diejenigen, die sie sich ausgesucht hätte, waren entweder schon anderweitig vergeben, oder sie hatten die Absicht, die Farm des Vaters zu übernehmen oder einen anderen Beruf zu erlernen. Großartige Aussichten hatte Judith wahrhaftig nicht.

Dennoch war sie von dem Wunsch erfüllt, Gott zu dienen. „Was soll ich nur tun, Herr?“ betete sie täglich. „Ich habe keinen Einsatzort, keine besonderen Fähigkeiten und niemanden, mit dem ich eine Berufung teilen könnte.“

Während ihrer persönlichen Andachten sprangen ihr manche Bibelverse förmlich in die Augen und brannten sich in ihr Herz. Darunter auch dieser: „Er rief die Zwölf zu sich und hob an und sandte sie je zwei und zwei.“ Was hatte das alles nur zu bedeuten?

Judith wartete voller Ungeduld auf eine Antwort. Sie stellte Fragen im Unterricht, fragte manche Mitschülerin um Rat und hörte den Predigten im Gottesdienst mit gespannter Aufmerksamkeit zu.

Erst gegen Ende ihres ersten Jahres an der Bibelschule erhielt sie die Antwort. Pfarrer Witt, der zuständige Kirchenbezirksleiter, und seine Frau waren bei einer Andacht in der

Kapelle zu Gast. Judith rutschte vor Spannung auf ihrem Stuhl hin und her, die Hände fest ineinander verschlungen und die braunen Augen weit geöffnet.

„Zahllose Gebiete stehen uns offen“, sagte Pfarrer Witt gerade, „Gegenden, die uns dringend bitten, eine Gemeinde dort zu gründen, doch wir haben niemanden, den wir schicken könnten. Gott hat uns nicht dazu bestimmt, müßig hinter dem Ofen zu sitzen, während andere verlorengehen. Er hat uns gerufen, hinzugehen und zu geben, was wir haben, nämlich das Evangelium zu verkündigen.“

Judith warf einen Blick auf die Männerseite der Kapelle. Ganz gewiß fühlten sich viele von ihnen angesprochen und bereit, dem Ruf zu folgen.

„Wir müssen seiner Stimme gehorchen, wenn er uns ruft. Wo sind die Männer, die bereit sind, in den Missionsdienst zu gehen und zu antworten: ‚Hier bin ich, Herr. Sende mich!‘? ‚Wie sollen sie aber hören ohne Prediger? Wie sollen sie aber predigen, wenn sie nicht gesandt werden?‘ Wir als Vertreter unserer Denomination sind hier, um euch auszusenden. Wir stehen hinter euch und unterstützen euch. Wir sind hier, um euch zu helfen, Gottes Ruf zu folgen, euer Kreuz auf euch zu nehmen und ihm nachzufolgen.“

Ob er damit nur die Männer meint? fuhr es Judith durch den Sinn. Sie sah sich um und fing einen Blick von Ruth auf; dann wandte sie ihre Aufmerksamkeit wieder dem Redner zu.

„Ich möchte euch dringend bitten: Wenn er euch heute ruft, so gehorcht seiner Stimme, folgt seiner Weisung. Kommt. Kommt, wenn ihr seinen Ruf vernehmt und ihm eure Zukunft weihen wollt. Kommt nach vorn und kniet hier vor dem Altar nieder. Bringt dem Herrn, der euch liebt, euer Leben als Opfer der Liebe und des Gehorsams dar. Er hat sein Leben gegeben, um euch zu erlösen. Kommt, damit auch anderen die Freude zuteil wird, Gott persönlich kennenzulernen.“

Fred Russell ging als erster nach vorn, gefolgt von Morris Soderquist. Und dann, zu Judiths großem Erstaunen, eilte auch Florian Beckett auf den Altar zu, während ihm Tränen über seine runden Wangen liefen.

Auf einmal wurde das starke Gefühl in Judiths Herzen übermächtig. Mit einem Aufschluchzen sprang sie auf und lief mehr, als sie ging, nach vorn zum Altar, wo sie auf die Knie fiel und ihr tränenüberströmtes Gesicht überwältigt in den Händen vergrub.

Die Antwort war gekommen. Wenn Gott ihr keinen Gehilfen zur Seite stellte, würde sie dem Ruf allein folgen. Willi Pearson mochte zwar etwas dagegen haben, daß eine Frau predigte, doch Judith wußte es besser. Hatte sie nicht Gottes Ruf gehört? Hatte er nicht jedem seiner Kinder verheißen, bei ihm zu sein? Ja, natürlich! Natürlich konnte Gott eine Frau zum Dienst berufen. Judith wußte zwar noch nicht, wo und wie sie Gott dienen würde, doch sie wußte, daß sie sich nach nichts so sehr sehnte wie nach einem Leben im Dienst Gottes.

„Ja, Herr. Ja", betete sie still. „Ich will gehen. Wohin du mich auch sendest – ich will gehen."

Ein wunderbares Gefühl von Frieden erfüllte ihr Herz. Sie hatte gehorcht, hatte sich unwiderruflich verpflichtet. Sie war zwar nur ein Mädchen, doch Gott würde mit ihr sein. Er würde sie führen. Daran hegte sie keinerlei Zweifel.

Später erfuhr Judith, daß sie nicht die einzige junge Frau am Altar gewesen war. Auch Ruth war, wie Judith es nicht anders erwartet hatte, an den Altar gekommen. Auch sie war dem Ruf Gottes zum Dienst – vielleicht sogar zum Predigen – vor den Augen aller Anwesenden gefolgt.

Nach dem Gottesdienst sprach der gütige Pfarrer Witt mit allen, die nach vorn gekommen waren. Als Judith die verquollenen, rotgeweinten Augen hob und sich schüchtern umsah, stellte sie überrascht fest, daß sieben ihrer Mitschüler auf den vorderen Bänken saßen.

Pfarrer Witt ging langsam durch die Reihe und sprach jeden mit Namen an.

„Warum sind Sie hier, Herr Russell?"

Ohne zu zögern antwortete Fred: „Ich fühle mich zum Dienst berufen."

„Und wo werden Sie Gott dienen?"

Fred schüttelte den Kopf.

„Das ist mir einerlei“, antwortete er mit der gleichen Bestimmtheit. „Ich werde dort dienen, wo meine Kirche mich einsetzt.“

Der Pfarrer lächelte und nickte.

„Und Sie, Herr Soderquist?“ fragte er weiter.

„Gott hat mich in die Mission berufen, als ich noch ein Kind war“, antwortete Morris mit bebender Stimme. „Heute bin ich nach vorn gekommen, um diese Berufung öffentlich zu bezeugen.“

Wieder nickte der Bezirksleiter.

„Und Sie, Herr Beckett?“

Doch Florian Beckett konnte nicht gleich antworten. Er war noch immer völlig überwältigt von der Erkenntnis, zum Dienst des Herrn berufen zu sein.

Pfarrer Witt ging weiter. Judith spürte ein Zittern, das ihren ganzen Körper durchlief. Sie war die nächste.

„Und was führt Sie zum Altar, Fräulein Evans?“

„Gott hat mich berufen, ihm zu dienen ... irgendwo in ... in irgend einer neuen Gemeinde. Ich ... ich weiß nicht, wo“, antwortete Judith.

„Gott wird Ihnen den Ort zeigen“, erwiderte der gütige Mann zuversichtlich, und erneut liefen Judith die Tränen über das Gesicht. Sie war angenommen worden. Mit diesen einfachen Worten war sie berufen worden, dem Herrn zu dienen, sein Wort zu verkündigen.

Pfarrer Witt stellte jedem der übrigen Schüler die gleiche Frage. Hin und wieder hielt er inne, um Gott zu loben und zu danken oder um sich mit seinem Taschentuch über die Augen zu fahren.

Judith war von der Tragweite ihrer Entscheidung ganz erfüllt. Gewiß würden sich viele wunderbare Dinge als Folge dieser Stunde ereignen. Acht angehende Missionare! Acht Menschen, die ihrem Gott dienen wollten!

Und dann war der Gottesdienst beendet. Judith lief zu ihrer Zimmergenossin, um sich mit ihr über die Gewißheit zu freuen, *berufen* zu sein.

*

Die ganze Woche hindurch ging Judith wie auf Wolken. Nun würde sie also Gott irgendwo in der Mission dienen. So gründlich wie möglich würde sie sich vorbereiten, nahm sie sich vor. Sie mußte sich gut in Gottes Wort auskennen, denn dieses Wort würde sie eines Tages Menschen nahebringen, die danach hungerten.

Auf einmal kam Judith ein ungebetener Gedanke. Die späten Abendstunden fielen ihr ein, die gestohlenen Minuten nach dem allgemeinen Lichtlöschen und die vielen Abende, an denen sie hastig unter die Bettdecke geschlüpft war, um einen falschen Eindruck bei der Aufsichtsperson zu erwecken. Ein solches Verhalten billigte Gott mit Sicherheit nicht. Judith empfand plötzlich ein solches Schuldbewußtsein, daß ihr die Tränen in den Augen stiegen. Sie mußte unbedingt alles bereinigen, bevor sie auch nur einen Schritt weitergehen konnte. Sie mußte ihre Schuld bekennen und um Verzeihung bitten. *Womöglich werde ich nun abgelehnt werden, wenn sie erfahren, wie ich heimlich gegen die Schulregeln verstoßen habe*, dachte sie. Die Angst schnürte ihr die Kehle zu.

Schweren Herzens setzte Judith einen Fuß vor den anderen auf dem Weg zu Fräulein Herrington. Schon jetzt graute ihr vor dem strengen Blick, der sie zweifellos erwartete. Sie sah die spitze Nase schon vor sich, wie sie ein Stück in die Höhe ging, während die zu einem schmalen Strich zusammengepreßten Lippen tiefstes Mißfallen ausdrückten. Fräulein Herrington war eine freundliche, fromme Dame, doch Judith wußte, daß sie absolut keinen Ungehorsam duldete. Zaghaft klopfte Judith an die Tür und wurde hereingebeten.

„Fräulein Herrington?“ begann sie zögernd.

„Nun, Fräulein Evans“, begrüßte die Frau sie mit einem herzlichen Lächeln, „kommen Sie nur näher.“

Judith schloß die Tür hinter sich.

„Sie wissen gar nicht, wie sehr wir uns alle darüber gefreut haben, daß Sie Ihr Leben in den Dienst der Mission gestellt haben“, fuhr die Lehrerin fort und strahlte Judith an.

Judiths Lächeln war ziemlich gezwungen.

„Ja, vielen Dank, ich ..."

„Hatten Sie schon Gelegenheit, Ihrer Familie die große Neuigkeit mitzuteilen?"

„N-nein", gestand Judith und dachte wieder an das Gespräch, das sie mit ihrem Vater geführt hatte. Sie war sich ganz und gar nicht sicher, ob er ihre Berufung gutheißen würde.

„Sie haben noch nicht geschrieben?"

„Äh ... nein. Dieses Wochenende fahre ich ohnehin nach Hause. Ich dachte mir, ich ... ich sage es ihnen lieber persönlich."

Die Lehrerin lächelte.

„Aber natürlich", sagte sie. „Es ist schöner, wenn man solche Dinge direkt im Familienkreis bekanntgeben kann."

Die Frau warf Judith einen prüfenden Blick zu. Sie schien zu merken, daß das junge Mädchen etwas auf dem Herzen hatte.

„Kann ich irgend etwas für Sie tun?" erkundigte sie sich anteilnehmend.

Tränen stiegen Judith in die Augen.

„Ich ... ich muß Ihnen etwas gestehen", stieß sie hervor.

Das Lächeln verschwand, doch der Blick behielt seine Wärme.

„Was ist es denn?"

„Ich ... ich bin nicht immer rechtzeitig zu Bett gegangen. Ich ... ich meine, ich habe noch gelernt, als das Licht eigentlich schon gelöscht sein sollte. Ich brauche einfach viel mehr Zeit zum Lernen als Ruth, und deshalb habe ich ... habe ich ..." – Judith suchte nach Worten – „gegen die Vorschriften verstoßen", endete sie kleinlaut.

„Aber Ihr Licht war doch stets gelöscht, wenn ich Ihr Zimmer kontrolliert habe", sagte die Frau verwundert.

Judith spürte, wie ihr Gesicht immer heißer wurde.

„Ich ... ich habe das Licht immer schnell gelöscht, wenn ich die Treppenstufe knarren hörte", gestand sie.

Einen Moment herrschte Schweigen.

„Ach so!"

„Und ... und manchmal bin ich danach wieder aufgestanden und habe das Licht wieder angemacht ... ich meine, als alles wieder still war, damit ich noch etwas länger lernen konnte", gestand Judith. „Ich ... ich habe sogar mein Handtuch zusammengerollt und vor die Türritze gelegt."

Wieder Schweigen. Darauf erwiderte Fräulein Herrington: „Ich habe Ihre Zensuren verfolgt. Sie haben durchaus gute Ergebnisse erzielt."

„Aber das hätte ich nie geschafft, wenn ich nicht abends noch so lange gearbeitet hätte", sprudelte Judith hervor. „Wissen Sie, das Lernen ist mir schon immer schwerer gefallen als anderen. Sogar in der Grundschule mußte ich mehr als Ina und sogar Anna arbeiten – das sind meine Schwestern. Ich ..."

„Fräulein Evans", fiel ihr die Lehrerin nicht unfreundlich ins Wort, „wissen Sie eigentlich, warum wir die Vorschrift des Lichtlöschens eingeführt haben?"

„Ja." Judiths Stimme zitterte.

„Und warum?"

„Damit wir ausreichend Schlaf bekommen."

„Sehr richtig. Das Lichtlöschen ist keine an den Haaren herbeigezogene Schikane. Es dient zu Ihrem eigenen Besten. Aber damit nicht genug: Es dient der gesamten Schülerschaft. Außerdem wird man schneller krank, wenn man zu wenig schläft. Sie schaden sich selbst, wenn Sie gegen die Vorschriften verstoßen. Und obendrein bringen Sie womöglich auch Ihre Mitschülerinnen in Gefahr."

Das hatte Judith bisher noch gar nicht bedacht.

„Sie haben diesen Winter mit erstaunlich wenigen Krankheiten überstanden – aber Ihre Lehrer haben immerhin regelmäßig für Sie gebetet."

Judiths Augen weiteten sich. Sie hatte nicht geahnt, daß ihre Gesundheit ein Gebetsanliegen ihrer Lehrer war.

„Vielleicht hat Gott es für gut erachtet, diese Gebete trotz Ihres Ungehorsams zu erhören." Fräulein Herringtons sanfte Stimme nahm den Worten etwas von ihrer Schärfe. „Weil er nämlich ein Mädchen sah, das den größtmöglichen Nutzen aus seiner Zeit an der Bibelschule schlagen wollte."

Judith blinzelte.

„Allerdings“, fuhr ihr Gegenüber fort, „sollte man sich nicht allzusehr auf sein ... auf Gottes Nachsicht verlassen.“

Judith fragte sich im stillen, ob die Lehrerin um ein Haar „auf sein Glück verlassen“ gesagt hätte. Trotz ihrer Beklemmung hatte sie Mühe, ein Schmunzeln zu unterdrücken.

„Von jetzt an erwarte ich, daß Sie rechtzeitig zu Bett gehen.“

„Jawohl“, versprach Judith schuldbewußt.

„Wenn Sie mehr Zeit zum Lernen brauchen, werden wir andere Mittel und Wege suchen, um Ihnen das zu ermöglichen.“

Ihre Freundlichkeit und Rücksichtnahme überraschten Judith. Mit so viel Verständnis hatte sie nicht gerechnet.

„Es ... es tut mir leid, wirklich“, schluchzte sie. Die Frau reichte ihr ein sauberes Taschentuch, und Judith murmelte leise ein „Dankeschön“.

„Fräulein Evans“, fuhr die Lehrerin fort, „Sie sind sich hoffentlich darüber im klaren, daß ich Ihnen eine Strafe nicht erspart haben könnte, wenn Sie nicht von sich aus gekommen wären und mir Ihren Ungehorsam gestanden hätten.“

Judith nickte und wischte sich die Augen trocken. Sie war unendlich erleichtert darüber, alles bereinigt zu haben.

Fräulein Herrington legte ihr ermutigend die Hand auf die Schulter. „Reden wir nicht mehr davon!“ sagte sie versöhnlich.

Judith wußte, daß sie damit entlassen war. In Gnaden entlassen. Ihr war, als sei ihr ein Stein vom Herzen gefallen. Sie war nicht verurteilt worden. Sie war nicht von der Liste der Missionskandidaten gestrichen worden. Mit frohem Herzen ging Judith ins Wohnheim zurück, um sich das Gesicht zu waschen.

„So, und jetzt bleibt nur noch zu hoffen, daß Vater Verständnis für meine Berufung haben wird ...“ murmelte sie, während sie Handtuch und Waschlappen zur Hand nahm.

Übermittlung der Neuigkeit

Der Frühling klopfte schon an die Hintertür des Winters, als Judith am Bahnhof ihres Heimatortes Jamestown aus dem Zug stieg, um ein Wochenende daheim zu verbringen. Hier und da zwitscherte schon ein Vogel in der Erwartung wärmerer Tage. Das erste Grün hatte bereits auf kleinen Fleckchen Erde an der Südseite der Häuser gesproßt, dort, wo der Schnee von den Sonnenstrahlen geschmolzen war. Judith holte tief Luft und lächelte in der Vorfreude auf milderes Wetter, nach dem sie sich schon seit langem sehnte. Im Sommer war ihre Gesundheit immer viel robuster.

Wenn ich gesund und munter zur Tür hereinkomme, wird es vielleicht nicht allzu schwer sein, Vater zu überzeugen, hatte sie unterwegs im Zug überlegt.

Doch trotz aller Zuversicht blieb manche Frage offen.

Wie würde ihr Vater die Nachricht von ihrer „Berufung" aufnehmen? Er hatte nicht nur seine Meinung über weibliche Pfarrer geäußert, sondern auch mehrmals Andeutungen gemacht, daß Judith einen kräftigen, robusten Mann brauche, der für sie sorgte und ihr in guten und schweren Tagen zur Seite stand. Das war vermutlich auch der Grund, weshalb er Willi Pearson als einen guten Kandidaten betrachtete. Es stimmte zwar, daß Judith weder breite Schultern noch einen starken Rücken besaß, doch Gott hielt andere Kräfte für seine Diener bereit. Davon war Judith vollkommen überzeugt.

Judiths Vater war zum Bahnhof gekommen, um sie abzuholen. Sie spürte, wie er sie prüfend musterte. *Bloß gut, daß ich meinen Mantel zugeknöpft habe*, dachte sie im stillen. Dann fiel ihr Blick auf ihre Füße. Wieder hatte sie vergessen, ihre Überschuhe anzuziehen.

„Die Straßen in Regis waren ziemlich schneefrei“, verteidigte sie sich. „Ich habe einfach nicht daran gedacht, meine ...“

Er nickte nur mit unbewegter Miene, während er ihr den kleinen Koffer abnahm, den sie bei sich hatte. Judith wußte, daß ihm ihre Gedankenlosigkeit mißfiel.

Sie machte einen Bogen um eine Pfütze und mußte ein paar Schritte laufen, um ihren Vater wieder einzuholen, der mit seinen dicken Farmerstiefeln mitten durch die Pfütze gestapft war. Es fiel ihr nichts ein außer: „Wie geht's Ina und Anna?“

„Gut. Ina kocht das Abendessen, und Anna war noch nicht aus der Schule zurück. Da bin ich halt allein gekommen.“ Ein verlegenes Schweigen folgte.

Als sie das Gespann erreicht hatten, bedeutete ihr Vater ihr mit einem Kopfnicken, sie solle schon einsteigen, während er ihren Koffer auf der Ladefläche abstellte. Mit steifen Beinen kletterte Judith über das Rad hinauf und setzte sich.

Sie waren fast zu Hause, als ihr Vater fragte: „Wie gefällt's dir in der Schule?“

„Gut“, antwortete Judith, indem sie mit den Augen einen Gänseschwarm am Himmel verfolgte, der in V-förmiger Formation aus dem Süden zurückkehrte.

Wieder herrschte Schweigen. Schließlich wiederholte ihr Vater: „Wie gefällt's dir in der Schule?“

Dieses Mittel hatte ihr Vater seit eh und je bei seinen Kindern angewandt. Wenn sie ihm geistesabwesende Antwort gaben, wiederholte er die Frage, bis sie ihm erschöpfend Auskunft gaben.

Judiths Herz begann zu hämmern. *Ist jetzt der Zeitpunkt dafür, ihm von meiner Berufung zu erzählen?* Sie holte tief Luft und beschloß, es jetzt gleich hinter sich zu bringen. Vielleicht konnten sie dann den Rest des Wochenendes dazu nutzen, die Einzelheiten zu klären.

„Wir hatten neulich eine wunderbare Versammlung in der Kapelle“, begann Judith mit klopfendem Herzen. „Die Witts waren da, und Pfarrer Witt hat über den Mangel an Mitarbeitern gesprochen. Dann hat er alle, die sich von Gott berufen fühlten, nach vorn zum Altar gebeten.“

Judith hielt inne, um Luft – und neuen Mut – zu schöpfen. „Acht Bibelschüler sind nach vorn gekommen."

Erneut zögerte sie.

Ihr Vater hatte ihr Gesicht beobachtet, und nun wandte Judith sich zu ihm um. Sie sah ein Leuchten in seinen Augen, und kaum hörbar murmelte er: „Gott sei gelobt!"

Judith freute sich über diese Reaktion. Sie wußte, wie sehr ihrem Vater daran lag, daß mehr und mehr Ortschaften mit dem Evangelium erreicht wurden, besonders in solchen Gegenden, wo es bislang noch keine Gemeinde gab.

Judith nahm allen Mut zusammen und stieß hastig hervor, ehe das Leuchten aus dem Blick ihres Vaters verblassen würde: „Ich war auch dabei."

Er stutzte sichtlich. Judith wartete darauf, daß er mit seiner Protestrede begann. Doch nichts kam. Nur Schweigen. Sein Blick wanderte zu den Pferden zurück, die er kutschierte. Mit dem einen Fuß scharrte er rastlos auf dem Bretterboden des Wagens. Judith sah, wie seine Hände sich fester um die Zügel spannten.

Noch immer sagte er kein Wort. Gerade hatte er Gott dafür gedankt, daß acht junge Leute zum Missionsdienst berufen worden waren. Doch nun sah er sich plötzlich mit der Tatsache konfrontiert, sein eigen Fleisch und Blut ziehen lassen zu müssen, wobei seine Tochter obendrein ein zartes und schmächtiges Mädchen war.

Schließlich nickte er zum Zeichen, daß er verstanden hatte. Sein Gotteslob von vorhin konnte er kaum wieder rückgängig machen. Doch Judith sah viele Sorgen und Ungewißheit in seinem Blick.

„Und wo?" fragte er nur.

Judith zuckte mit den schmalen Schultern.

„Das ... das steht noch nicht fest. Pfarrer Witt hat gesagt, daß Gott uns den Ort schon zeigen werde."

Seine innere Anspannung schien sich etwas zu lösen.

„Du weißt ja, daß du nicht zu den Kräftigsten gehörst", begann er sachte.

Judith reckte das Kinn in die Höhe.

„In der Heiligen Schrift heißt es, daß Gottes Kraft gerade in den Schwachen mächtig ist", zitierte sie.

Er nickte. Seinem Gesichtsausdruck nach zu urteilen, hielt er es für sinnlos, der Bibel zu widersprechen.

Schweigend fuhren sie weiter. Judith konnte ihrem Vater anmerken, wie ihn diese Neuigkeit beschäftigte. Endlich brach er das Schweigen.

„Wer ist denn der junge Mann?"

Judith begriff nicht.

„Wie bitte?"

„Der Mann. Als du zu Weihnachten daheim warst, hast du davon gesprochen, daß Prediger-Ehepaare gemeinsam ausgesandt werden. Wenn ich mich nicht irre, hast du in deinen Briefen kein Wort von einem besonderen Verehrer geschrieben. Ich hätte gern gewußt, mit wem meine Tochter den Rest ihres Lebens zu verbringen gedenkt. Mit wem gehst du also ..."

„Aber nicht doch!" unterbrach Judith ihn eilig. „Ich ... ich habe keinen Verehrer oder Verlobten. Ich habe vor, allein zu gehen."

„Was? Allein?" polterte er los. „Das ist doch völlig unsinnig! Du kannst doch nicht eine Gemeinde ganz allein aus dem Boden stampfen und leiten. Ein junges Mädchen wie du, kränklich und ..."

„Ich bin nicht kränklich", protestierte Judith. „Ich bin viel kräftiger, als du glaubst, Vater. Und ich habe Gott, um ..."

„So was hat man ja noch nie gehört", fuhr ihr Vater fort, ohne auf ihre Proteste einzugehen. „Es schickt sich einfach nicht für ein junges Mädchen, allein in die Fremde zu ziehen und zu versuchen, eine Gemeinde zu gründen. Wie kann die Kirchenleitung so etwas überhaupt in Betracht ziehen? Kommt gar nicht in Frage! Nicht für meine Tochter!"

Judith biß sich auf die Zunge. Dieses war nicht der geeignete Zeitpunkt, um die Diskussion fortzusetzen. Tränen brannten ihr in den Augen, doch sie war klug genug, um nicht weiter aufzubegehren. Statt dessen betete sie im stillen. Sie bat Gott, zu ihrem Vater zu sprechen. Wenn sie der Berufung Gottes folgen sollte, dann würde er ihren Vater davon überzeugen müssen, daß diese Berufung durchaus schicklich und richtig für eine junge Frau war.

„Wir reden später darüber", sagte er schließlich, klopfte ihr etwas befangen auf die Schulter und zerrte leicht an den Zügeln, um die Pferde zur Eile anzutreiben.

Er braucht Zeit zum Nachdenken – und zum Beten, dachte Judith.

Erst als Herr Evans Judith am Sonntag wieder zum Bahnhof kutschierte, kam das Thema erneut zur Sprache.

„Du weißt selbst, daß du oft krank bist", begann er leise.

Judith nickte schweigend. Es wäre unvernünftig, das zu leugnen.

„Du weißt auch, daß das Leiten einer Gemeinde eine harte und mühsame Arbeit ist."

Wieder nickte Judith.

„Warum schicken sie denn nicht zwei Frauen gemeinsam los?" wollte er wissen.

„Weil nicht genug da sind", versuchte Judith ihm zu erklären.

„Du wirst bestimmt sehr viel allein sein."

„Ja, das weiß ich", flüsterte Judith, den Tränen nahe.

„Du wirst niemanden haben, der dir hilft."

„Jesus wird bei mir sein", beharrte Judith mit bebender Stimme.

Eine Zeitlang waren die einzigen Geräusche das Trotten der Pferde, das Quietschen der Wagenräder und hin und wieder das Zwitschern eines Vogels.

„Und du möchtest es trotzdem wagen?" fragte der Vater schließlich.

Judith sah ihn mit flehenden Augen an. Tränen hingen an ihren Wimpern, und sie schluckte mühsam.

„Was ich möchte, ist nicht so wichtig", antwortete sie leise. „Ich bin berufen worden, Papa. Ungehorsam würde nur Kummer mit sich bringen. Ich muß, ich *muß* einfach meinem Ruf folgen."

Nur in besonders vertrauten Momenten nannte sie ihn Papa. So hatte ihn ihre Mutter oft genannt. „Geh und frage deinen

Papa!“ hatte sie zu den Mädchen gesagt, oder: „Ruft euren Papa zum Essen!“ Er wandte sich ein wenig ab, um seine tiefe Bewegung zu verbergen. Nach einer Weile räusperte er sich und wandte sich wieder zu Judith um.

„Dann will ich deinem Gehorsam nicht im Wege stehen“, sagte er mit rauher Stimme. „Ich ... ich werde alles tun, um dir zu helfen.“

Mit einem freudigen kleinen Aufschrei lehnte Judith sich an ihren Vater und nahm seine große Hand in ihre beiden kleinen Hände.

„Danke, Papa“, sagte sie unter Tränen. Jetzt wußte sie, daß ihr Gebet erhört worden war.

Vorbereitungen

Judith fuhr nach Hause, um Ina während des Sommers auf der Farm zu helfen. Viel lieber hätte sie an einem Missionseinsatz teilgenommen, der sie auf ihre Zukunft vorbereitet hätte. Doch ihr Vater hatte ausdrücklich darum gebeten, daß sie die Sommermonate zu Hause verbrachte, und sie wollte seine Wünsche berücksichtigen, so weit es möglich war.

Endlich war der Sommer vorüber, obwohl er Judith doppelt so lang wie sonst erschienen war. Sie war froh, als sie ihren Koffer wieder packen konnte, um mit dem Zug zur Bibelschule zurückzufahren.

Aber vielleicht, überlegte sie, während sie im Zug saß, *vielleicht hätte ich diesen Sommer gar nicht besser verbringen können, als daheim mit Ina Bohnen und Tomaten einzukochen. Vielleicht war das sogar die beste Art der Vorbereitung für meinen späteren Dienst.*

Wieder an der Bibelschule angekommen, richtete sie sich gewissenhaft nach den Schulregeln, was bedeutete, daß sie abends rechtzeitig zu Bett ging. *Geradesogut könnte ich jetzt am Tisch sitzen und lernen*, jammerte sie manchmal, wenn sie mit weit geöffneten Augen im Bett lag und an eine bevorstehende Klassenarbeit dachte. Ihre Zensuren verschlechterten sich zwar ein wenig, doch sie ließ sich dadurch nicht entmutigen und befolgte ihren festen Vorsatz, jeden kostbaren Moment des Tages auszunutzen. *Herr, ich vertraue dir alles an: meine Zeit, meine Gesundheit und auch meine Noten,* betete sie.

Ihr Privatleben schrumpfte auf ein kümmerliches Bißchen zusammen, und bald titulierten ihre Kameradinnen sie mit „Judith Nase-im-Buch". Es blieb ihr kaum noch Zeit für einen

Gang in die Stadt oder eine Runde Tischtennis im Aufenthaltsraum. Doch das machte Judith nichts aus. Sie wußte, daß sie in dem einen kurzen Jahr an der Bibelschule soviel wie nur irgend möglich lernen mußte.

Schon zweimal war sie zu einer Unterredung mit dem Kirchenbezirksleiter gebeten worden, und beide Male hatte er ihr versichert, daß er ihr einen Posten zuweisen würde, sobald sie die notwendigen Qualifikationen besaß.

Ein Literaturkurs mußte noch abgeschlossen werden, und Judith bemühte sich, die Zeit zum Lesen in ihrem vollen Tagesablauf unterzubringen. Es fiel ihr schwer, die angegebenen Bücher zu lesen und eine schriftliche Inhaltsangabe abzuliefern, doch wenn sie es nicht schaffte, würde sie vorerst keinen Missionsposten zugewiesen bekommen. Sie gab sich die größte Mühe, die Arbeit zu bewältigen, die Folge war jedoch Hetze und Erschöpfung.

Judith dankte Gott täglich für ihre Kraft, die er ihr schenkte. Sie konnte seine Bewahrung förmlich spüren. Sicher lag ihm ebensoviel daran wie ihr selbst, daß sie das anstrengende Schuljahr erfolgreich hinter sich brachte. Zweieinhalb Wochen vor dem Semesterende verspürte sie aber dann den gefürchteten bleiernen Schmerz in den Gliedern und das Kratzen im Hals.

Ein paar Stunden lang versuchte sie zu leugnen, daß sie die Grippe hatte, doch dann ließen sich die hämmernden Kopfschmerzen und die Röte ihrer Wangen nicht mehr vor den Blicken der anderen verbergen.

„Sind Sie etwa krank, meine Liebe?“ erkundigte sich Fräulein Herrington und fühlte Judiths Stirn mit ihrer kühlen Hand. Judith blieb nichts anderes übrig, als bedrückt zu nicken.

„Mir scheint, Sie gehören ins Bett“, urteilte die praktisch denkende Lehrerin.

„Aber das geht doch nicht!“ jammerte Judith. „Ich muß doch morgen eine Hausarbeit abgeben!“

„Ich fürchte, die Hausarbeit wird warten müssen“, entgegnete Fräulein Herrington. „Wer unterrichtet den Kurs? Ich werde Sie entschuldigen lassen.“

Widerwillig gab Judith ihr Auskunft und machte sich auf den Weg zu ihrem Zimmer. Die Treppe schien sich unter ihren Füßen zu drehen. Judith suchte am Geländer Halt.

Fräulein Herrington kam mit einer Arznei, als Judith sich gerade zugedeckt hatte. Das Schlucken der Tabletten bereitete ihr Mühe.

„Ich werde Ruth über Nacht zu Charlotte aufs Zimmer schicken", erklärte Fräulein Herrington. „Dann bekommen Sie mehr Ruhe, und Ruth wird sich nicht bei Ihnen anstecken."

Judith nickte.

„Ist Ihnen auch übel?"

Judith schüttelte den Kopf.

„Gut, aber ich lasse Ihnen das Becken zur Sicherheit trotzdem da", erklärte Fräulein Herrington. „Und ich werde öfter nach Ihnen schauen."

Wie sich herausstellte, war es ein großes Glück, daß Judith das Becken in erreichbarer Nähe hatte. Es dauerte nicht lange, bis sie davon Gebrauch machen mußte – und von da an in regelmäßigen Abständen. *Da kann die Arznei ja überhaupt nicht wirken!* stöhnte sie bei sich. Fräulein Herrington hatte alle Hände voll damit zu tun, das Becken auszuspülen und Judiths heißes Gesicht mit Kompressen zu kühlen.

Judith hatte keine Kraft mehr, um sich gegen die Krankheit zu wehren. Sie kapitulierte einfach und ließ ihren müden, schmerzenden Kopf auf dem Kissen ausruhen.

Vier Tage lang litt sie unter hohem Fieber und Schüttelfrost. Ihr zarter Körper wurde völlig ausgelaugt. Zwischendurch, wenn sie halbwegs klar denken konnte, war sie wütend und enttäuscht, weil die Abschlußfeier vor der Tür stand, doch sie würde ihr Zeugnis nicht bekommen. Sie hatte noch nicht alle Tests hinter sich. *Ach, wenn die Grippe doch nur ein paar Wochen später gekommen wäre!* jammerte sie.

Als sie sich endlich etwas besser fühlte, waren es nur noch ein paar Tage bis Semesterschluß. *Was ich alles an Lehrstoff versäumt habe, werde ich nie aufholen können!* dachte sie bedrückt. Mit zögernden und mühsamen Schritten machte sie sich auf den Weg zum Büro des Direktors.

Professor Henry zeigte sich außerordentlich verständnisvoll. Er ließ sich Judiths Kurse zeigen, erklärte sich bereit, mit ihren Lehrern zu sprechen, und versicherte ihr, daß man ihr helfen würde, ihre Aufgaben in der einen noch verbleibenden Woche zu erledigen.

Das Entgegenkommen des Lehrkörpers sowie Judiths angestrengte Bemühungen ermöglichten es ihr, die meisten Anforderungen zu erfüllen. Allerdings mußte sie die Pflichtlektüre beiseite legen. Zum Semesterende schloß sie zwar das Schuljahr gemeinsam mit ihren Mitschülern ab, doch eine Arbeitsbewilligung konnte ihr vorerst nicht erteilt werden.

Judiths Schmerz war groß, als Ruth ihre Anerkennungsurkunde überreicht und ihren Einsatzort mitgeteilt bekam.

„Es gibt noch keine Gemeinde dort. Ich soll eine gründen", erzählte Ruth mit leuchtenden Augen. „Sonntags werde ich sogar gleich zwei Gottesdienste halten, vormittags einen im Schulhaus von Midland und nachmittags einen in der Schule von Dunnagan."

Da hatte sie sich aber viel vorgenommen, fand Judith. Trotzdem ... Ruth war einfach zu beneiden! Judith schloß Ruth in die Arme und gab ihr die besten Wünsche mit auf den Weg. Beiden strömten die Tränen ungehindert über das Gesicht.

„Und wo wirst du wohnen?" fragte Judith, als sie sich wieder gefaßt hatte.

„Ich werde bei einer Familie am Ort untergebracht. Es wird bestimmt furchtbar eng dort werden. Sechs Kinder haben sie, heißt es."

„Da hast du ja gleich einen guten Grundstock für deine Gemeinde", sagte Judith mit einem schwachen Lächeln, das Ruth mit noch einer Umarmung erwiderte.

Doch sie wußten beide, daß es für Ruth nicht leicht werden würde. Sie war als Einzelkind aufgewachsen und war deshalb nicht an den Lärm und Trubel einer großen Familie gewöhnt. Außerdem brauchte sie viel Ruhe, um nachzudenken, zu beten und ihre Predigten vorzubereiten.

„Es wird schon irgendwie gehen", tröstete Ruth ihre Zimmergenossin, als diese ein besorgtes Gesicht machte.

Judith nickte und bemühte sich zu lächeln.

„Und was wirst du jetzt tun?“ fragte Ruth ernst. „Ich weiß doch, wie brennend gern du jetzt auch fertig wärst.“

Judith nickte langsam und versuchte, ihre Enttäuschung nicht allzu deutlich zu zeigen.

„Ich fahre nach Hause“, sagte sie mit einem leichten Zittern in der Stimme. „Ich muß erst einmal wieder zu Kräften kommen, und dann muß ich noch die Pflichtlektüre hinter mich bringen. Tja also ...“ Sie zuckte mit den Achseln und zwang sich zu einem Lächeln.

„Und wann, glaubst du ...“

„In zwei bis drei Wochen“, unterbrach Judith sie. „Hoffentlich. Pfarrer Witt hat mir zwar gesagt, ich solle mir etwas mehr Zeit lassen, aber wir werden sehen.“

Ein paar Tage später standen die beiden Mädchen auf dem Bahnsteig von Regis und warteten auf den Zug, mit dem Ruth zu ihrem ersten Missionseinsatz reisen sollte.

„Prima, die Sache mit Verna, nicht?“ sagte Ruth strahlend.

Auch Judiths Augen leuchteten auf. Verna Woods, eine weitere Klassenkameradin, hatte sich zum Missionsdienst gemeldet, selbst wenn sie allein gehen mußte.

„Jetzt sind wir zu dritt als Missionsschwestern“, sagte Judith. „Und wir dürfen sogar zur Konferenz fahren – und obendrein dort bei den Wahlen unsere Stimme abgeben.“

Die beiden Mädchen lachten und fielen einander in die Arme. Bei der Konferenz wählen zu dürfen war eine hohe Ehre.

Der herannahende Zug zerriß die Stille des Frühlingsmorgens, und Ruth schob ihr Gepäck dichter an die Bahnsteigkante heran.

„Du schreibst mir doch?“ bat Judith.

„Natürlich! Du mir auch?“ antwortete Ruth.

„Oh, ganz sicher. Ehrenwort! Schließlich werde ich mehr Zeit haben als du“, versprach Judith.

„Nicht, wenn du im Eiltempo durch deine Lektüre rast!" scherzte Ruth, doch Judith zuckte nur mit den Achseln und nickte. Die Pflichtlektüre war in der Tat recht anspruchsvoll, und ihr Vater würde aufpassen, daß sie sich nicht überanstrengte.

Die Zeit reichte gerade noch dazu, daß Judith Ruth bei der Hand nahm und ein kurzes Gebet sprach. Dann verabschiedeten sich die beiden Freundinnen voneinander, und Ruth stieg erwartungsvoll in den Zug, der sie an ihren ersten Einsatzort bringen sollte, während Judith widerwillig ins Wohnheim zurückkehrte, um mit einem späteren Zug nach Hause zu reisen.

Doch anstelle der zwei bis drei Wochen, mit denen Judith gerechnet hatte, brauchte sie ganze sieben Wochen, bis sie ihre Bücher gelesen, ihre Anerkennungsurkunde bekommen hatte und ihren Missionsdienst antreten konnte. Nach dieser Zeit war ihre Gesundheit kräftiger geworden, ihr Gang fester und ihr Gesicht entspannter.

Judith würde für sich allein wohnen. Eine kleine Unterkunft stand zur Verfügung, hatte der Kirchenbezirksleiter ihr in einem Brief mitgeteilt. Ihr Einsatzort war Wesson Creek, zwei Tagereisen von ihrem Heimatort entfernt. Ihr Vater hielt zwei verläßliche, gutartige Grauschimmel und einen Buggy für sie bereit.

Judith sah ihrem Auftrag mit gemischten Gefühlen entgegen, denn sie hatte noch nie allein irgendwo gewohnt. Einerseits würde sie die Einsamkeit begrüßen, weil sie in Ruhe arbeiten und beten konnte. Andererseits würde sie sich aber bestimmt einsam fühlen, befürchtete sie.

Beklommen und sonderbar aufgeregt schaute sie zu, wie ihr Vater fast ein wenig widerwillig die kleine Kutsche für die Reise belud und ihr zwischendurch immer wieder einen langen, prüfenden Blick zuwarf. Sie war froh und beklommen zugleich, überglücklich und gleichzeitig ernst; darauf brennend, endlich loszufahren, und zugleich betrübt über den Abschied von dem Haus, in dem sie aufgewachsen war und an dem sie so sehr hing.

Doch sie wollte sich ihre Zweifel und Ängste auf keinen

Fall anmerken lassen. Sie lächelte unbeirrt und ging mit festen Schritten durchs Haus. Alle sollten wissen, daß sie vollkommen einverstanden war mit der Wende, die ihr Leben nun nehmen sollte.

Judith hatte keine Ahnung, was ihr Vater in die ohnehin schon volle Kutsche lud. Sack um Sack, Kiste um Kiste stapelten sich neben dem Sitz. Sie dachte daran, wie Ruth nur mit zwei abgewetzten Koffern an ihren Einsatzort gereist war. *Aber Ruth wohnt immerhin bei einer Familie*, machte sie sich klar. *Ich dagegen werde meinen ganzen Haushalt selbst führen müssen.*

Endlich waren die letzte Truhe und der letzte Koffer in dem hochbeladenen Gefährt untergebracht.

„Hoffentlich hält sich das Wetter!" meinte ihr Vater mit einem Blick auf den wolkenlosen Himmel. „William Davis hat sich meine einzige Ölplane geliehen, und als ich sie heute morgen abholen wollte, sagte seine Frau, daß er erst nächste Woche wieder nach Hause kommt."

In dieser Hinsicht war Judith völlig unbesorgt. Bei einem so klaren Himmel würde die zweitägige Reise gewiß reibungslos verlaufen.

Zum Abschied umarmte sie ihre Schwestern und ihren Vater, und dann ging die Fahrt auch schon los. Eine handgezeichnete Landkarte von ihrem Vater steckte in ihrer Manteltasche.

Die Tränen kamen ihr erst, als sie den Pappelhain an der Biegung der staubigen Landstraße erreicht hatte. All die aufgestauten Gefühle der letzten Tage übermannten sie, und die Tränen liefen ungehindert über ihre Wangen. Sie wischte sie nicht weg.

Dieser Auftrag, zu dem sie berufen worden war, dieses Abenteuer war etwas, zu dem sie sich verpflichtet hatte. Dennoch war ihr Herz von Beklommenheit und Abschiedsschmerz erfüllt.

Judith ließ ihren Tränen freien Lauf, bis sie in der Ferne ein Gespann entdeckte. Sie zog ein Taschentuch aus der Tasche und hoffte, die Spuren ihres Weinens schnell beseitigen zu können. Es war ein Nachbar, der ihr nur einen Gruß zurief und den Hut lüftete, als er an ihr vorüberfuhr.

Die Sonne brannte heiß vom Himmel, und Judith war froh, daß ihr Vater darauf bestanden hatte, daß sie ihre Alltagshaube mitnahm. Diese trug sie nun anstelle der nagelneuen, dunkelblauen Haube, die sie als kirchlich anerkannte Diakonisse trug. Die kostbare Kopfbedeckung lag in einer kleinen Schachtel neben ihren Füßen, wo sie vor Staub und Sonne geschützt war.

Ihr Vater hatte ihr zwei sanftmütige Pferde ausgesucht. Obwohl Judith keine ausgesprochene Pferdenärrin war, hatte sie schon oft die Grauschimmel ihres Vaters kutschiert. Schatten und Stern, ihre beiden Pferde, waren leicht zu handhaben; sie brauchten nur in die richtige Richtung gelenkt und hin und wieder ermahnt zu werden, wenn sie träge am Wegrand bummeln wollten.

Gegen Mittag steuerte Judith mit ihrem Gespann auf einen schattigen Platz unter hohen Pappeln zu, wo sie mit steifen Gliedern aus dem Wagen kletterte. Sie war es nicht gewohnt, so lange zu kutschieren, und sah bestürzt auf ihre Hände hinab. Ihre Finger waren verkrampft, und die ersten Anzeichen von Blasen waren schon zu sehen. *Eine robuste Farmerstochter bin ich wohl kaum*, dachte sie. Sie zog sich die Haube vom Kopf und ließ sich den Wind durch die Haare wehen.

Dann spannte sie die Pferde aus und führte sie an den Graben zum Tränken. In seiner Gier hätte Schatten sie beinahe zu Boden geworfen, wo sie in einer schmutzigen Pfütze gelandet wäre. Ungehalten schalt sie das Pferd und riß an seinem Zaum. Danach ließ sie die Zügel los und trat beiseite, damit Schatten von selbst zum Wasser gehen konnte. Es war zwecklos, sich mit dem großen Grauschimmel anzulegen.

Nachdem die Pferde ihren Durst gestillt hatten, band Judith sie an einen Pflock, so daß sie nach Herzenslust grasen konnten, und holte die Tasche mit ihrem Mittagessen aus dem Wagen. Ina hatte es für sie eingepackt. Judiths Augen füllten sich mit Tränen, als sie die besonderen Leckerbissen sah, die ihre Schwester ihr liebevoll mit auf den Weg gegeben hatte.

Vor Rührung konnte sie kaum schlucken, so daß sie den größten Teil des Mittagessens wieder einpackte und im Wagen verstaute. Vielleicht würde sie später Appetit bekommen.

Die beiden Pferde wollten sich nicht von dem hohen Gras trennen. Judith mußte sie an den Zügeln packen und zum Wagen zurückzerren. Als sie sie endlich wieder angespannt hatte, war sie außer Atem, schweißgebadet und verstimmt.

Dann ging die Fahrt weiter. Unbarmherzig brannte die heiße Nachmittagssonne auf Judiths Kopf.

„Wenigstens regnet es nicht!" murmelte sie vor sich hin und straffte die Zügel über den beiden breiten Pferderücken. Die Landstraße war so gut wie unbefahrbar, wenn ein Regenguß den schweren Lehmboden aufweichte.

Für die Nacht erwartete sie ein Quartier bei Fred und Agatha Russell, die inzwischen verheiratet waren und die Kirchengemeinde in Conner leiteten. Judith war etwas unwohl bei dem Gedanken, ihre ehemaligen Schulkameraden nun zum ersten Mal als Ehepaar zu sehen. Doch je länger sich der Nachmittag hinzog und je dunkler die Schatten auf der Landstraße wurden, desto weniger sorgte Judith sich darum, bei einem jungvermählten Ehepaar zu Gast zu sein. Sie freute sich schon auf das Wiedersehen mit ihren Freunden und einen Schlafplatz in dem Pfarrhaus. Ungeduldig beugte sie sich vor und suchte in der Ferne nach den ersten Anzeichen einer Ortschaft.

Doch es war schon fast dunkel, als sie das kleine Holzhaus endlich entdeckte. Mit einem stillen Dankgebet auf den Lippen lenkte sie das Gespann durch das Tor. Ihre Freunde mußten schon Ausschau nach ihr gehalten haben; sie kamen ihr von der Veranda aus entgegen und begrüßten sie herzlich. Fred nahm das Gespann, während Judith von Agatha ins Haus gebeten wurde, wo sie sich in der Küche frischmachen konnte, bevor das Abendessen aufgetragen wurde.

Hinaus in die Fremde

Judith folgte dem kleinen Pfad zu ihren Pferden, die Fred schon vor den hochbeladenen Wagen gespannt hatte. Die Sonne war gerade aufgegangen. Judith rechnete wieder mit einem heißen Tag und setzte sich ihre Haube fest auf den Kopf.

Sie bedankte sich herzlich bei Fred und Agatha für die freundliche Aufnahme, setzte sich auf ihren Wagen, nahm die Zügel und schnalzte mit der Zunge. Die beiden Grauschimmel trotteten eifrig los, und Judith verspürte plötzlich Mitleid. Gewiß erwarteten die Tiere, daß es nun wieder nach Hause gehen sollte. Am Ende der Hofeinfahrt mußte Judith das Gespann energisch nach rechts anstatt nach links lenken. Nur widerwillig gehorchten die Pferde den Zügeln. Judith winkte Agatha ein letztes Mal zu, und dann war sie wieder allein.

Judith fühlte sich ausgeruht und frisch. Ihre Hände hatte sie sorgfältig gewaschen und mit Salbe eingerieben. Agatha hatte ihr ein Paar alte Socken von Fred gegeben, von denen sie die Spitzen abgetrennt und dann seitlich in jeden Strumpf ein Loch für Judiths Daumen geschnitten hatte: eine Art Handschuh, der ihre Haut beim Kutschieren schonen sollte. Judith bedauerte nur, nicht schon selbst auf diese Idee gekommen zu sein, bevor sie von daheim losgefahren war.

Die Sonne brannte immer heißer. Judith befürchtete, daß sie die Hitze trotz ihrer Haube nicht mehr lange ertragen würde. Zu ihrer großen Erleichterung kam bald eine Brise auf.

Wie am Vortag legte Judith eine Essenspause ein, doch diesmal erst am frühen Nachmittag. Sie hatte nach einer Wasserstelle für die Pferde Ausschau gehalten, doch die Gräben am Straßenrand waren ausgetrocknet.

Endlich entdeckte sie einen kleinen Teich. Es gab zwar

keine schattenspendenden Bäume in der Nähe, doch in den Gräben wuchs Gras. Sie lenkte ihr Gefährt von der Straße weg, so gut es ging, und stieg aus. Ihre Gelenke waren jetzt noch steifer als am Tag zuvor.

Die Pferde hatten es eilig, ans Wasser zu kommen, und warteten ungeduldig darauf, daß Judith sie von dem Geschirr befreite. Endlich war es ihr gelungen, die Pferde auszuspannen. Mit fester Hand führte sie sie die steile Böschung hinab zum Wasser. Die große Stute ließ sich willig führen, doch Schatten, der Wallach, drängte sich schwerfällig nach vorn und trat Judith gegen die Ferse. Vor Schmerz schrie sie auf und riß an seinem Zaum, worauf er den Kopf zornig hochwarf und das gegen ihn so schwache Mädchen beinahe in den Teich gestoßen hätte.

Die beiden Pferde stürzten sich durstig auf das Wasser und machten sich anschließend über das Gras am Ufer her. Judith band jedes der beiden an einem Pfahl fest und humpelte dann zu dem Buggy zurück, um sich das Mittagessen zu holen, das Agatha ihr mit auf den Weg gegeben hatte. Sie war hungrig und durstig. Obwohl die Wasserflasche, die Agatha ihr aufgefüllt hatte, inzwischen unappetitlich warm geworden war, trank Judith fast so viel wie vorhin die Pferde.

Schließlich band sie sich die Haube ab und schob sich die Haare aus der feuchten Stirn, um die Nachmittagsbrise voll auskosten zu können. Anhand der Landkarte von ihrem Vater konnte sie erkennen, daß sie noch eine lange Wegstrecke vor sich hatte.

Sie packte die Reste von ihrem Mittagessen wieder ein und verstaute sie so, daß sie sie von ihrem Wagensitz aus jederzeit erreichen konnte, falls sie unterwegs wieder hungrig werden sollte. Sie sah nach den Pferden, die gierig an den Grasbüscheln rissen und kauten. Gewiß waren sie noch längst nicht satt, doch Judith konnte es kaum erwarten, die Reise fortzusetzen. Ihr Blick wanderte zum Himmel, wo sie zu ihrer Bestürzung große Gewitterwolken von Westen her aufziehen sah.

„Ach du Schreck!“ rief sie entsetzt. „Es sieht nach Regen aus, und ich habe nicht einmal einen Regenumhang bei mir!“

Regen war eins der Dinge, für die Judith nicht gerüstet war. Sie holte die Pferde und spannte sie eilig vor den Wagen. Die beiden Grauschimmel peitschten ungehalten mit den Schweifen und warfen trotzig die Köpfe in die Höhe, doch Judith ließ sich nicht erweichen.

„Wir müssen uns beeilen!" sagte sie mit strenger Stimme zu dem widerspenstigen Gespann. „Es wird Regen geben, und dabei haben wir noch eine weite Fahrt vor uns!" Sie ließ die Zügel auf ihre runden Hinterteile klatschen, und mißgelaunt trabten die beiden los.

Das flotte Tempo hielt nicht lange vor. Judith wußte, daß die Tiere genauso erschöpft waren wie sie selbst, und sie brachte es einfach nicht übers Herz, sie zu überfordern. Sie fielen in eine langsamere Gangart zurück, und Judith kutschierte, wobei sie immer wieder einen Blick auf den unheilvoll bewölkten Himmel warf.

Der Wind wurde stärker, und Judith vergewisserte sich auf der Landkarte, daß sie sich noch auf der richtigen Straße befand. Das drohende Gewitter schien den Pferden völlig gleichgültig zu sein. Sie trotteten in der bleiernen Hitze so unbekümmert vor sich hin wie sonst auch.

Doch Judith sorgte sich dafür um so mehr. Die dunklen, jagenden Wolken sahen aus, als wollten sie die Kutsche mit allem, was darin war, überfluten. Judith warf einen kurzen Blick hinter sich, um festzustellen, was wohl die Säcke und Kisten dort beinhalten mochten.

Da waren Zucker- und Mehlsäcke. Judith würde sie wegwerfen müssen, wenn sie naß wurden. Wie sollte sie nur ihre Lebensmittel vor dem Regen schützen? Sie wußte keinen Rat. Schließlich begann sie ernsthaft und inbrünstig zu beten.

Gerade als die ersten schweren Regentropfen gefallen waren, erblickte sie hinter einer Wegbiegung einen Bauernhof. Nun scheute sie sich nicht, die Peitsche zu gebrauchen, und die Pferde trabten so schnell los, daß Judith Mühe hatte, sie unter Kontrolle zu halten.

Es gelang ihr, das Gespann in den Hof zu lenken, doch ihre Dankbarkeit über diese Rettung in der Not war nur von kurzer

Dauer. Die Farm war verlassen. Hohes Gras umgab die Gebäude. An einigen Fenstern des verwitterten Wohnhauses fehlten die Glasscheiben. Lose Schindeln klapperten lautstark im Wind. Ein großes Vorhängeschloß hing an der verwitterten Haustür. Es war klar, daß auf diesem Gehöft keine Hilfe zu erwarten war.

Judith blickte sich um und sah eine windschiefe Scheune mit einem Doppeltor. Ob es wohl möglich sein würde, das Gespann dort vor dem Gewitter in Sicherheit zu bringen?

Es war ein hartes Stück Arbeit, doch endlich gelang es ihr, den riesigen Torflügel zu öffnen und ihn an der Scheunenwand zu befestigen. Danach riß und zerrte sie an dem anderen Torflügel, bis sie auch diesen geöffnet hatte.

Sie kletterte auf den inzwischen nassen Kutschbock zurück und drängte die Pferde vorwärts. Die Toröffnung war gerade breit genug. Die Pferde sträubten sich dagegen, die fremde Scheune zu betreten; sie schnaubten und wollten seitwärts ausweichen, doch Judith duldete keinen Widerstand. Sie verpaßte Schatten einen Hieb mit der Peitsche, und sein Satz nach vorn reichte aus, um die Stute ebenfalls zum Vorwärtsgehen zu bewegen.

Draußen krachte der Donner, und Judith hoffte inständig, daß die morsche Scheune das Gewitter unbeschadet überstehen würde.

Die Pferde waren sehr nervörs in der fremden Umgebung. Judith beschloß, sie auszuspannen und zum Grasen ins Freie zu lassen. Der Regen würde ihnen nichts ausmachen, und eine ausgedehnte Mahlzeit kam ihnen bestimmt gerade recht.

Sie mühte sich ab, bis sie Schatten ausgespannt hatte. Voller Neid sah Stern zu, wie ihr Kamerad schon ins Freie durfte, und versuchte ihm einfach zu folgen. Judith ahnte, daß es nicht einfach werden würde auch sie auszuschirren, doch sie hoffte sehr, daß die Stute sich gedulden würde, bis sie an der Reihe war.

Inzwischen fiel der Regen in wahren Sturzbächen vom Himmel. Judith kämpfte gegen ihn an, bis sie einen Zaun erreicht hatte, wo sie das Pferd fest anbinden konnte. Nicht auszudenken, was geschehen würde, wenn Schatten auf die Idee käme, sich selbständig auf den Heimweg zu machen!

Gegen den Wind und den kalten Regen kämpfte sich Judith wieder zu der finsteren Scheune zurück. Stern hatte offensichtlich keine Spur von Geduld aufgebracht. Zu Judiths Entsetzen hatte sie an dem Wagen gezerrt, bis die Deichsel gebrochen war. Judith wäre am liebsten in Tränen ausgebrochen. Was sollte sie nur jetzt anfangen?

Sie entwirrte die Riemen und führte auch Stern in den prasselnden Regen hinaus. In der Nähe von Schatten fand sich ein weiterer Pfahl, an dem sie die Stute festband.

Wieder in der Scheune, bis auf die Haut durchnäßt und den Tränen nahe, machte Judith sich klar, daß sie ihre triefend nassen Kleider als erstes gegen eine trockene Garnitur vertauschen mußte. Durch das Gewitter hatte sich die Luft stark abgekühlt. Mit klammen Fingern kramte sie in ihrem Koffer, bis sie frische Wäsche und ein trockenes Kleid gefunden hatte. Schnell zog sie sich um und zerrte dann die Decke unter dem Wagensitz hervor, um sich aufwärmen.

Als ihre Augen sich völlig an die Dunkelheit in der Scheune gewöhnt hatten, entdeckte sie in einer Ecke einen einladend aussehenden Strohhaufen. Voller Freude ging sie hin und versuchte, es sich darauf bequem zu machen. Kaum hatte sie geglaubt, ein trockenes Lager gefunden zu haben, da tropfte es auch schon vom Dach auf ihren Kopf. Ärgerlich stand sie auf und rückte ein Stück weiter.

Doch da entdeckte sie, daß ein stetes Rinnsal direkt in ihren Wagen floß. Sie sprang auf, um nachzusehen, ob der Zucker und das Mehl gefährdet waren. Der Zucker stand bedenklich dicht an der feuchten Stelle, so daß sie ihn an einen trockeneren Platz schob.

Schließlich ging sie wieder zu ihrem Strohhaufen zurück. Seitdem sie das letzte Mal aufgestanden war, hatten sich ein paar neue Tropfenströme eingestellt. Gab es denn überhaupt kein Fleckchen hier, an dem sie vor dem Regen sicher war?

Judith zog die Decke fester um ihre Schultern. Im Wagen lagen noch mehr Decken, doch diese mochte sie nicht auch noch in der schmutzigen, alten Scheune auspacken. Frierend kauerte sie sich zusammen. Sie würde einfach das Ende des Gewitters abwarten müssen, um dann gleich weiterzufahren.

Doch es blitzte und donnerte weiter. Judith wurde immer besorgter. Hin und wieder ging sie an die Tür, um sich zu vergewissern, daß die Pferde noch da waren. Sie konnte die beiden scharren und fressen hören. Das Getöse des Gewitters schien sie bei ihrem Schmaus überhaupt nicht zu stören.

Auch Judith verspürte inzwischen Hunger. Sie ging an ihren Wagen und holte den Rest ihrer Mittagsmahlzeit hervor. Nun war sie dankbar, ihn für später aufgespart zu haben. Sie hätte sich schwergetan, in den Lebensmittelsäcken auf dem Wagen nach einem Imbiß zu stöbern. Mit rohen Kartoffeln, Mehl oder in Säcke abgepacktem Zucker hätte sie wenig anzufangen gewußt.

Bald waren ihre Reste verzehrt, doch satt war sie noch bei weitem nicht. Wenn sie doch nur etwas zu trinken hätte! Doch die Wasserflasche war längst leer.

Über ihrem Kopf trommelte der Regen unablässig auf das verwitterte Dach.

„Das ist doch lächerlich!“ sagte Judith vor sich hin. „Überall Unmengen von Wasser, aber ich habe nichts zu trinken!“ Sie nahm Agathas Flasche und stellte sie vor die Tür in der Hoffnung, wenigstens soviel Wasser darin aufzufangen, um sich den trockenen Mund und Hals anzufeuchten.

Wieder auf ihrem Strohhaufen gelangte sie allmählich zu der Einsicht, daß die Dunkelheit in der Scheune inzwischen nicht mehr die Folge der Gewitterwolken, sondern der hereinbrechenden Nacht war. Im Dunkeln war Judith noch nie sehr tapfer gewesen. Zu Hause allein zu sein wäre vielleicht gerade noch erträglich gewesen, doch allein in einer alten, verlassenen Scheune im Dunkeln zu sitzen, das war eine Sache für sich. Judith zitterte, doch bei weitem nicht nur wegen der kühlen Nachtluft.

Wieder ging sie an die Tür und strengte sich an, die Pferde draußen in der Dunkelheit auszumachen. Da standen sie und fraßen noch immer. Eigentlich hätte Judith ihnen das Geschirr abnehmen sollen, doch sie brachte es einfach nicht fertig, bei dieser Dunkelheit durch Pfützen und nasses Laubwerk hinauszustolpern.

Schaudernd machte sie sich klar, daß sie für die Nacht hier festsaß, in dieser schrecklichen Scheune, wo es nur moderiges Stroh als Nachtlager gab und keinerlei Möglichkeit, die Tür zum Schutz gegen Landstreicher abzusperren. Noch nie hatte Judith eine Nacht unter solchen Umständen verbracht. Die Angst schnürte ihr die Kehle zusammen. *Auf so ein Abenteuer haben meine Lehrbücher mich ganz und gar nicht vorbereitet*, dachte sie mit einem bitteren Lächeln.

In der Ferne schrie ein Kauz. Judith erzitterte am ganzen Leib. In der Ecke hörte sie etwas im Stroh rascheln, und nur mühsam unterdrückte sie einen Aufschrei, während sie auf die Füße sprang. Bestimmt war es nichts weiter als eine Maus, dachte Judith, doch eine Maus als Gast für die Nacht war ihr ebenso unwillkommen wie ein Bär.

Im letzten Schein der Dämmerung suchte sie in ihrer Truhe herum, bis sie die warmen, rauhen Fasern einer Wolldecke ertastete. *Egal, wie schmutzig es hier ist*, sagte sie sich. Sie zog die Decke zwischen ihren übrigen Sachen hervor und stieg in ihren Buggy. Während sie Tüten und Kisten umherschob, um sich eine Art von Nachtlager freizuräumen, fühlten ihre Hände ein Stück schweren Stoffs, der zusammengefaltet dalag. Sie breitete ihn aus und entdeckte, daß ihr Vater in seiner weisen Voraussicht einen Regenumhang für sie eingepackt hatte. *Ich hätte besser aufpassen sollen; bestimmt hat er es erwähnt, und ich habe nicht richtig hingehört!* dachte Judith, und während sie sich den Umhang fest um die Schultern zog, versuchte sie, den Kloß in ihrem Hals zu schlucken. Sie wickelte sich in die Decken ein und breitete den Regenumhang über sich aus. Sehr bequem war ihr Nachtlager nicht, aber wenigstens war es trokken – vorläufig wenigstens. Blieb nur zu hoffen, daß sich nicht allzu viele andere Bewohner hier aufhielten!

Irgendwann in der Nacht hörte der Regen auf, und auch der Wind legte sich. Judith hörte deutlich das Klirren des Pferdegeschirrs und das Scharren der Pferde. Sie empfand die Geräusche als trostbringend. Wenigstens war sie nicht völlig allein hier.

„Natürlich bin ich nicht allein, Herr!“ betete sie. „Was ich zu Papa gesagt habe, war kein leeres Gerede. Du bist wirklich hier bei mir.“

Bis Judith endlich einschlief, tat ihr der ganze Leib weh, ihr Hals war vom Einatmen des moderigen Strohgeruchs ausgetrocknet, und ihre Füße waren trotz der Decke eiskalt, doch die Angst war fort. Sie wußte, daß Gott auch in dieser unangenehmen Situation bei ihr war – so, wie er es verheißen hatte.

Ungebetene Hilfe

Ein lautes Knarren schreckte Judith aus ihrem unruhigen Schlaf. Sie setzte sich auf und sah sich verwundert in ihrer Kutsche um. Ein paar Sekunden begriff sie nicht, wie sie nur hierher gekommen war, doch dann fiel ihr schlagartig alles wieder ein.

Judith hörte mehr Geräusche. Sie schienen von dort zu kommen, wo die Pferde angebunden waren.

Sie kletterte aus der Kutsche und lief zu dem Tor der alten Scheune. Schatten war die Ursache des Aufruhrs. Er hatte alles Gras aufgefressen, das er von seinem kurzen Strick aus erreichen konnte. In seiner Freßgier hatte er den Pfahl umgerissen und kämpfte nun mit dem morschen Zaun. Noch immer war er Gefangener seines Halfters, wofür Judith dankbar war, doch er hatte sich in einem Wirrwarr von Zaunbrettern und verrostetem Draht verfangen.

Judith rannte los. Wie sollte sie das aufgeregte Pferd nur von den Überresten des Zauns trennen?

„Du glaubst wohl, du wärst hungrig!“ schalt sie in ihrer Ratlosigkeit. „Dabei hast du die ganze Nacht gegrast. Ich dagegen hatte keinen Bissen, und ...“ Doch der stampfende und schnaubende Schatten war nicht in der Stimmung, Mitleid aufzubringen.

Das Pferd mußte zur Ruhe gebracht und das Geschirr abgenommen werden. Letzteres erwies sich als überaus schwierig, weil das Pferd sich heftig wehrte. Endlich gelang es Judith, das Geschirr freizubekommen und es an einen noch unversehrten Zaunabschnitt zu hängen. Als nächstes versuchte sie, den Wallach dazu zu bewegen, durch die zerbrochenen Zaunleisten und Bretter zu steigen, indem sie ihn am Halfter zog. Bei jedem Ziehen jedoch bockte, schnaubte und stampfte er, bis er schließlich wieder an dem Fleck stand, wo Judith ihn gefunden hatte.

Während der ganzen Prozedur konnte Judith nicht umhin, Stern hin und wieder einen Blick zuzuwerfen. Die Stute stand ein Stück abseits, den Kopf aufrecht, die Augen wachsam und die Ohren nach vorn geneigt. Ab und zu stieß sie ein kurzes Schnauben aus, als wollte sie Schatten ihr Mitgefühl über dieses bedauerliche Mißgeschick aussprechen, dem er zum Opfer gefallen war.

Judith wünschte sich, ihrem Ärger Luft machen zu können. Schließlich fuhr sie die Stute an: „Er hat's seiner eigenen Dummheit zu verdanken, daß er so in der Klemme sitzt! Du brauchst ihn kein bißchen zu bemitleiden, daß du's nur weißt!"

„Tue ich ja auch gar nicht", antwortete eine Männerstimme, und Judith wirbelte auf dem Absatz herum, das Gesicht vor Anstrengung tomatenrot. Sie war so in ihre Bemühungen versunken gewesen, daß sie niemanden kommen gehört hatte.

Der Mann, der so plötzlich vor ihr stand, war groß und breit und schäbig gekleidet. Sein ungepflegter, buschiger Bart schien nur aus dem einzigen Grund zu existieren, daß seinem Träger das Rasieren zu lästig war. Seine Kleider hingen ihm lose vom Leib. Die Hosenbeine hatte er sich in die Stiefel gestopft, die er zum Schutz gegen die Nässe trug.

Während Judith den unerwarteten Besucher noch musterte, beugte dieser sich ein Stück zur Seite und spuckte auf den Boden aus.

„Was machen Sie denn hier?" fragte er barsch. Judith stellte fest, daß er sich keinen Zoll vom Fleck gerührt hatte, um ihr zu helfen.

„Ich ... ich versuche gerade, mein Pferd freizubekommen", verteidigte sie sich. Aus ihren Augen sprühten Funken.

„Das seh' ich selbst!" gab der Mann zurück. „Aber was hat Ihr Pferd auf meinem Grund und Boden zu suchen?"

Diese Worte hatten einen ernüchternden Effekt auf Judith. Sie betrachtete den Schaden, den ihr Wallach an dem Zaun angerichtet hatte, und wurde plötzlich sehr schuldbewußt.

„Es ... es tut mir leid!“ stotterte sie kleinlaut. „Ich hatte auf keinen Fall die Absicht ...“

Doch er fiel ihr schroff ins Wort.

„Daß Sie nicht gekommen sind, um meinen Zaun zu Kleinholz zu machen, kann ich mir selbst denken. Aber Sie haben mir immer noch nicht auf meine Frage geantwortet.“

Judith sah sich nach Schatten um, der aufgeregt an seinem Riemen riß. Judith konnte es ihm nicht verdenken. Er stand reichlich verrenkt da, die Beine über zerborstenen Zaunlatten gespreizt, während zwei Menschen, die ihm eigentlich helfen sollten, einfach nur dastanden und palaverten. Judith versuchte noch einmal, ihn auf ebenen Boden zu ziehen.

Wieder bockte und schnaubte er, doch bevor Judith wußte, wie ihr geschah, wurde sie zur Seite geschoben, und der grobschlächtige Mann nahm ihr den Zügel aus der Hand.

Judith rettete sich eilig aus der Reichweite des Mannes wie auch des Pferdes. Sie stolperte noch über die zerbrochenen Zaunbretter hinweg, als Schatten mit riesigen Sätzen losstob, daß die Holzsplitter nur so durch die Luft flogen.

„Brr!“ rief der breitschultrige Mann. Augenblicklich blieb Schatten stehen.

Ohne ein Wort zu verlieren, warf er Judith das Zügelende zu und machte sich daran, die Bretter- und Lattenstücke an den Platz zurückzuräumen, wo der Zaun einmal gestanden hatte.

Judith errötete.

„Es tut mir entsetzlich leid!“ entschuldigte sie sich. „Ich werde dafür sorgen, daß Ihr Zaun geflickt wird.“

Während sie es noch sagte, fragte sie sich im stillen, wie in aller Welt sie das nur bewerkstelligen sollte. Sie hatte kein Geld für Zaunmaterial, und selbst wenn sie es gehabt hätte, verstand sie sich nicht auf Zaunreparaturen.

Der breite Mann richtete sich zu seiner vollen Größe auf und bedachte Judith mit einem messerscharfen Blick.

„Und wie stellen Sie sich das vor?“

Judith trat einen weiteren Schritt zurück und spielte ratlos mit dem Riemen in ihrer Hand.

„Das ... das weiß ich noch nicht genau“, gestand sie. Da hatte sie aber einen schönen Schlamassel angerichtet! „Vielleicht kann ich meinen Vater holen lassen ...“

„Wie ein kleines Kind!“ schimpfte der Mann und spuckte erneut auf den Boden. „Kaum sitzt sie in der Patsche, da winselt sie auch schon nach ihrem Papa!“ Er beugte sich vor und hob wieder einen Armvoll Zaunbretter auf.

Judith war um eine Antwort verlegen. Sie führte Schatten auf die Scheune zu, um diesen unfreundlichen Augen so schnell wie möglich auszuweichen.

Plötzlich hielt der Mann beim Aufräumen inne. Ohne sich umzuwenden, konnte Judith seinen Blick auf ihrem Rücken spüren.

„He! Einen Moment noch!“ polterte er. „Wir beide sind noch nicht ganz fertig miteinander!“

Mit rasendem Puls und rotem Gesicht drehte Judith sich zu ihm um.

„Sie haben mir immer noch nicht verraten, was Sie eigentlich hier zu suchen haben. Sind Sie vielleicht zu Hause ausgerissen?“

Seine Anschuldigung brachte Judith wieder auf den Boden der Tatsachen zurück. Ihr Kopf fuhr in die Höhe, und ihr Kinn reckte sich vor.

„Ich bin *keineswegs* von daheim ausgerissen!“ sagte sie so würdevoll, wie die Umstände es nur erlaubten. „Ich bin die neue Gemeindeschwester in diesem Bezirk.“

Er starrte sie entgeistert an.

„W-a-s sind Sie?“ Er glaubte wohl, nicht richtig gehört zu haben.

„Die neue Gemeindeschwester. Meine Kirchenleitung hat mich hierher geschickt, um eine Gemeinde zu gründen.“

„Hat man so was je ...?“ knurrte der Mann und spuckte erneut aus.

Judith betrachtete ihn so gefaßt, wie sie nur konnte, und zwang sich dazu, Haltung zu bewahren. Immerhin war sie ausgesandt worden, um anderen zu helfen, nicht um sie in Rage zu versetzen.

„Und wer hat Ihrer Kirchenleitung gesagt, daß wir hier 'ne Kirchengemeinde brauchen?" wollte der Mann wissen und baute sich vor ihr auf, bis Judith das Gefühl hatte, einem Riesen gegenüber zu stehen.

Judith wußte selbst nicht genau, was ihre Kirchenleitung dazu bewogen hatte, eine Gemeinde in diesem Landstrich gründen zu wollen. Wieder war sie um eine Antwort verlegen.

„Nun?" verlangte er drohend.

„Also, ganz genau weiß ich es nicht", begann sie. „Vielleicht kam die Einladung dazu von den Bewohnern selbst." Sie wußte, daß dies in vielen Ortschaften der Fall war.

„*Ich* hab' jedenfalls niemanden eingeladen!" stellte der Mann klar, wobei er Judith mit seinem Blick zu durchbohren schien.

„Nein", antwortete sie seelenruhig, ohne mit der Wimper zu zucken. „Nein, das kann ich mir auch nicht vorstellen."

Da standen die beiden, einander mit herausfordernden Blikken festnagelnd. Schließlich war es der breite Mann, der sich als erster aus der Erstarrung löste.

„Und wie sind Sie hierher gekommen? Hab' nirgends 'nen Wagen gesehen."

„Nicht?" sagte Judith und trat von einem Fuß auf den anderen. „Ich habe eine Kutsche."

„Wo?" Es klang schroff und kurz angebunden.

„In ... in der Scheune dort." Sie deutete mit der Hand in Richtung Scheune.

„Soso. Meine Scheune haben Sie also auch in Beschlag genommen?"

„Tut mir leid. Ich habe geglaubt, das Gehöft stehe leer. Ich wußte nicht, daß hier jemand wohnt. Ich ..."

„Hier wohnt keiner. Ich brauch' schließlich nicht hier zu wohnen, um der Besitzer zu sein, oder? Nur weil's leer steht, waren Sie wohl so frei und haben sich hier häuslich niedergelassen, was?"

„Nein. Natürlich nicht. Aber als das Gewitter losbrach ..."

„Was? Sie wollten sich unterstellen? Sind Sie etwa aus Zukker? Können Sie nicht mal 'nen Tropfen Wasser vertragen?"

„Aber ja doch!“ antwortete Judith und vermied es mühsam, wirklich ärgerlich zu werden. „Ich hatte Lebensmittel in der Kutsche, die mir verdorben wären, wenn sie naß geworden wären. Ich ...“

„Lebensmittel! Und für die hatten Sie etwa kein Verdeck?“

Judith schüttelte den Kopf und kam sich plötzlich wieder schrecklich kindisch und unerfahren vor. Sie mochte ihm nicht einmal erklären, daß ihr Vater seine einzige Ölplane an einen Nachbarn verliehen hatte. Der Mann würde sie ohnehin für zu jung und verantwortungslos halten, um für sich selbst sorgen zu können.

Er marschierte los, als habe er es plötzlich eilig, diese sonderbare Unterhaltung zu beenden und das junge Mädchen loszuwerden.

„Also gut, jetzt spannen wir Ihre Pferde an, und dann verschwinden Sie von hier!“ knurrte er und ging auf die Scheune zu.

„Das ... das ist leichter gesagt als getan“, begann Judith.

Er blieb stehen und sah sie fragend an.

„Die Deichsel ... die Pferde ... Stern hat bei dem Gewitter die Nerven verloren und die Deichsel beschädigt. Sie ... sie ist völlig kaputt“, endete sie kleinlaut.

Mit offenem Mund starrte er sie an.

„So, jetzt bleiben Sie mir aber mitsamt Ihren Pferden gefälligst aus dem Weg – und daß mir bloß nicht noch mehr Schaden angerichtet wird!“ befahl er und verschwand dann in der windschiefen Scheune.

Judith zog an dem Halfterriemen, um den grasenden Schatten an den Zaun zu führen, wo Stern noch angebunden stand.

„Kommt!“ sagte sie fast flüsternd zu den beiden. „Laßt uns bloß nicht noch mehr Scherereien kriegen!“ Sie band Stern los und führte die beiden Pferde vom Zaun weg, in Richtung Hofeinfahrt.

Plötzlich erblickte sie einen alten Ford-Lastwagen, der am Ende der Einfahrt stand. Ihr Herz machte einen Satz. Womöglich war jemand anders gekommen, der ihr aus der Klemme helfen könnte! Doch dann machte sie sich bekümmert klar, daß der Lastwagen höchstwahrscheinlich dem Mann gehörte, der sich dort in der Scheune knurrend und fluchend die beschädigte Deichsel ansah.

Es dauerte nicht lange, bis er wieder zum Vorschein kam, ärgerlich schimpfend zu seinem Lastwagen marschierte und darin nach Werkzeug suchte. Die Art, wie er zur Scheune zurückging, erinnerte Judith an das Gewitter der vergangenen Nacht.

In sicherer Entfernung blieb sie stehen, während aus der Scheune Hammerschläge und unwirsche Bemerkungen zu hören waren. Als endlich alles still wurde, überlegte sie, ob sie sich der Scheune nähern sollte.

Es war ein wahres Kunststück, die Köpfe der Pferde hochzuhalten, um sie am Grasen zu hindern, damit sie um Himmels willen nicht noch mehr von dem Gras fraßen, das ihnen nicht gehörte.

Eine unwirsche Stimme hinter ihr sagte: „So, jetzt können Sie anspannen!"

Judith starrte den Mann nur an.

„Sie wissen doch hoffentlich, wie man anspannt, oder etwa nicht?"

Judiths Wangen wurden heiß, und sie bemühte sich, die Beherrschung nicht zu verlieren. Mit einem Seufzen sah sie den Kerl an und antwortete: „Doch. Doch, das weiß ich!"

Sie riß an den Zügeln, um Schatten und Stern die richtige Richtung zu zeigen. *Aber die Kutsche steht doch noch in der Scheune!* jammerte sie vor sich hin.

Im gleichen Augenblick sah sie, daß die Kutsche schon rückwärts aus der Scheune geschoben worden war und auf der Wiese darauf wartete, hinter die Pferde gespannt zu werden.

Erst als sie die beiden Pferde vor den Wagen geführt hatte, fiel ihr ein, daß Schattens Geschirr noch am Zaun hing. Mit hochrotem Kopf sah sie sich um; bestimmt beobachtete der Mann sie voller Geringschätzung. Doch niemand war zu sehen. Gleich darauf hörte sie auch schon das Geräusch seines Lastwagenmotors.

Judith führte beide Pferde um die Scheune herum, damit sie

Stern im Blick behalten konnte, während sie Schatten das Geschirr anlegte. Es kostete sie große Mühe und mehrere Versuche, bis das Geschirr endlich saß. Erleichtert atmete sie auf. Vor Anstrengung schwitzte und zitterte sie, und schmutzig hatte sie sich obendrein auch gemacht.

Vielleicht haben es die Mädchen, die zu Fuß gehen müssen, am Ende gar nicht so schlecht! dachte sie.

Sie führte die Pferde zum Wagen und spannte sie für das letzte Wegstück an. Hoffentlich war es nun nicht mehr weit bis zu ihrem Ziel!

Angesichts ihrer schmutzigen Hände kam Judith ein betrüblicher Gedanke. Sie bot gewiß einen völlig ungepflegten Anblick. Die Haare hingen ihr wirr über die Schultern, und ihr Kleid war zerknittert und voller Flecken. Eigentlich hatte sie die Absicht gehabt, ihre Schwesternhaube kurz vor der Einfahrt ins Städtchen aufzusetzen. Doch jetzt kam sie beschämt zu der Einsicht, daß sie die Haube nicht durch ihren verlotterten Aufzug in Unehre bringen durfte.

„Ach, lieber Gott“, betete sie, „ich habe wirklich ein großes Durcheinander angerichtet. Würdest du mir bitte die Nebenstraße zur Stadt zeigen? Ich möchte die Kirche und dich nicht durch mein schäbiges Aussehen blamieren.“

Judith schnalzte mit der Zunge und kutschierte aus dem Hof. Bei Tageslicht sah die Farm sogar noch verfallener aus als in der Dunkelheit.

Wieso hat er nur so ein Aufhebens um den beschädigten Zaun gemacht? fragte sie sich. *Viel war davon ja ohnehin nicht übrig.*

Doch im Innern ihres Herzens wußte sie genau, daß sie keinerlei Recht hatte, den Besitz eines anderen zu beschädigen, ohne für die Folgen geradezustehen, ganz gleich, wieviel der Gegenstand wert gewesen war.

„Ich muß den Zaun unbedingt wieder in Ordnung bringen!“ sagte sie vor sich hin. „Aber wie?“

Judith wußte ja nicht einmal, wer der Besitzer des Hofes war. Ebensowenig wußte sie, wo sie ihn erreichen konnte.

„Ach, so etwas Dummes!“ seufzte sie. „Es wird wohl darauf hinauslaufen, daß er sich bei mir melden muß – und das sieht dann so aus, als wollte ich mich vor der Verantwortung drücken. Ach, wie dumm! Ich hätte ihn fragen sollen ..."

Judith lenkte ihr Gespann auf die Landstraße und warf schnell einen Blick auf ihre Karte. Doch dies wäre eigentlich überflüssig gewesen, denn als sie aufsah, konnte sie schon in der Ferne den kleinen Ort erkennen, wo sie von nun an wohnen und arbeiten sollte. Ihr Herz begann zu hämmern; doch ihr Verstand zügelte ihre Gefühle – Beklommenheit und Vorfreude.

„Bestimmt sind die Leute dort nicht alle so wie dieser Kerl!" sagte sie vor sich hin. So ungehobelt und barsch er sich auch aufgeführt hatte, so hatte er doch immerhin ihr Pferd aus den Zaunüberresten befreit, die Deichsel ihrer Kutsche repariert und sie dann aus der Scheune geschoben. Obwohl er es eilig gehabt hatte, Judith von seinem Grundstück zu vertreiben, war er vielleicht im Grunde genommen gar kein schlechter Mensch.

Dann fiel Judith noch etwas ein, und erneut errötete sie.

„Ich habe mich ja nicht einmal bei ihm bedankt!" flüsterte sie. „So benimmt man sich doch nicht als Missionarin!"

Aller Anfang ist schwer

Judith konnte keine Nebenstraße entdecken, auf der sie unauffällig in die Stadt gelangen konnte. Soweit sie sehen konnte, gab es nur eine einzige Zufahrt, und die führte mitten durch den Ort über die Hauptstraße, an Häusern und Läden und den Blicken der Bevölkerung vorbei.

Am liebsten hätte sie die auffällige Haube gar nicht aufgesetzt. Und es war ihr auch keineswegs danach zumute, die Leute zu begrüßen, die zu ihrer neuen Kirchengemeinde gehörten. Dennoch tat sie beides. Am Rand des Dorfes holte sie die sorgfältig verpackte Haube hervor. Mit zitternden Händen schob sie sich die Haare aus dem heißen Gesicht und bemühte sich, ein paar widerspenstige Strähnen an ihren Platz zu bugsieren, bevor sie sich die Haube aufsetzte. Sie klopfte sich den Straßenstaub aus dem Rock und versuchte vergeblich, ihn mit den Händen ein wenig zu glätten. Danach schnalzte sie mit der Zunge.

Wenn sie den Bewohnern dieses Ortes den christlichen Glauben näherbringen wollte, dann erforderte dies eine freundliche Haltung, dachte sie. Mit diesem Entschluß kutschierte Judith geradewegs ins Dorf hinein, um jeden, der ihr begegnete, mit einem freundlichen Lächeln und einem Kopfnicken zu begrüßen.

Mit lädiertem Stolz, doch mit unbeirrbarer Entschlossenheit rief sie jedem, der ihr begegnete, einen Gruß zu, ganz so, als wäre sie tipptopp gekleidet und frisiert. Während sie dann durch die Straßen fuhr, konnte sie die Neugier der Leute förmlich spüren.

Als sie ein großes Gebäude mit der Aufschrift „Kolonial- und Gemischtwaren von Wesson Creek“ vor sich sah, brachte sie ihr Gespann vor dem Nebengebäude zum Stehen. Ihrer Landkarte nach sollte ihr dieses Haus als Unterkunft sowie als Gemeindehaus dienen.

Sehr beeindruckend wirkte das Anwesen nicht gerade. Die Farbe auf der schlichten Außenwand war längst abgeblättert. Die Tür hing etwas schief, die Scheiben der beiden vorderen Fenster waren verschmutzt und voller Sprünge, und der kleine Pfad durch den Vorgarten war mit Unrat übersät. Bestürzt starrte Judith das Haus an. Kein Gottesdienstbesucher würde sich hier wohlfühlen können.

Einen Augenblick war sie den Tränen nahe, doch dann straffte sie die Schultern und rang sich ein Lächeln ab. Der Zustand des Hauses war im Grunde genommen nur eine Äußerlichkeit. Sie war gekommen, um das Evangelium hier zu verkündigen, und genau das würde sie auch tun.

Sie band die Pferde an dem Pfosten vor dem Haus fest und hoffte, daß dieser stabil genug war, um seinen Zweck zu erfüllen. Dann ging sie los, um ihren neuen Wohnsitz auszukundschaften.

Ihr Weg führte durch das Gartentor, das sich auf quietschenden Angeln weit öffnete, über den von Gras überwucherten, morschen Bretterweg zum Hintereingang, wo den Anweisungen zufolge ihr Quartier war.

Man hatte ihr geschrieben, daß die Tür mit einem Vorhängeschloß gesichert sei, und so fand Judith es auch vor. Ironischerweise hing aber direkt neben dem Vorhängeschloß der Schlüssel dazu an einem rostigen Draht. Judith konnte sich ein Schmunzeln nicht verkneifen.

Die Tür ächzte, als Judith sie öffnete und den Vorraum betrat. Er war voller Staub und Spinnweben und roch moderig. Judith duckte sich unter den Spinnweben hindurch und ging zum nächsten Zimmer.

Auch dieser Raum war klein; die Wände waren fleckenübersät, und der Fußboden starrte vor Schmutz. Hier fanden sich ein altmodischer Holzofen und ein kleines, angestrichenes Regal, ein Holztisch und zwei Stühle, die unter dem einzigen Fenster dieses Zimmers standen. In einer Ecke entdeckte sie ein Bretterregal mit allerhand Unrat. Zwei häßliche Sessel standen mitten im Zimmer so da, wie sie hier abgeliefert worden waren.

„Ist ja reichlich primitiv hier!“ murmelte Judith, doch sofort verspürte sie Schuldgefühle.

„Nicht, daß ich etwa einen Palast erwartet hätte, Herr“, entschuldigte sie sich. „Ich wollte nur, daß es gemütlich genug für Besucher aus der Nachbarschaft ist.“

Judith entdeckte eine kleine Tür. Das Zimmer, das sich dahinter verbarg, war kaum größer als eine Vorratskammer. Eine Liege füllte es fast völlig aus. In den Wandbrettern steckten mehrere Nägel, die vermutlich als Garderobenhaken dienen sollten. Kein Schrank. Keine Kommode. Aus dem schmucklosen Fenster hatte man einen Ausblick auf das von Unkraut überwucherte Grundstück, das durch einen verwitterten Bretterzaun von den Nachbargrundstücken abgegrenzt war.

Judith suchte nach einem Durchgang zu dem Teil des Gebäudes, der als Gemeinderaum dienen sollte. Es schien keinen zu geben. Anscheinend hatte man nur von außen Zugang. Judith ging ins Freie, um sich diesen Teil des Hauses anzuschauen. Sie hatte gehört, daß das Gebäude einmal als Billardhalle genutzt worden war, was auf ein geräumiges Inneres schließen ließ.

Die Tür ließ sich nur mit Mühe öffnen, doch endlich war der Spalt breit genug, daß Judith sich mit ihrem schmalen Körper durch die Öffnung schieben konnte. Es dauerte einen Moment, bis ihre Augen sich an die Dunkelheit gewöhnt hatten, doch dann erschauerte sie.

Die Stube war ein einziges Tohuwabohu. Die Wände waren dunkel und voller Flecken, die Fensterscheiben lagen in Scherben am Boden, zerborstene Stühle lagen überall verstreut, und allem Anschein nach nisteten hier Sperlinge.

Der Fußboden war am schlimmsten zugerichtet. Er war fast völlig von Abfall übersät, und wo das Holz durchschien, war es fleckig und verfärbt. Judith konnte sich lebhaft ausmalen, wie der Boden seit Bestehen des Gebäudes großzügig als Spucknapf für Kautabak benutzt worden war. Mit einem erneuten Schaudern flüchtete sie ins Freie. Der Anblick dieser Räuberhöhle war mehr, als sie im Moment ertragen konnte.

Sie schloß die Tür fest hinter sich zu und eilte in ihre kleine Wohnung zurück. Die beiden kleinen Zimmer und der Schuppen nahmen sich im Vergleich zu dem zukünftigen Gemeindesaal beinahe fürstlich aus.

„Also schön", sagte sich Judith und straffte die Schultern, „wenn ich bis heute abend alles eingeräumt haben will, dann mache ich mich am besten gleich an die Arbeit." Sie ging zur Straße zurück und begann mit dem Abladen ihrer Habseligkeiten.

Judith hatte gute Lust, ein paar der älteren Kinder, die sich neugierig um sie geschart hatten, um Hilfe zu bitten. Immerhin hatten sie jüngere Beine als sie selbst, dachte sie. Doch sie hielt an sich und mühte sich in der Nachmittagssonne ab, während die Zuschauermenge immer größer wurde.

Auf der anderen Straßenseite lungerten fünf oder sechs Jugendliche müßig vor der Schmiede herum und beobachteten belustigt, was da drüben vor sich ging.

„Ja, ich hab' gehört, daß jemand kommen soll, um 'ne Missionskirche zu gründen", hörte Judith einen von ihnen sagen, „aber daß sie uns 'ne *Frau* schicken, hätte ich nicht gedacht – noch dazu eine, die eigentlich noch 'n Mädchen ist!"

Sie scherzten und lachten und knufften einander, während Judith unter der Last ihrer Kisten und Säcke schwitzte.

Zuerst lud Judith die Lebensmittel und Haushaltsgegenstände ab, dann den Koffer. Zum Schluß war die Truhe an der Reihe. Judith betrachtete sie ratlos. Wie in aller Welt sollte sie die Truhe allein aus dem Wagen ins Haus schaffen? Ihr Vater hatte sie gemeinsam mit einem Nachbarn aufgeladen. Sie würde wohl den Inhalt einzeln ins Haus tragen müssen und die Truhe selbst auf dem Wagen lassen, oder vielleicht würde sie das Gefährt mitsamt der Truhe wegkutschieren, um die Truhe irgendwann später ins Haus verfrachtet zu bekommen.

Gerade hatte sie sich zu letzterem entschlossen, als sie eine Stimme hinter sich hörte.

„Können wir Ihnen irgendwie behilflich sein?“ Ein belustigter Unterton war nicht zu verkennen.

Judith drehte sich um. Zwei junge Burschen standen da, die Gesichter leicht gerötet und in die Nachmittagssonne hineinblinzelnd.

Auf diese Frage war Judith überhaupt nicht gefaßt, doch eins der Kinder, die ihr neugierig bei der Arbeit zugeschaut hatten, antwortete eifrig: „Sie hat ’ne große Truhe da. Die schafft sie nie im Leben allein!“

„Soll sie ins Haus?“ fragte einer der beiden Burschen.

„Ja, gern, wenn’s euch nichts ausmacht“, antwortete Judith. „Das wäre sehr nett von euch.“

Einer der jungen Männer sprang mit der Geschmeidigkeit einer Katze auf die Kutsche und schob die Truhe an die Wagenkante, wo der andere sie beim Griff faßte. Nicht ohne eine Spur von Effekthascherei hievten sie die Truhe aus dem Wagen und trugen sie über den morschen Bretterweg zur Eingangstür.

„Wohin hätten Sie sie denn gern?“ fragte der Gesprächigere der beiden, und Judith deutete auf eine Ecke des Zimmers. Die Truhe wurde an dem gewünschten Platz abgestellt, und dann trollten sich die beiden Burschen gleich wieder, einander mit Rippenstößen traktierend und ein unbeholfenes Grinsen auf den jungenhaften Gesichtern.

„Danke! Vielen Dank!“ rief Judith ihnen nach und bekam ein verlegenes Lachen zur Antwort.

Jetzt, wo das Ausladen der Kutsche erledigt war, holte Judith tief Luft und ging wieder nach draußen. Trotz ihrer schmerzenden Arme und Rückenmuskeln, ihres roten Gesichts und ihrer wirren Haare brachte sie ein Lächeln zustande und richtete ein paar Worte an die kleine Kinderschar, die noch immer neugierig vor dem Haus stand.

„Ich bin Judith Evans. Man hat mich hierher geschickt, um eine Kirchengemeinde zu gründen. Ich hoffe sehr, daß ihr allesamt nächsten Sonntag zur Sonntagsschule kommt.“

Einige der älteren Jungen, die vielleicht zehn bis zwölf Jahre alt sein mochten, wandten sich verlegen ab.

Andere Kinder starrten sie nur ausdruckslos an oder nickten schüchtern. Judith fragte sich, wie viele von ihnen überhaupt wissen mochten, was Sonntagsschule eigentlich war.

„In der Sonntagsschule singen wir Lieder. Wir hören Geschichten und lernen etwas über Jesus“, erklärte Judith den Kindern.

Allmählich zerstreute sich die kleine Gruppe. Judith band die Pferde los und kletterte müde auf den Sitz. Über den Kirchenbezirksleiter hatte ihr Vater dafür gesorgt, daß sie ihre Pferde bei einer Farmersfamilie am Ortsrand unterbringen konnte. Judith warf einen Blick auf ihre Landkarte. Bis zu der Farm war es nicht weit, doch Judith würde zu Fuß wieder nach Hause gehen müssen, und weil sie es eilig hatte, mit dem Saubermachen zu beginnen, ließ sie die Pferde traben.

Die Farm war kaum in einem besseren Zustand als die, wo sie unterwegs übernachtet hatte. An der Toreinfahrt stand ein junger Bursche. Zu ihrer Überraschung erkannte Judith ihn als einen der Jugendlichen, die ihr von der anderen Straßenseite aus beim Ausladen zugeschaut hatten.

„Guten Tag!“ begrüßte sie ihn. „Mein Vater hat eine Unterkunft für meine Pferde hier bestellt.“

Er nickte wortlos.

„Würdest du mir wohl zeigen, wo ich sie hinbringen kann?“ fragte sie.

„Stellen Sie die Kutsche dort drüben ab!“ antwortete er mit einer lässigen Kopfbewegung. „Die Pferde können auf die Weide.“

Judith kutschierte den Wagen zu dem angewiesenen Platz am Zaun und stieg mit steifen Beinen aus. Ihre Gelenke schmerzten noch von der vergangenen Nacht her.

Der Bursche stand da und schaute ihr beim Ausspannen zu.

„Und das Geschirr?“ fragte sie ihn.

„Das können Sie in der Scheune aufhängen“, antwortete er gleichmütig.

Judith war im Begriff, das Gespann näher an die Scheune zu kutschieren, als von links, wo das kleine Wohnhaus stand, eine schrille Stimme ertönte: „Claude! Schäm dich was, daß du die

Dame alles selbst machen läßt! Du bringst die Pferde auf der Stelle in die Scheune und schirrst sie ab! Dann führst du sie auf die Weide. Schließlich werden wir nicht fürs Faulenzen bezahlt, schreib dir das hinter die Ohren!"

Judith wandte sich um. Auf der Veranda stand eine schmächtige Frau. Um die schlanke Mitte trug sie eine Schürze, deren strahlendes Weiß einen scharfen Gegensatz zu dem trüben Grau des Hauses bildete. Ihre Haare waren zu einem strengen Knoten am Hinterkopf gewunden, und auf die Entfernung wirkte ihr Gesicht so abgehärmt, daß keinerlei Gefühlsregung darin zu lesen war.

„Kommen Sie nur herein!" nickte sie Judith zu. „Ich heiße Annie Travis. Ich mach' uns 'ne Kanne Tee."

Das Wort „Tee" erinnerte Judith schmerzhaft daran, daß sie seit gestern abend keinen Bissen gegessen hatte, und inzwischen war es schon Spätnachmittag.

Eigentlich hätte sie ablehnen sollen, um mit dem Hausputz voranzukommen, doch sowohl ihr Magen als auch ihr Rücken protestierten. Eine Tasse Tee wäre tatsächlich eine willkommene Erfrischung. Judith brachte ein Lächeln zustande und trat näher.

„Oh, das ist aber nett von Ihnen!" erwiderte sie.

Der auffallende Unterschied zwischen dem Äußeren und dem Inneren des Hauses überraschte Judith. Die Wohnküche war zwar schlicht eingerichtet, doch blitzsauber. Judith bemerkte gleich den kleinen Strauß Sommerblumen, der den Tisch schmückte, und den frischgeputzten Glanz der mit Sprüngen verzierten Fensterscheiben.

„Bitte, setzen Sie sich!" nötigte sie Frau Travis, und Judith tat es, nicht ohne sich wegen ihres staubigen Kleides auf dem sauberen Holzstuhl zu sorgen.

Die Frau machte sich am Herd zu schaffen und goß kochendes Wasser in eine geblümte Teekanne. Judith sah, daß sie am Ausguß einen Sprung hatte.

„Kuchen kann ich Ihnen leider nicht anbieten", entschuldigte sich die Frau. „Aber ich habe Brot, frisch aus dem Ofen. Hätten Sie gern eine Scheibe mit Erdbeermarmelade?"

„Ja, furchtbar gern!“ antwortete Judith – etwas zu eifrig, wie sie beschämt feststellte. Sie wollte keineswegs den Eindruck erwecken, daß sie am Hungertuch nagte. Errötend fügte sie hinzu: „Ich ... äh, ich habe nämlich eine Vorliebe für frisches Brot.“

Frau Travis wandte sich um, schnitt das Brot in Scheiben und holte die Marmelade aus dem Schrank. Als sie die Schranktür öffnete, sah Judith, daß die Regalbretter sich nicht gerade unter der Last der Vorräte bogen.

„Sie sind also die neue Predigerin?“ begann Frau Travis, während sie Teetassen aus dem Schrank holte. Die Tasse, die sie Judith reichte, war makellos, doch jene, die sie für sich selbst bestimmt hatte, war angeschlagen. Die Hausfrau setzte sich und goß den Tee ein.

„Also, ich ... ich bin eigentlich weniger zum Predigen als zum ... zum Unterrichten gekommen“, erklärte Judith befangen.

Frau Travis nickte.

„Egal, wie Sie's nennen wollen“, sagte sie. „Jedenfalls haben wir schon lange jemanden gebraucht.“

Judiths Herz machte einen kleinen Freudensprung. *Hier habe ich jemanden gefunden, der mich willkommen heißt!*

„Ich bin selbst in einer Gemeinde aufgewachsen“, erklärte die Frau, „aber meine Kinder, die haben noch nie 'ne Kirche von innen gesehen – keins von ihnen.“ Ihre Augen wurden dunkler. „Manchmal fürchte ich, bei denen ist bereits Hopfen und Malz verloren. Da ist wohl nichts mehr zu machen.“

Judith sah überrascht, daß Frau Travis die Tränen kamen. Ob sie wohl gerade an ihren Sohn Claude dachte?

„Für Gott ist es nie zu spät“, entgegnete Judith sanft. Die Frau sah auf. Tränen begannen ihr über die Wangen zu rinnen, und sie wandte sich ab.

Ein kleines Mädchen betrat die Wohnküche. Frau Travis hob die Kleine auf ihren Schoß und brach ihr ein Stück Brot ab. Dann schob sie ihr die leicht verschwitzten Locken aus dem Gesicht und redete leise weiter, mit einer Stimme, die für Judith bestimmt war.

„Wir haben nicht viel. Früher, da ging's uns besser, aber mein Mann ... ihm geht's nicht gut, schon seit langem. Schafft einfach nicht mehr so viel wie früher. Alles wird immer ..." Sie unterbrach sich. Ein verschreckter Ausdruck huschte über ihr Gesicht, als habe sie schon zuviel gesagt. Schweigend hob sie die Teekanne mit dem Sprung.

„Möchten Sie noch?" fragte sie und füllte Judiths Tasse wieder auf, ohne eine Antwort abzuwarten.

Judith ließ sich eine zweite Scheibe Brot geben. Sie hätte gern eine dritte und vielleicht auch eine vierte Scheibe verzehrt, doch ihre guten Manieren hinderten sie daran. Es ging ohnehin nicht an, daß sie die kargen Vorräte dieser bedürftigen Familie wegaß. Nach ihrer zweiten Brotscheibe und ihrer zweiten Tasse Tee bedankte sie sich daher bei ihrer Gastgeberin, erkärte ihr, daß sie es eilig habe, ihr neues Zuhause herzurichten, lud die ganze Familie zum Gottesdienst ein und verabschiedete sich.

Auf dem Rückweg zu ihrer kleinen Wohnung hatte Judith noch immer den Anblick der hageren Frau vor Augen. Nur mit kargen Mitteln bemühte sie sich, ihre Familie zu versorgen, das Haus sauber zu halten, die Kleidung zu flicken und die Farm zu einer gemütlichen Wohnung zu machen – und das alles, obwohl sie einen kranken Mann hatte. Als Judith, in der heißen Sommersonne unter der neuen schwarzen Haube schwitzend, die primitive Hauptstraße erreicht hatte, überlegte sie schon eifrig, wie sie die Dorfbewohner dazu bewegen könnte, der Familie Travis helfend unter die Arme zu greifen.

Eine Schande, dachte sie, *daß bisher noch nichts unternommen worden ist!*

Doch dann überkam Judith ein großes Glücksgefühl. Frau Travis hatte sich eine Kirche gewünscht! Eine Kirche, in der ihre Kinder aufwachsen konnten. Und Gott hatte Judith nach Wesson Creek geschickt, um diesen Wunsch zu erfüllen. Sie nahm sich fest vor, ihr Bestes zu tun, um dieser Frau und ihren Kindern geistlich weiterzuhelfen.

Hausputz

Mit dem Eimer an der Hand machte Judith sich auf den Weg zu der Pumpe hinter dem Haus. Es kostete sie einige Anstrengung, bis ein kleiner Strahl verfärbten Wassers aus dem Rohr floß. Sie befürchtete schon, daß das Wasser nicht als Trinkwasser geeignet sein könnte, doch allmählich wurde der Strahl klarer, und bald hatte sie den Eimer mit sauberem Wasser gefüllt.

Als sie mit ihrem Wasser zum Haus zurückgekehrt war, holte sie sich einen Armvoll Brennholz. Der Gedanke daran, an einem so heißen Tag Feuer im Herd zu machen, war zwar nicht gerade verlockend, doch Judith brauchte heißes Wasser zum Putzen. Sie war dankbar für den reichlich bemessenen Vorrat an Brennholz, der am hinteren Zaun aufgeschichtet lag.

Nachdem sie dann einen Topf Wasser zum Erhitzen auf den Herd gestellt hatte, suchte sie in ihrem Koffer ein älteres Kleidungsstück, in dem sie putzen konnte.

„Dieses Kleid ist zwar zerknittert und schmutzig“, sagte sie sich, „aber völlig ruinieren möchte ich es nun auch wieder nicht. Ich muß mich umziehen. Aber wo?“

Judith sah um sich. Die kleinen Fenster der Wohnküche hatten keine Vorhänge. Sie warf einen Blick in das Schlafzimmer. Auch dort gab es keinerlei Möglichkeit zur Verdunkelung.

„Am dringendsten brauche ich erst einmal Gardinen oder Rollos“, murmelte Judith, nahm sich ihr Kleid und machte sich auf den Weg zu dem kleinen Häuschen im Garten hinter dem Gebäude.

Das Häuschen war voller Staub und Spinnweben. Judith verzog das Gesicht, als sie eintrat. Trockenes Laub raschelte unter ihren Füßen.

„Bleibt nur zu hoffen, daß es hier kein Ungeziefer gibt!" brummte sie, schloß die Tür, streifte sich das Kleid über den Kopf und zog ihre guten Strümpfe aus.

So schnell, wie sie nur konnte, schlüpfte sie in ihr altes Hauskleid. Mit einem Seufzer der Erleichterung trat sie wieder in den hellen Sonnenschein hinaus.

Als sie mit dem Auskehren der zwei kleinen Stuben fertig war, fand sie, daß das Wasser nun heiß genug zum Putzen war.

„Danke, Herr, für Wasser und Seife!" flüsterte sie leise, nahm sich einen Schrubber, krempelte die Ärmel hoch und machte sich im Schlafzimmer an die Arbeit. An der dünnen, verschmutzten Matratze auf der schmalen Liege war zwar nicht viel auszurichten, doch sie konnte die Wände abwaschen, die Fenster putzen und den Fußboden scheuern. Danach würde sie sich hier schon wohler fühlen.

Als die Wohnküche an der Reihe war, mußte Judith erst einmal mehr Brennholz in den Herd und mehr Wasser in den Topf geben.

Als sie mit dem Putzen fertig war, wurde es draußen schon dunkel. Erst jetzt fiel Judith ein, daß sie noch gar nicht zu Abend gegessen hatte.

Sie goß den letzten Rest schmutzigen Wassers vor dem Haus aus, füllte das Waschbecken neu mit warmem Wasser und wusch sich gründlich Hände, Arme und Gesicht. Anschließend machte sie sich mit ihrem wehen Rücken auf die Suche nach etwas Eßbarem. Sie war viel zu erschöpft, um sich lange mit Kochen aufzuhalten; statt dessen schlug sie kurzerhand zwei Eier in die Bratpfanne und schnitt sich ein paar Scheiben von Inas Brot dazu ab.

Gerade wollte sie sich an den Tisch setzen, als ihr der Kessel auf dem Herd ins Auge fiel. So heiß es auch in der kleinen Stube war, sehnte sie sich nach einer Tasse Tee. Dann setzte sie sich an den Tisch und senkte den Kopf, um zu beten.

Sie war dankbar, von ganzem Herzen dankbar. Als sie jedoch den Kopf wieder hob, sank ihr der Mut beim Anblick der kleinen Stube. *Wird es hier wohl je gemütlich aussehen?* Trotz aller Bemühungen hatte sie mit ihrem Putzen und Scheuern höchstens noch mehr Flecken an der Wand zutage gefördert, mehr Sprünge in den Fensterscheiben und mehr abgeschabte Stellen auf den lackierten Fußbodenbrettern.

Der Schmutz war zwar vorerst besiegt, doch ihre unausgepackten Kisten und Säcke standen überall verstreut. Würde sie überhaupt alles hier unterbringen können? Was sollte sie als Küchenschrank benutzen? Das eine winzige Regal würde kaum für ihr Geschirr ausreichen. Judith seufzte. Es würde schwierig werden.

Doch während ihr Blick noch mutlos in ihrer neuen Umgebung umherschweifte, dachte sie: *Wenigstens bin ich jetzt am Ziel, nicht in einer morschen Scheune. Hier ist es sauber, und ich habe ein Dach über dem Kopf, unter dem ich vor dem Regen geschützt bin.*

Judith dachte an den Grobian, der ihr aus der Klemme geholfen hatte. Erneut fragte sie sich, wie sie nur Kontakt zu ihm aufnehmen könnte. Entweder mußte sie seinen Zaun eigenhändig flicken, oder sie mußte den Schaden bezahlen, den ihr Pferd angerichtet hatte. In beiden Fällen wußte sie nicht recht, wie sie das nur bewerkstelligen sollte, aber dennoch war es überaus wichtig, daß sie ihren Dienst in dieser Ortschaft nicht unter dem Vorzeichen einer Verschuldung antrat.

Erneut seufzte Judith. Vielleicht kannte ihn jemand drüben in der Schmiede. Aber wie sollte sie ihn beschreiben? Womöglich gab es viele grobschlächtige Männer in der Umgebung, und es würde wohl kaum angehen, nach einem breiten, mißgelaunten Sauertopf mit schäbiger Kleidung und einem ungepflegten Rauschebart zu fragen.

Und wieder seufzte Judith. Umsicht war geboten. Vorerst aber war sie zum Umfallen müde und brauchte dringend Schlaf. Sie nahm ihre Lampe von dem kleinen Küchentisch und holte sich Decken, um ihr Bett zu machen.

*

Die Morgensonne strömte schon zu dem unverhangenen Fenster herein, als Judith am nächsten Morgen aufwachte. Einen

Moment wünschte sie sich, das Fenster nicht so gründlich geputzt zu haben, damit ihr die Sonne nicht so grell in die Augen schien. Müde stand sie von ihrer Liege auf, während ihre schmerzenden Muskeln energisch protestierten.

Auf der dünnen, unebenen Matratze hatte Judith schlecht geschlafen. Die Sprungfedern waren so ausgeleiert, daß die Matratze unter Judiths schmächtigem Körper fast bis auf den Fußboden durchgehangen hatte. Sie hatte sich nicht richtig im Schlaf umdrehen können. Jetzt reckte und streckte sie sich, um ihre verkrampften Muskeln zu lösen.

Sie fuhr sich gerade mit der Bürste durch die langen Haare, als sie eine Frauenstimme laut und deutlich rufen hörte: „Ihr Jungs kommt sofort vom Zaun runter! Los, wird's bald!" Dem Rufen folgte ein hastiges Poltern und Klettern, und Judith sah gerade noch rechtzeitig auf, um eine Horde Kinder von dem Zaun springen zu sehen, der ihren Garten von dem Grundstück des Gemischtwarenladens nebenan trennte.

„Sie haben mich bespitzelt!" flüsterte sie entsetzt. „Diese kleinen Lausebengel haben mich beobachtet!" Mit flammendem Gesicht riß Judith eine der Decken vom Bett und hängte sie an Nägeln links und rechts von dem Fenster auf. Sie sah an sich hinunter und stellte erleichtert fest, daß sie noch anstandsgemäß mit ihrem Baumwollnachthemd bekleidet war.

„Höchste Zeit, daß ich mir Vorhänge oder Rollos anschaffe!" sagte sie entschlossen und hoffte, daß etwas in dieser Art in dem Gemischtwarenladen nebenan erhältlich war.

„Und hoffentlich halten sich die Preise dort im Rahmen des Vertretbaren. Ich muß ja jeden Penny zweimal umdrehen, bevor ich ihn ausgebe", sagte sie sich. „Es kann eine Weile dauern, bis ich mich von der Kollekte über Wasser halten kann."

Nach dem Frühstück und ihrer Andacht fing Judith mit dem Einräumen ihrer persönlichen Gegenstände an. So bescheiden ihre Ausstattung auch war, es war eine Kunst, für alles einen Platz zu finden. Erst am Nachmittag war sie mit dem Einräumen fertig. Anschließend nahm sie sich ein Becken mit Wasser, einen Waschlappen und ein Handtuch mit in ihr Schlafzimmer, wo es zwar äußerst eng war, doch wo sie vor den

Blicken Neugieriger durch die Decke vor dem Fenster geschützt war. Nach einer hastigen Katzenwäsche zog sie ein sauberes Kleid an, kämmte sich, setzte sich die dunkle Haube auf und nahm sich ihre kleine Handtasche. Sie mußte unbedingt ein paar Einkäufe erledigen.

Bis zu dem Gemischtwarenladen war es nur ein Katzensprung. Judith schob die schwere Tür auf und wartete, bis sich ihre Augen an die Dunkelheit gewöhnt hatten.

„Was darf's denn sein?" fragte eine Frauenstimme, und Judith bemerkte jemanden hinter der Theke.

„Oh, guten Tag!" sagte sie und trat näher. „Mein Name ist Evans. Ich bin die neue Gemeindeschwester. Ich ..."

„Hat sich schon herumgesprochen, wer Sie sind", fiel ihr die Frau ins Wort, doch obwohl ihre Stimme barsch klang, lag keine Feindseligkeit darin.

Judith ging auf die hochgewachsene, nicht gerade hübsch zu nennende Frau hinter der Theke zu. Das graugesträhnte Haar hatte sie sich zu einem strengen Knoten oben auf dem Kopf gedreht; ihre grobknochige Gestalt steckte in einem Baumwollkleid, über dem sie eine steife, dunkle Schürze trug, und ihr faltiges Gesicht sah so aus, als hätte sie schon vor langer Zeit das Lächeln verlernt.

Doch es waren ihre Augen, die Judiths Aufmerksamkeit auf sich zogen. Intensiv und durchdringend schauten sie ihr Gegenüber an. Vielleicht hatten sie früher einmal vor Lebensfreude getanzt oder vor Mitgefühl geglänzt.

„Ach so!" stotterte Judith. Dann fuhr sie befangen fort: „Ich brauche eine Art Vorhang für meine Fenster. Ich habe ..."

„Und ob!" sagte die Frau forsch. „Ich habe die Rangen heute morgen schon dreimal vom Zaun gescheucht."

Judith errötete.

„Ach, dann ... dann waren Sie das also! Ich habe eine Stimme gehört ... Ich ... Vielen Dank!" stammelte sie verlegen.

Die Frau winkte nur ab und ging auf ein Regal am hinteren Ende des Ladens zu.

„Die sind nur neugierig, weiter nichts. Wie alle Kinder", fuhr sie fort. „Was wollen Sie denn nun genau?"

„Nun, ich ... ich möchte nicht allzuviel ausgeben. Am liebsten würde ich Gardinen nehmen – der Gemütlichkeit wegen –, aber ich werde mich vielleicht mit Rollos begnügen müssen – falls Sie so etwas haben."

„Haben wir", gab die Frau kurz angebunden zurück. „Beides. Und nicht übermäßig teuer."

Judith war erleichtert. Sie folgte der Frau an die Theke in der Ecke und wartete darauf, die Ware gezeigt zu bekommen.

Noch immer konnte Judith nicht deutlich genug sehen. Es war nicht zu erkennen, ob der Stoffballen, den die Frau hervorgeholt hatte, blau oder grün war.

„Könnte ich wohl ... hätten Sie etwas dagegen, wenn ich damit näher ans Fenster gehe?" fragte Judith zaghaft. „Ich bin mir bei der Farbe nicht ganz schlüssig ..."

„Da können Sie sich bei John bedanken. Der läßt uns bei Tag keine Lampe anzünden. Man kann ja kaum die Hand vor Augen sehen. Aber John behauptet, hier sei's hell genug. Das wär's vielleicht sogar, wenn wir bessere Fenster hätten. Geldverschwendung nennt er's. Und außerdem behauptet er, daß die Lampen den Laden nur noch zusätzlich aufheizen würden, und im Sommer haben wir's ohnehin reichlich heiß hier. Die Türen dürfen wir auch nicht offen lassen. Es sagt, daß dann die Fliegen reinkommen, und kein Mensch kauft Melasse oder saure Gurken, in denen sich die Fliegen tummeln." Mit einem unwirschen „Pah!" verlieh sie ihrer Meinung Nachdruck und reichte Judith den Stoffballen.

Der Stoff war grün. Judith wagte es kaum zu äußern, doch die Farbe gefiel ihr nicht.

„Dann hätten wir hier diese Rollos", fuhr die Frau fort, als Judith den Stoff wieder auf die Theke gelegt hatte. „Gar nicht teuer. Vielleicht könnten Sie sich 'n paar leichte Gardinen dazu nähen. Alles in allem käme das nicht teurer als der schwerere Stoff da drüben."

Judith atmete auf. Sie sah sich den leichten Stoff an. Ein Blumenmuster zierte den zartbeigen Hintergrund. Judith fand den Stoff erheblich hübscher als den widerwärtig grünen. Sie holte ihren Zettel mit den Maßen hervor.

„Wieviel würden denn die Rollos und der Vorhangstoff bei diesen Maßen kosten?“ erkundigte sie sich.

Die Frau schrieb ein paar Zahlen auf ein Blatt Papier und zählte diese dann zusammen. Der Preis war zwar höher, als Judith erwartet hatte, doch den Sichtschutz brauchte sie wirklich dringend.

Sie nickte.

„Und eine Rolle Garn dazu hätte ich auch gern“, fügte sie hinzu. „Ich war nicht darauf vorbereitet, als erstes Gardinen nähen zu müssen.“

Die Frau schrieb das Nähgarn auf den Zettel, und Judith bezahlte. Dieser Einkauf riß ein tiefes Loch in ihr spärliches Vermögen, und beklommen sah sie zu, wie die Frau den Stoff ausmaß und abschnitt und alles zu einem Bündel zusammenlegte. Erleichtert flüchtete Judith aus dem dunklen Geschäft und ging wieder nach Hause.

Den Rest des Tages verbrachte sie damit, ihre Rollos anzubringen und die Vorhänge von Hand zu nähen. Trotz der bedauerlichen Kosten war sie zum Schluß mit dem Ergebnis sehr zufrieden.

Doch irgendwie wirkte das Zimmer im Kontrast zu den hellen, hübschen Vorhängen nun um so schäbiger. Judith seufzte. Sie wünschte sich sehr, daß sich irgendeine Möglichkeit fand, um ihre Wohnung ein wenig gemütlicher herzurichten.

*

Am nächsten Morgen stand Judith wieder an der Theke des dämmrigen Gemischtwarenladens.

„Haben Sie Tünche?“ fragte sie die Frau hinter der Theke. Diese nickte und ging an ein Regal.

„Farbig oder weiß?“

Farbige Tünche hatte Judith überhaupt noch nicht in Erwägung gezogen.

„Äh ... weiß.“

„Und wieviel?“

„Also, das ... das weiß ich selbst nicht so genau“, antwortete Judith verlegen. „Ich habe noch nie getüncht, aber meine

Wände haben dringend einen Anstrich nötig, und ich dachte mir, Tünche käme vielleicht am billigsten."

„Stimmt", antwortete die Frau kurz und bündig. „Viel billiger als Farbe."

Das hörte Judith mit Erleichterung.

„Für alle Wände?"

„Ja, jedenfalls in der Wohnung. Im ... im Gemeindesaal habe ich noch gar nicht nachgesehen."

Die Frau nickte wortlos. Judith fragte sich, ob sie wohl Schwierigkeiten hatte, sich den ehemaligen Billardraum als Gemeindesaal vorzustellen.

„Das hier dürfte reichen, wenn Sie alles nur einmal streichen", erklärte die Frau und nahm eine Dose aus dem Regal. „Haben Sie 'nen Pinsel?"

Judith geriet ins Stottern. An einen Pinsel hatte sie nicht gedacht.

„N-nein", gestand sie.

„'nen Pinsel werden Sie brauchen. Lohnt sich nicht, extra einen zu kaufen. Hier, ich leih' Ihnen den, mit dem ich den Schuppen gestrichen hab'."

„Ach, vielen Dank, das ist aber nett von Ihnen!" erwiderte Judith mit einem freundlichen Lächeln, als die Frau ihr einen breiten, sauberen Pinsel reichte. „Sie bekommen ihn auch sauber wieder zurück."

Sie bezahlte, nicht ohne innerlich bei jeder Münze, die sie weggab, zu erschaudern, und ging dann nach Hause, um sich anzuschicken, ihre kleine Wohnung zu tünchen.

Nach getaner Arbeit, als die Rollos und Vorhänge wieder an ihrem Platz hingen, sah Judith zufrieden um sich.

„Die Tünche hat zwar nicht alle Schönheitsfehler zugedeckt, aber jetzt sieht es hier schon wesentlich wohnlicher aus – und sauberer", stellte sie zufrieden fest. „Ich werde mich nicht schämen müssen, wenn ich Frauen aus der Nachbarschaft zum Tee einlade."

Ein Lied summend, machte Judith sich daran, den geborgten Pinsel auszuwaschen. Vielleicht würde sie sich hier trotz allem eines Tages noch heimisch fühlen.

Der Gemeindesaal

Bänke und ein kleines Stehpult sollten am kommenden Mittwoch geliefert werden; dafür hatte der Kirchenbezirksleiter gesorgt. Vorher wollte Judith den Gemeindesaal gründlich reinigen. Es bekümmerte sie zwar, einen Sonntag ohne Gottesdienst verstreichen zu lassen, doch sie hatte keine andere Wahl.

Entschlossen biß sie die Zähne zusammen und holte Besen und Kehrschaufel. Als erstes würde sie die Berge von Unrat aus dem Gemeindesaal entfernen müssen. Anschließend konnte sie mit dem Scheuern und Putzen beginnen.

Judith nahm sich eine alte Apfelkiste, kleidete sie mit Pappe aus, um die Ritzen abzudichten, und füllte sie dann ein ums andere Mal mit Kehricht, den sie in einer Ecke am hinteren Gartenzaun aufschüttete. Als sie fertig war, hatte sich ein beträchtlicher Berg angesammelt – doch der Tag war so gut wie vorbei. Zum Putzen würde sie an diesem Freitag nicht mehr kommen.

Ein letztes Mal leerte Judith ihre Kiste am Zaun aus und schleppte sich erschöpft und mit schmerzenden Gliedern in ihre Wohnung zurück. Gesicht und Hände waren schmutzig. Nun sehnte sie sich nur noch nach einer hastigen Katzenwäsche, einem Butterbrot mit einer Tasse Tee und ihrem Bett, so unbequem dieses auch war.

*

Früh am nächsten Morgen kletterte Judith aus ihrem Bett und machte ein Feuer, um sich ihr Putzwasser zu erhitzen. Beim Aufräumen gestern hatte sie festgestellt, daß einige der Stühle, die am Boden verstreut lagen, durchaus zu flicken waren. Außerdem hatte sie sechs Holzkisten gefunden. Bestimmt konnte sie diese irgendwie verwenden. Sogar einen Wandschrank mit Regalbrettern hatte sie entdeckt, der vermutlich als Aufbewahrungsort für Billardzubehör gedient hatte. Auch er starrte vor Schmutz, doch Judith war begeistert. Der Schrank war wie geschaffen für Sonntagsschulmaterial und Gesangbücher.

Als Judith den Gemeindesaal mit ihrem Putzeimer betrat, sah sie drei Spatzen durch ein zerbrochenes Fenster ins Freie flattern.

Judith stellte ihren Eimer auf den fleckenübersäten Fußboden und warf einen Blick um sich.

„Am besten dichte ich zuerst einmal die Fenster ab", sagte sie sich. „Alles Putzen ist sinnlos, solange die Vögel hier ein- und ausfliegen."

Judith suchte, bis sie ein paar passende Bretter gefunden hatte. Am Vortag hatte sie mehrere rostige Nägel in dem Wandschrank entdeckt. Die konnte sie jetzt gut gebrauchen. Die defekten Fenster waren zu hoch für sie, so daß sie sich den Stuhl heranrückte, der ihr am stabilsten erschien. Doch sie hatte keinen Hammer.

Judith überlegte, ob sie zur Schmiede gegenüber gehen sollte, um sich einen zu leihen, doch statt dessen suchte sie in ihrem Garten, bis sie einen Stein fand, der die richtige Größe hatte, um als Hammerersatz zu dienen. Mit diesem in der Hand begann sie mit der Reparatur. Sehr gekonnt war ihre Arbeit zwar nicht, doch ein kritischer Blick auf die vernagelten Fenster bestätigte Judith, daß der Saal vorläufig vor den Vögeln sicher war. Anschließend ging sie mit Putzeimer und Scheuerbürste ans Werk.

Wieder wurde es ein langer Tag für Judith. Zweimal mußte sie wegen ihres schmerzenden Rückens eine Pause einlegen. Während dieser Pausen suchte sie sich leichtere Arbeiten. Sie räumte ihre Bücher in das frisch geputzte kleine Regal und kehrte die wackeligen Treppenstufen, die in den Keller unter der Küche führten.

„Ich muß unbedingt anfangen, mir richtige Mahlzeiten zu

kochen", sagte sie sich, als sie wieder einmal bei Tee und Brot am Tisch saß. „Wenn Vater mich sähe, würde er sagen, daß ich auf dem besten Wege sei, meine Gesundheit zu ruinieren."

Judith räumte das benutzte Geschirr in die Schüssel auf dem Regal und machte sich wieder ans Putzen.

Auch an diesem Tag wurde sie mit der Arbeit nicht fertig. Stöhnend betrachtete sie den kleinen Teil des Saals, den sie gesäubert hatte, und fragte sich, ob sie bis Mittwoch wohl alles fertig haben würde. Morgen war Sonntag. Putzen kam dann nicht in Frage. Einerseits brannte sie darauf, mit der Arbeit voranzukommen, doch andererseits freute sie sich auch auf einen geruhsamen Tag. Sie gönnte sich den Luxus, einmal länger zu schlafen, frühstückte in aller Ruhe und nahm sich dann Zeit für eine ausführliche Morgenandacht. Die Worte aus den Psalmen und Evangelien erfrischten sie innerlich.

Anschließend kochte Judith sich eine nahrhafte Mahlzeit von Inas eingelegtem Hühnerfleisch und dem Gemüse, das ihr Vater ihr mitgegeben hatte, wusch das Geschirr ab, das sich in der Spülschüssel angesammelt hatte, und legte sich auf ihr Bett, um in einem ihrer Lieblingsbücher zu lesen. Doch draußen lockte ein warmer, sonniger Tag. „Ich gehöre an die frische Luft!" sagte sie sich. „Ein Spaziergang wäre jetzt genau das richtige."

Sie überlegte, ob sie ihre dunkle Haube aufsetzen sollte, doch sie entschied sich dagegen. *Schließlich bin ich nicht in dienstlichen Angelegenheiten unterwegs*, sagte sie sich. *Ich gehe nur flink durch die Gasse, wo mich niemand sieht, und dann hinaus in die freie Natur.*

Das Laufen tat ihr gut, und sie folgte der Landstraße, bis sie einen kleinen Bach erreichte. Dort kletterte sie über einen Zaun und ging am Bachufer entlang weiter.

Das Bächlein gefiel ihr sehr, obwohl es träge und freudlos dahinfloß und sich hier und da in mehreren stillstehenden Verzweigungen staute.

Sie ging am Ufer entlang, bis sie an eine Stelle kam, wo der Bach lebhaft über die Kiesel plätscherte. Sie setzte sich ins Gras, lehnte sich an den Stamm einer hohen Pappel und ließ sich die Erschöpfung der letzten Tage von dem Gesang des Wassers aus ihren Gliedern und ihrer Seele waschen.

„Diese Stelle muß ich mir merken“, nahm sie sich vor. „Hier ist es so ruhig und erholsam!“ Sie schloß die Augen und horchte auf das Zwitschern der Vögel und das ferne Muhen einer Kuh auf irgendeiner Weide.

Sie war fast eingeschlafen, als sie es plötzlich im Unterholz krachen hörte. Judith blieb vor Schreck fast die Luft weg.

Es wird doch wohl hier keine Bären geben! war ihr erster Gedanke. Doch es war ein Mann mit einer Angel, der aus dem Gebüsch hervorbrach.

Judith wußte nicht, wer von beiden mehr überrascht war. Er starrte sie verwundert an, während sie hastig von ihrem Platz an dem Baumstamm aufsprang.

„Ich ... ich wollte mich nur ausruhen“, stotterte sie, und er schien sich von seiner Verwunderung zu erholen.

Sein Lächeln kam langsam, doch Judith sah, daß es ein sympathisches Lächeln war. Er nickte, grinste sie an und sagte dann bedächtig: „Auf ein Mädchen treffe ich nicht alle Tage in meinem Wald.“ Er lachte leise. „Guten Tag!“

„Aber ich bin kein ... kein Mädchen“, stellte Judith klar, worauf sich die Lachfalten um seine Augen nur noch vertieften. „Ich ... ich wollte sagen, ich bin Judith Evans“, endete Judith, als erübrige dies alle weiteren Erklärungen.

„Fräulein Evans also“, erwiderte der Mann mit einem Nikken.

Judiths Wangen röteten sich. Offensichtlich hielt er sie nach wie vor für ein unbedarftes junges Mädchen.

„Ich ... ich bin die neue Gemeindeschwester, die hier eine Gemeinde gründen soll.“

Einen Moment wirkte der Mann überrascht; dann lächelte er erneut.

„Da werden Sie wohl kaum Schwierigkeiten haben, eine bereitwillige Gemeinde auf die Beine zu stellen“, scherzte er. „Ein hübsches junges Mädchen ... ich wollte sagen: eine hübsche junge Dame ...“ Dann wurde er plötzlich ernster. „Ihre Kirchenleitung wird wohl gewußt haben, was sie da tut.“

Judith begriff nicht, was er damit meinte.

„Und wie darf ich das verstehen?“ fragte sie leise. Der spöttische Unterton in seiner Stimme war ihr nicht entgangen.

Er warf ihr einen fragenden Blick zu. Die steile Falte auf Judiths Stirn sagte ihm, daß sie ihn in der Tat nicht verstanden hatte.

„Bei jungen Mädchen sind die Leute immer etwas nachsichtiger“, antwortete er. Dann sah er sie nachdenklich an und fügte hinzu: „Bei Kindern – und bei hilflosen jungen Damen.“

In Judiths Wangen schoß die Röte, und ihre Augen sprühten Funken, während sie sich zu ihrer vollen Größe erhob und den Kopf zurückwarf.

„Ich bin keine ‚hilflose junge Dame‘. Ich bin hierher geschickt worden, um eine Gemeinde aufzubauen, nicht um ... um das Mitleid der Leute zu erwecken und sie damit in die Kirche zu locken.“

Sein Gelächter ärgerte sie maßlos. Sie streckte ihr Kinn noch höher in die Luft. *Er ist einfach unerträglich!* kochte sie innerlich. Von diesem Mann würde sie sich keine Sekunde länger auslachen lassen. Empört warf sie den Kopf in den Nacken und wollte den Pfad zurückgehen, auf dem sie gekommen war, doch sie kam nicht weit. Schon nach wenigen Schritten wurde sie unsanft zum Stehen gebracht. Ihre hochgesteckte Frisur hatte sich irgendwie in einem Zweig verfangen.

Trotz des scharfen Schmerzes verbiß Judith sich den Aufschrei, der ihr auf der Zunge lag. Zitternd hob sie eine Hand, um sich zu befreien. Erneut hörte sie Gelächter, was sie noch zorniger machte.

Doch ihre verzweifelten Bemühungen führten höchstens dazu, daß sie ihre Haarnadeln zum Verrutschen brachte, worauf ihr die Haare lose über die Schulter fielen. Nach wie vor konnte sie sich nicht befreien, so sehr sie auch zog und riß.

„Wenn Sie nicht bockig sind, helfe ich Ihnen!“ sagte eine ruhige Stimme hinter ihr.

Am liebsten wäre Judith in Tränen ausgebrochen, doch sie beherrschte ihren Zorn, holte tief Luft und zwang sich zu einer vernünftigen Antwort.

„Das wäre nett von Ihnen."

Noch nie hatte sie sich so gedemütigt gefühlt. Noch nie war sie so sehr auf das Wohlwollen eines Fremden angewiesen gewesen, obendrein auf das eines so arroganten und widerwärtigen Zeitgenossen.

Sie hörte, wie er seine Angel auf den Boden legte und näher kam. Dann spürte sie seine Hände auf ihren Haaren. Anscheinend war er erheblich größer als sie, weshalb er im Vorteil war: Er konnte sehen, was er tat.

„Hier ist ein ... ein Haardings", sagte er und reichte ihr eine Haarnadel.

Judith hätte ihn beinahe berichtigt, biß sich aber auf die Zunge.

„Hier ist noch eins", sagte er und reichte ihr eine zweite Haarnadel.

„Also, Sie hängen ja wirklich fest!" Er begann, Judiths Lokken sehr vorsichtig einzeln aus dem Zweig zu lösen. Durch ihren Versuch, sich zu befreien, hatte sie alles nur viel schlimmer gemacht.

Endlich hatte er ihre Haare entwirrt und trat einen Schritt zurück, während sie sich mit bebenden Händen über die Lokken fuhr, um sie ein wenig zu ordnen. Es würde kaum angehen, daß sie mit einem wild flatternden Schopf ins Dorf zurückging.

„Eigentlich schade, daß Sie sie nicht immer offen tragen können", sagte er zu ihrer Verwunderung, doch sie sah ihn nur wortlos an.

Dann zuckte er mit den breiten Schultern.

„Aber eine Gemeindeschwester kann sich so etwas wohl nicht erlauben", stellte er gleichmütig fest.

Noch immer antwortete Judith nicht. Sie befürchtete, daß er sie erneut auf die Schippe nehmen wollte.

„Gehört Ihnen dieses Land?" fragte sie dann zögernd, um das Thema zu wechseln.

Er schüttelte den Kopf. Judith war erleichtert darüber, daß sie nicht zum zweiten Mal seit ihrer Ankunft unrechtmäßig auf fremdem Grund und Boden stand.

„Es gehört meinem Onkel“, fuhr er fort, und in Judiths Blick stand Bestürzung.

Er bemerkte es. Wieder spielte ein Schmunzeln um seine Mundwinkel.

„Keine Sorge!“ versicherte er ihr. „Mein Onkel ist ein großzügiger Mensch. Er teilt seinen Bach bestimmt gern mit Ihnen. Er hat nicht einmal etwas dagegen, wenn ich ihn mein Eigentum nenne.“

Nun war Judith diejenige, die lächelte. Er hatte den Grund ihrer Besorgnis haargenau durchschaut.

„Ich wohne eigentlich nicht hier“, fuhr der junge Mann fort. „Seit meiner Kindheit besuche ich meinen Onkel jeden Sommer. Ich stamme aus Edmonton. Jetzt wohne ich in Calgary.“

Judith hoffte, daß ihr Gesicht nichts von ihrer Verwirrung verriet. Dieser ungehobelte Fremde konnte von einem Moment zum andern regelrecht umgänglich werden.

Sie ordnete sich die Haare, so gut das ohne Kamm und Bürste möglich war. Dann holte sie tief Luft und vergewisserte sich, daß der Pfad frei von weiteren niedrigen Zweigen war.

„Ich muß gehen“, erklärte sie. „Wenn ich mich nicht beeile, komme ich im Dunkeln im Dorf an.“

„Ich habe ein Automobil. Ich bringe Sie gern nach Hause“, erbot er sich.

Judith errötete. Was würden die Leute im Dorf von ihr denken, wenn sie von einem wildfremden Mann nach Hause gefahren wurde? Energisch schüttelte sie den Kopf.

„Nein ... nein, lieber nicht“, wehrte sie ab. „Aber ... haben Sie vielen Dank!“ Damit stolperte sie hastig davon.

„Und Petri Heil!“ rief sie ihm noch aus Höflichkeit über die Schulter zu. Er winkte ihr nach, und sie hörte ihn noch einmal lachen.

Sie wagte nicht, sich umzusehen. Womöglich stand er noch immer da und schaute ihr nach. Außerdem war sie wirklich in Eile. Sie würde das Dorf wohl nicht mehr vor Einbruch der Dunkelheit erreichen. Dann fiel ihr plötzlich ein, daß sie nicht einmal wußte, wie er hieß!

Eine geschäftige Woche

Am Montagmorgen brannte Judith darauf, mit dem Aufräumen des Gemeindesaals voranzukommen, doch zuerst nahm sie sich Zeit, um drei Orangenkisten gründlich auszuwaschen und sie zu tünchen. Die Kisten wollte sie als eine Art Kommode in einer Ecke ihres Schlafzimmers aufstapeln. Judith konnte es kaum erwarten, daß sie trockneten, damit sie ihre Wäsche darin unterbringen konnte. Vor die Öffnung würde sie eins ihrer Handtücher hängen, und fertig war die Kommode!

Judith brauchte den ganzen Montag, den ganzen Dienstag und den Mittwochmorgen dazu, den Gemeindesaal zu putzen. Leider waren nur jene Teile der Wände sauber geworden, die sie von ihrem wackeligen Stuhl aus erreichen konnte. Die oberen Teile der Wände waren zwar nicht so stark verschmutzt wie die unteren, abgesehen von dem Nistplatz der Spatzen, doch der Staub hing in dicken Flocken daran. Judith hatte versucht, ein Tuch über den Besen zu binden und dem Staub auf diese Weise beizukommen, doch der Erfolg war so dürftig, daß sie beschloß, die Wände so zu lassen, wie sie waren.

Gerade leerte sie ihren letzten Eimer Putzwasser aus, als der Lastwagen mit den Möbeln eintraf. Ihr Herz klopfte voller Vorfreude, doch als sie den beiden Männern beim Abladen zuschaute, sank ihr der Mut. Die Bänke waren offensichtlich sehr alt und sehr abgenutzt. Irgendeine Kirche hatte sie ausgemustert und an einem Platz gelagert, wo sie nicht vor Wind und Wetter geschützt waren.

„Die müssen wohl auch erst einmal gründlich gescheuert werden!" seufzte Judith und sah auf ihre ohnehin schon roten, rauhen Hände hinab.

Die Männer waren genauso wenig beeindruckt von dem

kleinen Gebäude, wie Judith es zu Anfang gewesem war. Kein Wunder!

„Hier gehören neue Fenster rein!" stellte der eine der beiden fest. Er hieß Herbert Collins.

„Das Ganze könnte einen frischen Anstrich vertragen", meinte Rick Lowe.

„Ich ... ich hatte keine Leiter", entschuldigte sich Judith und zeigte auf die Linie an den Wänden.

Herr Lowe nickte.

„Muß ja ein schrecklicher Dreck gewesen sein!" sagte er mitfühlend.

„Gibt's hier irgendwo ein Telefon?" erkundigte sich Herbert Collins. Als Judith ihm mitteilte, daß es nebenan im Gemischtwarenladen eins gab, machte er sich gleich auf den Weg dorthin. Ein paar Minuten später kehrte er mit einer Leiter zurück, die er im Gemeindesaal abstellte. Dann ging er wieder. Judith vermutete, daß die Männer hungrig waren; sie erklärte Herrn Lowe, daß sie schnell eine Mahlzeit zubereiten würde, und ging in ihre kleine Küche.

Als sie wieder in den Gemeindesaal kam, um die Männer zum Essen zu rufen, erwartete sie eine Überraschung. Neben der aufgestellten Leiter lagen Fensterglas, Farbtöpfe, Pinsel und allerhand Werkzeug bereit. Die Männer hatten schon mit der Arbeit angefangen. Judith war überglücklich. Sie hatte tatkräftige Hilfe bei der Instandsetzung ihres Gemeindesaals gefunden.

Die Männer beschlossen, in Wesson Creek zu übernachten, um die Reparaturen fertigzustellen. Judith hatte noch keine Gemeindemitglieder, bei denen sie die beiden Männer einquartieren konnte. Sie wußte, daß es zwecklos wär, ihre schmale Liege zur Verfügung zu stellen. Zum guten Schluß schliefen die beiden in ihrer Lastwagenkabine, da sie der Meinung waren, daß die Lastwagensitze etwas weicher als die Kirchenbänke seien. Judith konnte nur ahnen, wie unbequem diese Nacht für die beiden gewesen sein mußte. Sie hatte ihnen ihre überzählige Decke gegeben und dann noch eine von ihrem Bett. Die beiden Männer brauchten sie dringender als sie selbst.

Am nächsten Tag machten sich die Männer ans Werk. Sie setzten neue Fensterscheiben ein, beseitigten den Vogeldreck und strichen die Wände an. Judith wußte, daß sie gegen die Flecken auf dem Fußboden nichts ausrichten konnten.

Während die Männer die Wände strichen, scheuerte Judith die Holzbänke. Leider waren sie so verfärbt und verwittert, daß alles Scheuern vergeblich war. Wenn sie doch nur eine Möglichkeit hätte, um das verfärbte Holz unter einem frischen Anstrich zu verstecken! Andererseits hatte sie weitaus mehr an Hilfe bekommen, als sie erwartet hatte. Sie würde sich hüten, weitere Ansprüche zu stellen.

Gerade rechtzeitig vor dem Abendessen waren die Männer mit dem Anstreichen der Wände fertig. Sie trugen die Bänke, die Judith zum Trocknen in der Sonne stehenlassen hatte, in den Gemeindesaal und setzten sich ein letztes Mal zum Essen an Judiths Tisch. Bald darauf verschwand der Lastwagen auf der staubigen Straße, und Judith winkte ihm von dem Gartentor aus nach, das nun in nagelneuen Angeln hing. Herr Lowe hatte irgendwie die Zeit gefunden, auch diese Reparatur auszuführen.

Trotz ihrer Erschöpfung freute sich Judith unbändig. Es war erst Donnerstag abend. Sie hatte noch den ganzen Freitag und Samstag, um Hausbesuche zu machen und die Nachbarschaft zum Gottesdienst am Sonntag einzuladen. Sie konnte es kaum erwarten, damit anzufangen.

Nach der Abfahrt der beiden Männer stellte sie sich verträumt hinter das schlichte Stehpult und malte sich aus, wie sie am Sonntag vor ihrer versammelten Gemeinde stehen würde. Ihr Finger folgte einer tiefen Schramme in dem Holz des Stehpults. Gewiß hatte es schon viele Jahre im Dienst einer kleinen Gemeinde wie Wesson Creek hinter sich.

Doch nicht einmal der abgenutzte Zustand des Stehpults konnte Judiths Begeisterung dämpfen. *Es kommt ja nicht auf das Gebäude oder die Ausstattung an,* dachte sie. *Was einzig und allein zählt, ist das Wort Gottes. Die Bibel ist kostbar und zuverlässig und über alles Zeitliche, alle Abnutzung und sogar über alle Gleichgültigkeit erhaben.* Sie konnte es kaum erwarten, sie den Bewohnern dieser kleinen Ortschaft näherzubringen.

*

Am nächsten Morgen sprang Judith voller Tatendrang bei Sonnenaufgang aus dem Bett. *Das Frühaufstehen fällt mir hier viel leichter als früher in der Bibelschule*, dachte sie belustigt. Zum Bibellesen und Beten nahm sie sich mehr Zeit als sonst; sie brauchte Gottes Hilfe und Weisung, während sie von Tür zu Tür ging, um die Leute zum Gottesdienst einzuladen. Dann kleidete sie sich sorgfältig an und befestigte ihre Haube mit Haarklammern an ihrer Frisur für den Fall, daß es heute windig würde. Die neue Gemeindeschwester konnte es sich nicht leisten, sich ungepflegt und vom Wind zerzaust in der Öffentlichkeit zu zeigen.

Mit forschen Schritten machte Judith sich auf den Weg. In der einen Hand trug sie ihre Bibel und in der anderen den geborgten Malerpinsel, den sie seiner Besitzerin zurückbringen wollte. Sie wußte ohnehin kein besseres Haus als den Gemischtwarenladen, um mit ihren Besuchen zu beginnen.

Judith betrat den Laden und blieb nur so lange stehen, bis sich ihre Augen an das dämmrige Licht gewöhnt hatten. Hinter der Theke regte sich eine Gestalt. Judith eilte auf sie zu, eine freundliche Begrüßung auf den Lippen: „Guten Morgen! Hier bringe ich Ihren Pinsel zurück. Sie können sich gar nicht vorstellen, wie dankbar ..."

Doch eine unwirsche Stimme brachte sie zum Verstummen.

„Meinen was?"

Auf Anhieb erkannte Judith die Stimme. Sie gehörte dem Mann von der verfallenen Farm und der morschen Scheune. Dem Mann, dessen Zaun sie versehentlich demoliert hatte.

„Oh, Verzeihung!" stotterte sie und blieb wie angewurzelt stehen. „Ich ... ich dachte, die Besitzerin sei hier."

„*Der Besitzer*, meinen Sie wohl, und der ist hier."

Jetzt konnte Judith schon deutlicher sehen. Da stand der Mann, seine hünenhafte Gestalt ragte weit über die Theke hinaus und sein Gesicht war genauso finster und herausfordernd, wie sie es in Erinnerung hatte.

„Ich ... ich dachte ..." stammelte Judith.

Gerade in diesem Moment betrat die Frau, die Judith bedient hatte, den Laden. Erleichtert deutete Judith auf sie. „Ich dachte, daß sie ..."

„Ist sie aber nicht!" gab der Mann barsch zurück.

Doch die Frau machte keineswegs den Eindruck, als sei sie von der Korpulenz und dem schroffen Ton des Mannes eingeschüchtert. Sie kam auf Judith zu und nahm den Pinsel entgegen.

„Sind Sie gut damit zurechtgekommen?" erkundigte sie sich freundlich, worauf Judith nur stumm nickte.

„Und hatten Sie genug Tünche?" fuhr die Frau fort. Wieder nickte Judith.

„Der Laden gehört meinem Bruder John", erklärte die Verkäuferin. „Ich mache ihm den Haushalt und helfe im Laden, wenn er nicht hier ist."

Judith sah von dem Mann zu der Frau.

„Ach so!" brachte sie dann hervor.

„Sie hatten Hilfe bei der Arbeit an Ihrem ... Ihrem Kirchenraum, nicht?" sagte die Frau. Judiths Augen leuchteten wieder auf.

„Ja!" antwortete sie begeistert. „Alles ist jetzt fertig – für übermorgen, meine ich. Ich ... ich bin gekommen, um Sie zum Gottesdienst einzuladen. Zehn Uhr."

Doch das Leuchten in Judiths Augen fand keine Erwiderung in den Augen der Frau.

„Ich sag Ihnen lieber gleich, wie's ist: John und ich brauchen keine Kirche!" antwortete sie.

Judith hatte zwar gewußt, daß sie mit Ablehnungen rechnen mußte, doch jetzt, wo sie eine bekommen hatte, war sie plötzlich nicht sicher, was sie als nächstes sagen sollte.

Doch sie faßte sich schnell wieder, lächelte mühsam und erwiderte: „Wie Sie meinen. Sollten Sie Ihre Meinung je ändern, sind Sie herzlich willkommen."

Judith hörte den breiten Mann verächtlich schnauben, doch sie vermied es, ihn anzusehen. Statt dessen wandte sie sich an die Frau. „Und ich würde mich sehr freuen, wenn Sie einmal zu einer Tasse Tee zu mir kämen. Sie sind jederzeit willkommen!"

Judith wußte nicht, wie sie den veränderten Ausdruck im Blick der Frau deuten sollte – war es Freude? – doch der Mann stieß spöttisch hervor: „Tee und Geschwätz – na, das wär' ja noch schöner!"

Judith wandte sich zu ihm um. Sie hoffte, daß ihr Gesicht mehr Zuversicht ausstrahlte, als sie in Wirklichkeit empfand.

„Es ... es freut mich, Sie wiederzusehen, Herr ... Herr John. Ich wußte nicht, wo ich sie suchen sollte. Ich schulde Ihnen doch noch den Betrag für den Schaden an Ihrem Zaun", stieß sie hervor.

„Allerdings!" bestätigte der Mann.

„Zur Zeit bin ich knapp bei Kasse", fuhr Judith mit roten Wangen fort, „aber wenn ich Ihnen den Betrag in monatlichen Raten abbezahlen könnte ..." Sie suchte in ihrer Handtasche herum, während sie noch sprach, und holte ein paar Münzen zum Zeichen ihrer ernstgemeinten Absicht hervor. Sie reichte ihm die Münzen, doch die Frau schob ihre Hand beiseite.

„Der Zaun war doch keinen roten Heller mehr wert", erklärte sie energisch. „Was davon noch übrig ist, kann jeden Tag von allein umfallen!"

Der Mann räusperte sich verlegen.

„Vera hat recht!" gestand er. „Lassen Sie Ihr Geld nur drin!" Er wandte sich unvermittelt ab und verließ den Laden durch eine Tür hinter der Theke.

Judith wandte sich zu der Frau um.

„Vielen Dank", sagte sie aufrichtig, „aber mein Pferd hat seinen Zaun tatsächlich zugrunde gerichtet."

„Weiß ich schon längst", winkte die Frau ab. „Er hat's mir erzählt. Aber der Zaun war sowieso zu nichts mehr zu gebrauchen – schon gar nicht dazu, ein Arbeitspferd zu halten. Ich hab' keine falsche Scheu, Geld anzunehmen, wenn's mir zusteht, aber der Zaun war vollkommen wertlos."

Erleichtert ließ Judith die Münzen wieder in ihre Tasche fallen.

„Und außerdem", fuhr die Frau fort, „gehört die Farm da draußen, so alt und verfallen sie auch ist, mir genauso wie ihm."

Judith murmelte nochmals ein Dankeschön und verließ den Laden, um ihre Hausbesuche fortzusetzen.

Sonntag

Beim Einbruch der Dunkelheit hatte Judith fast alle Familien in der kleinen Ortschaft besucht. Obwohl niemand sie ausgesprochen abweisend behandelt hatte, war sie klug genug, um zu wissen, daß die vielen ausweichenden Antworten, die sie erhalten hatte, keine großen Besucherzahlen für den kommenden Sonntag versprachen.

Doch einige Familien hatten ihr ein gewisses Maß von Annahme und sogar Herzlichkeit entgegengebracht. Wenigstens einige der Kinder schienen sich regelrecht auf die Sonntagsschule zu freuen. Judith ging mit dem Gefühl zu Bett, ihr Bestes getan zu haben. Am nächsten Tag würde sie aufs Land hinausfahren, um die Familien dort zu besuchen.

Doch als Judith am nächsten Morgen aufstand, tobte draußen ein Gewitter, und es regnete in Strömen. Sie wußte, daß es töricht sein würde, sich bei diesem Wetter mit Pferd und Wagen auf den Weg zu machen. Statt dessen blieb sie daheim, um ihre Sonntagsschulstunde und ihre Predigt für den kommenden Tag vorzubereiten.

Den ganzen Tag über regnete es ununterbrochen. Erst am Nachmittag kam Judith auf die Idee, den Gottesdienst öffentlich bekanntzugeben. An ihrem Küchentisch schrieb sie die Ankündigung auf Pappe. In ihrem Regenumhang und ihren Überschuhen ging sie los, ohne recht zu wissen, wo sie ihre Schilder anbringen sollte. Das erste befestigte sie an der Tür des Gemeindesaals. Am liebsten hätte sie auch eins an der Tür des Gemischtladens aufgehängt, doch nach dem schlechten Eindruck, den sie schon auf den Besitzer gemacht hatte, wagte sie es nicht, um einen solchen Gefallen zu bitten.

Die Schmiede schien ihr unpassend für Ankündigungen

dieser Art; sie ging an ihr vorüber und betrat die Drogerie nebenan. Der Mann hinter der Theke war der Diensteifer in Person, bis sie ihr Anliegen vorbrachte. Plötzlich sah er über sie hinweg in die Ferne und suchte nach Vorwänden.

„Werbung ist hier nicht erlaubt!“ murmelte er, doch Judith wußte, daß dies nicht den Tatsachen entsprach. An der Tür und in den Fenstern hingen andere Werbeplakate. Er sah, wie ihr Blick im Laden umherschweifte, und fügte hastig hinzu: „Was religiöse Angelegenheiten betrifft, versteht sich. Manche Leute sind da empfindlich. Ich möchte niemandem zu nahe treten, verstehen Sie?“

Judith verstand nur zu gut. Sie lächelte und verließ den Laden.

Bei ihrem nächsten Ziel, „Sophies Gaststätte“, hatte sie mehr Erfolg.

„Na klar“, sagte die rundliche junge Frau mit einer lauten, rauhen Stimme. „Hängen Sie's nur auf, wo Sie wollen! Dieses verschlafene Nest kann 'n bißchen Abwechslung gut gebrauchen.“

Judith war sich nicht sicher, ob „Abwechslung“ das passende Wort für ihren Gottesdienst war, doch sie war dankbar für die Gelegenheit, ihre Ankündigung aushängen zu dürfen.

„Hab' heute nicht viel Kundschaft gehabt“, erzählte die Wirtin. „Der Regen, wissen Sie. Hier, setzen Sie sich mal her und trinken Sie 'nen Kaffee!“ fuhr sie fort. „Sie holen sich noch den Tod, wenn Sie stundenlang bei diesem Wetter draußen rumlaufen.“

Wie oft hatte Judith ähnliche Warnungen aus dem Mund ihres Vaters gehört! „Ich habe meinen Geldbeutel nicht bei mir“, stotterte sie, doch die Frau winkte ab.

„Macht nichts. Den Kaffee kriegen Sie umsonst. Hier, sehen Sie mal, ich hab' 'ne ganze Kanne gekocht, aber die Kundschaft bleibt heute aus. Zum Wegschütten ist er zu schade.“ Die Wirtin hielt inne und fügte verlegen hinzu: „Es sei denn, Sie haben von Ihrem Glauben her was gegen Kaffee.“

Judith lächelte. Kaffee war nicht gerade ihr Lieblingsgetränk, doch sie hielt es keineswegs für eine Sünde, ihn zu trinken. „Ich nehme gern eine Tasse. Das ist nett von Ihnen. Vielen Dank!“

Die Frau füllte zwei Tassen aus dem Regal mit der dampfenden Flüssigkeit und stellte eine davon vor Judith hin. Dann schob sie einen Stuhl für sich selbst an den Tisch.

„Ich heiße Sophie“, stellte sie sich vor und zeigte auf das Schild an der Tür. „Und Sie sind ...?“

Nachdem Judith sich ebenfalls vorgestellt hatte, sagte die Frau: „Dann wollen Sie also hier eine Kirche gründen, was?“

Judith nickte.

„Als Kind bin ich immer treu und brav in die Kirche marschiert“, erzählte Sophie. „Meine Ma hat darauf bestanden.“

„Sie muß eine gute Mutter gewesen sein“, meinte Judith lächelnd.

Doch die Frau wechselte schnell das Thema. Judith fragte sich, ob es ihr aus irgendwelchen Gründen unangenehm war.

„Wie gefällt's Ihnen denn hier in Wesson Creek?“ wollte Sophie wissen.

Judith trank einen Schluck von dem heißen Kaffee. Er schmeckte tatsächlich nicht schlecht, und seine Wärme war regelrecht wohltuend. Schon nach der kurzen Wegstrecke durch den strömenden Regen war sie naß geworden und fror.

„Ich war so sehr mit meinen Vorbereitungen für Sonntag beschäftigt, daß ich mich noch nicht gründlich umschauen konnte – aber bestimmt werde ich mich hier wohl fühlen.“

„Kommen Sie aus 'nem kleinen Ort oder aus 'ner Großstadt?“ wollte Sophie wissen.

„Keins von beiden. Ich bin auf einer Farm aufgewachsen.“

„Ich auch“, bemerkte die Wirtin. „Konnte aber das Leben dort nicht aushalten. Mit vierzehn bin ich abgehauen. In die Stadt.“

„Allein?“ entfuhr es Judith.

Die Frau nickte und drehte ihre Tasse hin und her, hob sie und stellte sie wieder auf den Tisch und fragte dann unvermittelt: „Haben Sie was dagegen, wenn ich rauche?“

Darauf war Judith nicht gefaßt gewesen. Sie hatte sehr wohl etwas gegen das Rauchen. Die Vorstellung einer Frau, die rauchte, noch dazu in aller Öffentlichkeit, war in ihren Augen einfach schockierend. Sie überlegte, ob sie als Gemeindeschwester des Ortes dazu verpflichtet war, ihre Meinung kundzutun, doch beim Anblick der sichtlich nervösen Frau sagte sie statt dessen nur: „Bitte, rauchen Sie nur, wenn Sie möchten!" Der Geruch des Qualms, der um ihre Köpfe schwebte, war Judith zuwider, doch sie bemühte sich, dies nicht zu zeigen. Schließlich war ihr Gegenüber die Inhaberin der Gaststätte.

Sophie atmete tief ein, blies einen Stoß Rauch in die Luft über Judiths Kopf weg und redete weiter.

„In der Stadt hat's mir auch nicht gefallen. Kein Zuckerlekken. Penetrantes Pack Leute. Ich hatte keinen anständigen Beruf gelernt. Hab' mich als Zimmermädchen und in Saloons durchgeschlagen. Ekelhaftes Leben. Dann hab' ich Nick kennengelernt, und wir sind hierher gezogen und haben diese kleine Gaststätte hier übernommen. 'ne Zeitlang war alles in Butter, bis Nick auf einmal fand, daß ihm dieses Kaff zu langweilig sei. Er ist in die Großstadt zurück, und ich bin hiergeblieben."

Wieder blies sie eine Rauchwolke in die Luft. Judith hatte das Gefühl, als erwartete Sophie eine Antwort von ihr, doch sie wußte nicht recht, was sie sagen sollte.

„Hab' dann später gehört, daß er 'ne andere geheiratet hat", erzählte Sophie weiter. „Na, wenigstens hab' ich die Gaststätte. Ist zwar nicht viel, aber man kann davon leben. Es reicht dazu, daß ich mich und die Kinder über Wasser halten kann."

„Wie viele Kinder haben Sie denn?" erkundigte sie sich.

„Vier. Sie kamen eins nach dem anderen. Wie die Orgelpfeifen. Sie waren vier, drei, zwei und eins, als Nick sich aus dem Staub machte."

„Das tut mir aber leid", flüsterte Judith. Sie malte sich aus, wie unendlich schwer das für Sophie gewesen sein mußte.

Sophie grinste tapfer.

„Mich hat's auch geschlaucht – damals jedenfalls", antwortete sie. „Aber inzwischen find' ich eigentlich, daß Nick mir kaum 'nen größeren Gefallen hätte tun können. War nämlich kein besonders patenter Kerl. Obwohl ... 'nen besseren als ihn hätte ich mir sowieso nicht angeln können. Aber jetzt geht's mir eigentlich gar nicht so schlecht. Hab' meinen Spaß an den Kindern. Prachtexemplare sind sie, ehrlich!"

„Wie alt sind sie denn inzwischen?" erkundigte Judith sich.

„Acht, sieben, sechs und fünf", antwortete die Frau, und in ihren Augen leuchtete Stolz.

„Ich würde mich freuen, wenn sie allesamt zur Sonntagsschule kämen", schlug Judith schüchtern vor.

Sophie zog stumm an ihrer Zigarette. Nachdem sie eine blaue Rauchwolke in die Luft geblasen hatte, bedachte sie Judith mit einem Lächeln.

„Klar. Warum nicht?" willigte sie ein. „Hat mir schließlich damals auch nicht geschadet."

Als Judith am Sonntagmorgen aufwachte, prasselte ein steter Regen auf ihr Dach. Ihr erster Gedanke war der Gottesdienst. „Bei diesem Wetter wird kein Mensch kommen!" stöhnte sie und kletterte schweren Herzens aus dem Bett.

Ein Blick aus dem Fenster zeigte ihr, daß alles noch schlimmer war, als sie befürchtet hatte. Die Straße hatte sich in ein einziges Schlammloch verwandelt. Weit und breit war keine Menschenseele zu sehen. Nein, sie konnte wohl kaum erwarten, daß sich jemand bei diesem Wetter auf den Weg zum Gottesdienst machte.

Eine mißmutige Judith setzte sich zum Frühstück an den Tisch. Alle Vorbereitungen waren umsonst – jedenfalls für diesen Sonntag. Sie würde heute weder Sonntagsschule noch Gottesdienst halten können.

Eine Stunde vor dem angekündigten Gottesdienstbeginn schlüpfte Judith in ihren Mantel, wickelte die Bibel und das Unterrichtsmaterial sorgfältig in ein Handtuch, nahm einen Eimer und ging um das Haus herum zum Gemeindesaal. Dort würde sie ein wärmendes Feuer im Kanonenofen machen und abwarten, ob sich wider Erwarten doch jemand einstellte.

Froh über den frisch gerichteten Saal öffnete sie die Tür,

doch ihre Freude schlug schnell in Entsetzen um. Das Dach war undicht. Sehr sogar. Judiths mühsam gescheuerter Fußboden war voller dunkler Regenpfützen. Durch ein Dutzend Löcher tropfte der Regen auf den Boden, und an den frisch gestrichenen Wänden rann schmutziges Regenwasser herab.

Judith war untröstlich. Lediglich ein paar Bänke im Saal waren trocken geblieben. Was sollte sie nur tun? Mit einem tiefen Seufzer stellte sie ihren Eimer ab und ging zum Ofen.

Das Feuer kam nur langsam in Gang. Judith befürchtete schon, das Kaminrohr sei verstopft, doch auf einmal fing das Brennholz Feuer, und der Ofen verbreitete eine angenehme Wärme in dem tristen Saal. Judith wärmte sich den Rücken an dem Ofen und sah gedankenverloren zu den neuen Fenstern hinaus, während die Minuten verstrichen.

Es ist zwecklos. Niemand kommt! sagte sie sich schließlich. *Die Anfangszeit ist ja schon längst vorbei. Da kann ich ebensogut wieder nach Hause gehen.* Sie nahm ihren Eimer, ging zur Tür hinaus und schloß sorgfältig hinter sich ab.

Es half wenig, daß der Regen am Nachmittag nachließ; ihr geplanter Gottesdienst war buchstäblich ins Wasser gefallen.

Sie ging zeitig zu Bett und hoffte, daß am nächsten Morgen sowohl das schlechte Wetter als auch ihre Mutlosigkeit vorbei wären.

Als sie dann am Morgen aufwachte, hatte der Regen zwar aufgehört, doch der Himmel war noch immer wolkenverhangen und dunkel. Kurz entschlossen holte Judith ihr Schreibzeug hervor und begann einen Brief an den Kirchenbezirksleiter.

Nach der Anrede und einer kurzen Einleitung kam sie ohne Umschweife zur Sache.

Der Gemeindesaal sieht schon viel besser aus, schrieb sie, *nachdem Herr Lowe und Herr Collins so freundlich waren, die Fenster zu ersetzen und die Wände zu streichen. Doch das Regenwetter der letzten Tage hat leider die Tatsache ans Licht gebracht, daß das Dach sehr undicht ist.*

Ist es wohl möglich, es reparieren zu lassen?

Normalerweise würde ich solche Dienste von den Mitgliedern der Gemeinde erwarten, doch die hiesige Gemeinde besteht ja noch gar nicht. Wegen der starken Regenfälle am Wochenende konnte der Gottesdienst leider nicht stattfinden, so daß ich nicht einmal weiß, wer meine Gemeindemitglieder überhaupt sind - und auch nicht, wie lange es dauern wird, bis ich sie ausfindig gemacht habe.

Ich würde mich sehr freuen, wenn vor dem nächsten Regen etwas unternommen werden könnte. Da ich jedoch weiß, daß die Mittel nicht im Überfluß vorhanden sind, werde ich Ihre Entscheidung in Geduld abwarten.

Gott segne Sie!

Mit herzlichen Grüßen

Ihre Judith Evans.

Nachdem sie den Brief abgeschickt hatte, warf sie noch einen Blick in den Gemeindesaal. Hier und da stand noch das Wasser. Judith wußte, daß es aufgewischt werden mußte, bevor es weiteren Schaden anrichten konnte. Seufzend holte sie ihren Putzeimer und einen Mop.

Judiths Brief bewirkte mehr, als sie zu hoffen gewagt hatte. Umgehend erhielt sie die Antwort, daß man ihr in der kommenden Woche Handwerker schicken werde, die das Dach reparieren und eventuell sogar die Wände noch einmal streichen sollten. Judith konnte es kaum fassen. *Hab Dank, Herr!* betete sie. *Du bist wahrhaftig bei mir!* Mit neuem Mut beschloß sie, weitere Hausbesuche zu machen. Bisher hatte sie noch keine der entlegeneren Farmen aufgesucht. Das mußte sie vor dem nächsten Gottesdienst unbedingt nachholen. Gleich morgen früh, so nahm sie sich vor, würde sie zu Familie Travis gehen, wo ihre Pferde untergebracht waren, und mit den Hausbesuchen draußen auf dem Land beginnen.

Hausbesuche

Zuerst lenkte Judith ihr Gespann in Richtung Westen. Nachdem sie ihre Landkarte eingehend studiert hatte, nahm sie sich vor, bis zum Einbruch des Winters ein Gebiet mit einem Radius von sieben Meilen zu bewältigen. Sie wußte zwar, daß sie damit mehr als genug zu tun haben würde, doch wenn sie erst einmal herausgefunden hatte, wo ihre künftigen Gemeindemitglieder wohnten, konnte sie ihre Besuche im wesentlichen auf diese Gehöfte beschränken.

Auf der ersten Farm war niemand zu Hause. Enttäuscht fuhr Judith weiter zur nächsten. Dort fand sie einen Junggesellen vor, der ihr klipp und klar erklärte, daß er keinerlei Interesse an ihrer Kirchengemeinde hätte.

Bis zur nächsten Farm waren es fast zwei Meilen. Zu ihrer großen Freude entdeckte Judith eine Frau, die gerade ihre Wäsche, darunter mehrere Kinderhemden und -hosen, zum Trocknen auf die Wäscheleine hängte. Diese Farm sah recht vielversprechend aus, dachte Judith und lenkte ihr Gespann auf das Tor zu.

Die Frau hielt inne und hob eine Hand, um ihre Augen vor der Sonne abzuschirmen. Bestimmt rätselte sie, welcher der Nachbarn da zu Besuch kam.

Bis Judith ihr Gespann vor der Anbindestange zum Stehen gebracht hatte, waren von irgendwoher zwei Kinder aufgetaucht. Ein kleines Mädchen spähte schüchtern hinter dem Rock ihrer Mutter hervor. Das andere Kind, ein Junge von etwa acht Jahren, warf sich mit einer Kopfbewegung den dichten, dunklen Schopf aus den Augen und musterte Judith furchtlos.

„Guten Tag!“ grüßte Judith in ihrem freundlichsten Tonfall,

während sie aus ihrer Kutsche stieg, um der Frau auf gleicher Höhe begegnen zu können.

„Herrlicher Tag heute, nicht wahr?“ fuhr sie fort.

Die Frau hatte an ihrer heißen Waschbütte gestanden und schwitzte sichtlich. Sie blies sich eine Haarsträhne aus der Stirn und blinzelte in die grelle Sonne hinein. Judith überlegte, ob sie womöglich etwas Falsches gesagt hatte.

„Kommen Sie etwa hausieren?“ fragte die Frau unverblümt, aber nicht unfreundlich.

„Aber nein! Nichts dergleichen!“ versicherte Judith ihr schnell.

„Na, dann kommen Sie mal rein!“ lud die Frau ein und deutete mit dem Kopf auf die Haustür. Judith band ihre Pferde fest und folgte ihr.

„Ed sagt immer, die einzigen Leute, die uns besuchen, sind Hausierer – entweder wollen sie uns nutzloses Zeug aufschwatzen oder ihre Religion, was genauso nutzlos ist.“

Judith blieb vor Schreck fast die Luft weg.

„Da, setzen Sie sich!“ Die Frau deutete auf einen Küchenstuhl, auf dem schon eine Katze saß. Judith war sich unschlüssig, ob sie stehenbleiben oder die Katze fortscheuchen sollte. Das kleine Mädchen kam ihr unverhofft zu Hilfe. Mit ihrer pummeligen Hand versetzte sie der Katze einen derben Schubs. Judith setzte sich.

„Sind Sie neu hier?“ fragte die Frau, während sie den Teekessel nach vorn schob und einen frischen Holzscheit in das Feuer legte.

„Ja ... äh, ja, das bin ich“, antwortete Judith unbeholfen. Sie wußte nicht recht, wie sie vorgehen sollte. „Ich wohne erst seit zwei Wochen hier.“ Ein verlegenes Schweigen folgte. „Ich ... ich habe mich auf den Weg gemacht, weil ich gern meine neuen Nachbarn kennenlernen wollte“, fuhr sie fort. Das entsprach immerhin den Tatsachen, sagte sie sich. „Ich heiße Judith.“

„Und ich heiße Clara. Auf welcher Farm wohnen Sie denn?“ wollte die Frau wissen.

„Ach, auf überhaupt keiner“, gestand Judith widerwillig.

Clara zog die Stirn kraus, während sie die Teekanne aus dem Regal hob.

„Wohnen Sie etwa in dem Städtchen?" fragte sie argwöhnisch.

„Ja, genau", antwortete Judith mit ihrem höflichsten Lächeln.

„Also, das gibt's doch nicht!" sagte die Frau.

„Wie bitte?"

Die Frau wandte sich zu Judith um. Sie schüttelte den Kopf.

„Ich hab' noch nie im Leben Besuch von 'ner Dame aus dem Städtchen gehabt", bemerkte sie trocken.

Judith spürte, wie sie im Begriff war, sich in ein Lügennetz zu verstricken. Sie mußte den wahren Sachverhalt unbedingt auf der Stelle klären, andernfalls würde sie sich selbst zutiefst verabscheuen. Mit errötenden Wangen stand sie auf.

„Um ehrlich zu sein", sagte sie langsam, „bin ich die neue ... die neue Gemeindeschwester in Wesson Creek. Meine Kirchenleitung plant, eine Gemeinde dort zu gründen. Ich ... ich möchte die Nachbarn hier in der Gegend gern kennenlernen, um herauszufinden, wer alles zu der Gemeinde kommen möchte."

Clara hatte die Teekanne abgestellt. Mit offenem Mund starrte sie Judith an.

„Ed hatte wieder mal recht", sagte die Farmersfrau leise. Die Enttäuschung stand ihr deutlich im Gesicht geschrieben.

„Dann sind Sie wohl nicht an der Gemeinde interessiert?" fragte Judith zaghaft.

Die Frau wandte ihr den Rücken zu und stellte die Teekanne ins Regal zurück.

Judith wartete die Antwort erst gar nicht ab.

„Dann ... dann könnte ich Sie vielleicht einfach nur so besuchen kommen – als Nachbarin, meine ich. Wir reden nicht von der Kirche, sondern unterhalten uns über etwas anderes."

Die Frau sagte nichts, doch Judith sah, wie sie die Teekanne wieder aus dem Regal nahm.

Judith überlegte blitzschnell. Diese Gelegenheit durfte sie um keinen Preis verpatzen.

„Ihre hübschen Blumen draußen sind mir gleich aufgefallen!“ sagte sie. Zum ersten Mal sah sie die Augen der Frau aufleuchten. „Die blauen dort an der Hausecke – wie heißen die denn? Diese Sorte kenne ich noch gar nicht“, fuhr Judith fort.

„Den Samen hab’ ich von meiner Mutter“, erklärte Clara. „Die hatte immer ein ganzes Beet davon. Blaukelche heißen sie.“

„Die sind wirklich wunderhübsch“, sagte Judith mit aufrichtiger Bewunderung.

„Ich geb’ Ihnen im Herbst gern ’n paar Samenkörner ab, wenn Sie wollen“, bot Clara an, und fügte dann vorsichtiger hinzu: „Natürlich nur, falls Sie vorhaben, über den Winter hierzubleiben.“

„Doch, doch, das habe ich!“ versicherte Judith ihr schnell. „Ich hoffe, daß ich lange hier bleiben kann.“

Clara lächelte zaghaft.

Beim Tee unterhielten sich die beiden Frauen über Blumen, Familie und Haushalt. Das Thema Kirche brachte Judith tunlichst nicht noch einmal zur Sprache. Auch ihre Gastgeberin nicht. Judith konnte ihr anmerken, wie sehr sie die Gesellschaft einer anderen Frau vermißt hatte. Nur widerwillig dachte Judith an ihre Weiterfahrt, doch die Sonne stieg immer höher. Es wurde Zeit, daß sie sich auf den Weg machte. Außerdem befürchtete sie, daß Ed plötzlich auftauchen könnte, und sie hatte kein großes Verlangen danach, dem Mann in die Quere zu kommen, der sie automatisch als Hausiererin abstempeln würde.

Als sie sich schließlich verabschiedete, ließ Clara sie nur ungern gehen. Judith wendete ihr Gespann und rief ihr zu: „Sie müssen mich unbedingt besuchen, wenn Sie in die Stadt kommen! Ich wohne hinter der alten Billardhalle.“ In diesem Fall erschien es ihr klüger, ihre Adresse nach dem ehemaligen Zweck des Gebäudes anzugeben.

„Sehr erfolgreich beim Anwerben von Gemeindemitgliedern war ich heute nicht gerade!“ sagte sich Judith, während sie das Gespann auf die offene Straße lenkte und sich auf den Weg zur nächsten Farm machte.

Diese gehörte Familie Brown, wie Judith erfuhr, als sie dort zwar freundlich begrüßt, doch nicht ins Haus gebeten wurde. Frau Brown hörte sich ihre Einladung höflich an, bedankte sich und sagte, sie werde es sich überlegen, die Kinder eventuell in die Sonntagsschule zu schicken. Judith befürchtete jedoch, die Kinder niemals in ihrem Gemeindesaal zu sehen. Unterwegs betete sie für die ganze Familie Brown.

Inzwischen verspürte Judith Hunger und beschloß, eine Mittagspause einzulegen, um ihren mitgebrachten Proviant unter dem Wagensitz hervorzuholen.

„Die meisten Leute laden zwar Reiseprediger und Schwestern zum Essen ein, wenn sie um die gewohnte Essenszeit zu Besuch kommen", hatte Pfarrer Witt den Bibelschülern bei einer Andacht einmal erklärt, „doch darauf sollte man sich nicht hundertprozentig verlassen. Packen Sie sich am besten eine Kleinigkeit zu essen ein, wenn Sie den ganzen Tag unterwegs sein werden!" hatte er geraten. Zudem hatte Judith den festen Vorsatz gefaßt, niemals um einer Mahlzeit willen ihre Hausbesuche zur Essenszeit zu machen.

Als die Pferde lange genug gegrast hatten, erhob Judith sich von ihrem Platz im Schatten, reckte sich und stieg wieder auf ihren Wagensitz.

An tiefgelegenen Stellen war die Straße noch immer voller Schlaglöcher, die von dem letzten heftigen Regen herrührten. Judith kutschierte mit aller Vorsicht. Sie hegte keineswegs die Absicht, mit ihrem besten Sonntagsstaat im Schlamm steckenzubleiben.

Es erschien ihr wie eine halbe Ewigkeit, bis die nächste Farm in Sicht kam. Judith steuerte auf das Tor zu, wo sie von dem lautstarken Gebell des Hofhundes begrüßt wurde. Die Pferde scheuten vor dem Hund und schoben sich rückwärts auf die Ausfahrt zu. Judith hatte ihre liebe Not, sie unter Kontrolle zu halten. Um keinen Preis würde sie aussteigen, bevor der Besitzer des Hundes aufgetaucht war.

Doch obwohl sie sah, wie sich der Vorhang am Fenster bewegte, kam niemand an die Tür. Endlich gelang es Judith, ihr Gespann zu wenden und weiterzufahren.

Inzwischen war es spät geworden, und Judith beschloß, sich wieder auf den Heimweg zu machen. Sie hatte eine lange Strecke vor sich, und sie wollte die Schlaglöcher möglichst noch bei Tageslicht passieren.

Um die Abendbrotzeit kam sie wieder an der Farm vorbei, wo sie am Vormittag niemanden angetroffen hatte. Nun stand ein Kleinlastwagen im Hof, und ein Mann trug gerade einen Eimer zur Scheune. Eine Frau in einem buntbedruckten Hauskleid kam mit einem Korb aus dem Hühnerstall.

Einer spontanen Idee folgend lenkte Judith ihr Gespann auf das Tor zu. Sie würde einfach schnell Guten Tag sagen und gleich darauf weiterfahren. Viel erfolgloser als anderswo konnte dieser Besuch schließlich kaum ausfallen.

Durch das Getrappel des herannahenden Gespanns aufmerksam gemacht, blieb die Frau stehen und sah ihr entgegen. Ein sanfter Wind spielte mit ihren Schürzenbändern und ließ ein paar lose graue Haarsträhnen tanzen. Auf ihrem freundlichen, mütterlichen Gesicht lag ein strahlendes Lächeln. Sie bot den erfreulichsten Anblick, den Judith den ganzen Tag gesehen hatte. Froh erwiderte sie das Lächeln.

„Guten Tag!“ rief die Frau ihr entgegen, noch bevor Judith das Gespann zum Stehen gebracht hatte. Judith grüßte zurück.

Die Frau wartete nicht einmal, bis Judith ausgestiegen war, sondern stellte ihren Korb mit frischen Eiern ab und band die Pferde selbst an der Stange fest.

„Sie machen sicher Hausbesuche, nicht wahr?“ begann die Bäuerin.

„Ja, genau“, antwortete Judith überrascht. Schnell strich sie sich den Rock glatt und versuchte ihren von der Fahrt steifen Rücken und ihre Beine etwas zu lockern, während sie aus dem Wagen stieg.

„Ich wollte nur auf einen Sprung hereinschauen“, fuhr Judith fort. „Ich weiß, ich komme gerade ungelegen, aber heute morgen, als ich hier vorbeikam, waren Sie nicht daheim.“

„Sind Sie denn schon den ganzen Tag unterwegs?“ fragte die Frau und fuhr gleich fort: „Liebe Güte, da werden Sie aber rechtschaffen müde sein!“

Judith lächelte nur.

„Kommen Sie doch herein!“ Die Frau hob ihren Korb wieder auf. Eine Katze, die ihr um die Beine strich, schob sie sanft von sich.

„Nein, das geht doch nicht!“ protestierte Judith. „Nicht jetzt zur Essenszeit.“

„Ach wo! Sie essen natürlich mit uns“, lud die Frau sie ein. „Wir speisen zwar nicht fürstlich, doch gute Hausmannskost gibt’s bei uns alle Tage. Außerdem haben wir liebend gern Besuch. George und ich sind nur zu zweit. Hier, nur hereinspaziert!“

Dankbar folgte Judith ihr in die erfrischende Kühle des Farmhauses.

„Sie sind offenbar die neue Gemeindeschwester.“ Wieder war Judith überrascht. „Aber ich weiß noch gar nicht, wie Sie heißen.“

„Judith. Judith Evans.“

„Und ich heiße Molly Reilly. Ich habe schon gehört, daß Sie angekommen sind. Da haben Sie sich aber viel vorgenommen: aus der alten Billardhalle einen Gemeindesaal zu machen!“ Sie lachte leise.

Judith nickte.

„Ich hatte schon gedacht, alles bestens im Griff zu haben“, gestand sie, „bis es dann am Wochenende so heftig regnete.“

„Das Dach wird doch wohl nicht undicht sein?“ fragte die Farmersfrau voller Anteilnahme.

„Doch. Furchtbar undicht sogar!“ bestätigte Judith.

„Ach, das ist ja unerhört!“ rief Frau Reilly entsetzt.

Judith mochte diese Frau auf Anhieb. Vielleicht fühlte sie sich durch ihr mütterliches Wesen zu ihr hingezogen, weil sie selbst vor Jahren schon ihre Mutter verloren hatte. Nun war sie froh, daß sie beschlossen hatte, hier anzuhalten.

„Ihren Hut können Sie dort auf der Ablage verstauen“, sagte ihre Gastgeberin. „Das Waschbecken ist da drüben, und Wasser haben wir reichlich.“

Judith folgte den Anweisungen.

„Wenn ich mich nicht irre, haben Sie schon die Bekanntschaft unseres Neffen gemacht“, sagte die Frau wie nebenbei, während Judith sich am Waschbecken die Hände wusch. Judith fragte sich, ob dieser Neffe womöglich einer der jungen Burschen war, die ihre Truhe ins Haus getragen hatten.

„Sam Austin heißt er“, erläuterte die Frau.

Der Name sagte Judith nichts. Sie schüttelte ratlos den Kopf.

„Neulich kam er vom Angeln zurück und erzählte, er sei Ihnen am Bach begegnet.“

Judith spürte, wie ihre Wangen brannten. Was mochte der junge Mann wohl sonst noch alles über sie erzählt haben?

„Er fand, daß Sie ziemlich jung aussehen für eine so große Verantwortung“, fügte die Frau leichthin hinzu, während sie sich in ihrer geräumigen Farmküche zu schaffen machte.

Das wundert mich ganz und gar nicht, lag es Judith auf der Zunge, doch sie beherrschte sich.

„Sams Vater war Pfarrer“, erzählte die Frau zu Judiths grenzenlosem Erstaunen. So, wie er sich über ihre Berufung zum Missionsdienst geäußert hatte, wäre sie nie und nimmer auf die Idee gekommen, daß er aus einem christlichen Elternhaus stammte.

„Früher wollte Sam selbst einmal Pfarrer werden, doch das war damals, bevor ...“ Frau Reilly verstummte mit einem Seufzer und ließ die Schultern hängen.

Judith rätselte, was das alles wohl zu bedeuten hatte. Früher einmal? Bevor was? Was war geschehen? Sie hätte gern nähere Einzelheiten gewußt, doch es ging wohl kaum an, daß sie sie einfach danach fragte.

„Jetzt hat er einen Posten bei einer Bank“, fuhr seine Tante fort. „In Calgary. Er kommt noch immer zu uns auf die Farm, wenn er Zeit hat. Seine Eltern leben beide nicht mehr. Er ist George und mir immer wie ein eigener Sohn gewesen.“

Plötzlich lachte sie.

„Letzten Sonntag kam er nach Hause und sagte: ‚Tante Moll‘ – er nennt mich immer Tante Moll – ‚rate mal, was ich gerade drüben am Bach gefunden habe: einen frischgebackenen Prediger! Eine Sie. Ein ganz junges Mädchen. Will demnächst Gottesdienste in der Stadt halten. Vielleicht schaust du sie dir mal genauer an, Tante Moll. Nimm sie unter die Lupe und überzeuge dich davon, daß sie auch die Wahrheit predigt.'"

Judiths Wangen färbten sich tiefrot. Die Vorstellung, „unter die Lupe" genommen zu werden, behagte ihr ganz und gar nicht. Selbstverständlich hatte sie die Absicht, nichts als die Wahrheit zu predigen. Wie gemein von dem jungen Mann, so schlecht von ihr zu denken!

„Also, George hat nur mit den Augen gezwinkert, aber Sam war den ganzen Tag lang merkwürdig still, beinahe griesgrämig. So ist er eigentlich nie. Nach dem Zubettgehen haben George und ich noch lange miteinander geredet. Wäre es nicht wunderbar, wenn unser Sam wieder zu Gott zurückfinden würde? Dann wären die Gebete seiner Mutter endlich erhört – und unsere auch." Sie drehte sich zu Judith um und wischte sich die Augen trocken.

„Sie müssen entschuldigen", fuhr sie fort. „Es ist nur, weil wir schon so lange für ihn beten. Bei dem geringsten Anzeichen dafür, daß er sich Gott zuwendet, machen wir uns gleich die größten Hoffnungen."

Judith lächelte und flüsterte voller Anteilnahme: „Ich kann Sie gut verstehen!" Frau Reilly erwiderte das Lächeln und wandte sich wieder zu ihrem Herd um.

„George wird bald zum Essen kommen", sagte sie während ihrer Hantierungen. „Er hat nur zwei Kühe zu melken, und dazu braucht er nicht lange."

„Kann ich mich irgendwie nützlich machen?" erbot sich Judith. Sie war nun sicher, daß sie zum Essen bleiben würde.

„Vielleicht decken Sie schon einmal den Tisch!" trug Frau Reilly ihr auf. „Das Geschirr steht in dem Regal dort drüben."

Sonntagsschule, Brathähnchen und Grippe

Bei ihren Hausbesuchen stieß Judith nach wie vor auf unterschiedliche Reaktionen. Selten bekam sie eine klare Zusage, doch einige wollten es sich überlegen, in ihre kleine Kirche zu kommen oder ihre Kinder in die Sonntagsschule zu schicken. Judith stöhnte innerlich über die Unentschlossenheit der Leute, doch es blieb ihr nichts anderes übrig, als es hinzunehmen und für diese Familien zu beten. Zu diesem Zweck eigneten sich die langen Fahrten von einer Farm zur nächsten besonders gut, stellte sie fest.

„Also, heute kann's nun wirklich nicht am Wetter liegen!" murmelte Judith, als sie am folgenden Sonntagmorgen zum Fenster hinaussah. Strahlender Sonnenschein lag über Wald und Flur.

Ein Lied auf den Lippen, erledigte sie die letzten Vorbereitungen für den Gottesdienst. Gewiß würde diesmal alles ganz anders werden als letzten Sonntag.

Um zwei Minuten vor zehn führte Frau Travis zwei ihrer Kinder in eine Kirchenbank und setzte sich neben sie. Judith begrüßte sie mit einem freundlichen Lächeln und hoffte, daß diese Besucher die Vorboten einer großen Zuhörerschar sein würden.

Sie warteten eine Viertelstunde, doch als niemand mehr kam, begann sie schweren Herzens mit der Sonntagsschule. Vielleicht würden später weitere Besucher zum Gottesdienst kommen, dachte sie, doch auch in dieser Hoffnung wurde sie enttäuscht.

Nur nicht den Mut verlieren! ermahnte sie sich. *Dies ist ja erst der Anfang. Vielleicht will Gott, daß ich einen Sonntagmorgen nur mit dieser Frau und ihren Kinder verbringe.*

Judith tat ihr Bestes, Frau Travis und ihren Kindern die Gegenwart des himmlischen Vaters so spürbar wie nur möglich zu vermitteln.

Nach der kurzen Bibellektion und dem Gottesdienst nahm die Frau Judiths Hand und lächelte dankbar.

„Es tut gut, endlich wieder in die Kirche gehen zu können!“ sagte sie mit sanfter Stimme. „Das hat mir sehr gefehlt. Besonders jetzt, wo mein Mann so ... so krank ist.“

„Ich freue mich ja so, daß Sie gekommen sind“, antwortete Judith und umarmte die Frau spontan.

Mit Tränen in den Augen machte sich die Frau wieder auf den Heimweg, während Judith im Saal blieb, um die abgenutzten Gesangbücher aufzuräumen und die Wasserflecken an der Wand zu studieren.

*

Am Dienstag hielten zwei Lastwagen mit einem sechsköpfigen Arbeiterteam vor Judiths kleiner Kirche an. Erfreut und beklommen zugleich schaute sie zu, wie die Männer aus den Lastwagen stiegen. Es war ihre Aufgabe, die Männer zu beköstigen, doch ihre Küchenvorräte waren spärlich.

Sie lächelte zur Begrüßung. Immerhin hatte sie selbst brieflich um Hilfe gebeten. Und wenn Gott schon für die Arbeiter und das Baumaterial gesorgt hatte, dann würde er gewiß auch das leibliche Wohl der Arbeiter nicht vergessen.

Und so kam es auch, und zwar durch Sams Tante Moll. Frau Reilly kaufte gerade im Gemischtwarenladen nebenan ein, als die Lastwagen vorfuhren und die Männer ihre Leitern aufstellten. Auf den ersten Blick hatte sie die Sachlage erfaßt und eilte zu Judith, um dort anzuklopfen.

Eine noch immer etwas ratlose Judith öffnete ihr die Tür.

„Wie ich sehe, haben Sie einen ganzen Arbeitstrupp hier!“ begrüßte sie Frau Reilly.

„Ja“, antwortete Judith kleinlaut.

„Und gehe ich recht in der Annahme, daß Sie die Männer zu verpflegen haben?“

Judith nickte besorgt.

„Das habe ich mir gedacht“, fuhr die Frau fort. Taktvoll erkundigte sie sich: „Sie können doch kochen, oder nicht?“

Judith nickte mit einem Lächeln.

„Das lob' ich mir! Bei der heutigen Jugend weiß man nie so recht ... Also, wenn Sie ein Mittagessen auftischen könnten – Suppe und Brot vielleicht, oder was Sie sonst gerade im Haus haben –, dann brate ich ein paar Hähnchen zum Abendessen und backe einen Obstkuchen zum Nachtisch.“

Judith konnte es kaum fassen.

„Oh, aber ...“ wollte sie protestieren, doch Frau Reilly winkte nur ab.

„Haben Sie Gemüse zur Hand?“

Judith dachte an die Kohlköpfe, die ihr Vater ihr mitgegeben hatte, und nickte.

„Dann sind wir uns also einig. Sie sorgen für das Mittagessen und ich für das Abendessen.“

Sie drehte sich um und machte sich auf den Weg, bevor Judith ihre Erleichterung und Dankbarkeit richtig zum Ausdruck bringen konnte.

Während Judith ihr nachsah, wie sie auf dem morschen Bürgersteig davoneilte, fuhr ihr ein Gedanke durch den Kopf. *Wo hat sie eigentlich letzten Sonntag gesteckt?* Doch halt! Das ging sie nichts an. Sie war nicht hierher geschickt worden, um andere zu richten, sondern um eine Stimme der Wahrheit zu sein und ihre Mitmenschen zur Versöhnung mit Gott aufzurufen.

Judith war gerade im Begriff, wieder in ihre kleine Wohnung zu gehen, als sie sah, wie Sophie ihr von ihrer Gaststätte aus mit einem Geschirrtuch zuwinkte. Judith rannte los. Wenn nur kein Unglück passiert war!

„Was gibt's denn? Stimmt etwas nicht?“ rief sie Sophie entgegen, sobald sie in Hörweite war.

Sophie lachte fröhlich.

„Keine Sorge, bei mir ist alles in Ordnung. Hab' nur gesehen, wie 'ne stattliche Mannschaft bei Ihnen vorgefahren ist. Da dachte ich mir, daß Sie bestimmt keine Kaffeekanne haben, die für alle reicht. Wie wär's, wenn Sie mir den ganzen Trupp zur Kaffeepause rüberschickten? Den Kaffee spendier' ich."

Judith starrte sie mit offenem Mund an. An die Kaffeepause hatte sie überhaupt noch nicht gedacht.

Sie nickte ihr Einverständnis, bedankte sich bei Sophie und erkundigte sich, um welche Zeit sie ihr die Männer schicken sollte.

„Na, so um zehn!" antwortete Sophie. Judith lief schnell zurück, um ein Blech Plätzchen zu backen. Wenigstens die konnte sie zu dem Kaffeetrinken beisteuern.

*

Um zehn Uhr wurde die Mannschaft zusammengerufen und zur Kaffeepause in Sophies Gaststätte geschickt. Um zwölf Uhr servierte Judith den Männern eine herzhafte Gemüsesuppe und Brot dazu. Am Nachmittag spendierte Sophie wieder Kaffee, und Judith hatte Zeit gehabt, einen Schokoladenkuchen dazu zu backen. Pünktlich zum Abendesssen hielt Frau Reillys Lastwagen vor dem Haus, und die gute Frau trug ihre Schüsseln mit Brathähnchen und Apfelkuchen herein.

Am Abend dieses langen Tages war das Dach repariert und die Wände neu gestrichen. Einer der Männer hatte sogar die Zeit dazu gefunden, die morschen Bretter auf dem Pfad zu Judiths Haustür zu ersetzen, während einer der jüngeren mit der Sense in dem von Unkraut überwucherten Garten zu Werk gegangen war. Judith konnte kaum fassen, wie viel innerhalb eines einzigen Tages alles erledigt worden war.

Mit frohem und dankbarem Herzen ging sie an diesem Abend zu Bett. Der kleine Gemeindesaal und ihre Wohnung waren zu ihrer Zufriedenheit instand gesetzt. Nun konnte sie ihre ganze Kraft darauf verwenden, den Bewohnern dieses Ortes die Liebe und Wahrheit Gottes nahezubringen.

*

Den größten Teil ihrer Zeit verbrachte Judith mit Hausbesuchen. Nicht selten kehrte sie erschöpft und mutlos in ihre Wohnung zurück. Für ihre kleine Missionskirche interessierte sich anscheinend kaum jemand. Mit Mühe befahl sie ihre Last dem Vater im Himmel an und versuchte, trotz ihrer inneren Anspannung Schlaf zu finden.

Ein Brief von Ruth war gespickt mit Erfolgsnachrichten und frohem Erzählen. Ihr gefiel es ausgezeichnet in ihrer neuen Umgebung. Sie war bei einer netten Familie untergebracht, und an ihrem ersten Sonntag als Predigerin hatten sich gleich fünfundzwanzig Gottesdienstbesucher in das eine der beiden kleinen Landschulhäuser gedrängt, neunundzwanzig in das andere, und von Sonntag zu Sonntag waren es mehr geworden. Inzwischen hatte sich die Zahl der Gottesdienstbesucher jeweils auf etwa dreißig bis vierzig eingependelt.

Ruth predigt so glänzend, daß die Leute bestimmt gern von weither kommen, um ihr zuzuhören, dachte Judith, den Blick in die Ferne gerichtet. So sehr sie sich für Ruth freute – sie kam sich im Vergleich zu ihr wie eine Niete vor.

Entmutigt ging sie zu Bett, wo sie sich unruhig hin und her wälzte. Schließlich stand sie wieder auf und sank auf dem geflochtenen Bettvorleger auf die Knie.

„Herr Jesus", betete sie, „ich war mir ganz sicher, deine Berufung zum Missionsdienst gehört zu haben. Aber besonders tüchtig scheine ich nicht zu sein. Ich kann nicht so gut predigen wie Ruth. Das weiß ich. Vielleicht habe ich das Gefühl damals in der Kapelle falsch gedeutet. Ach, ich weiß selbst nicht, Herr. Ich bin so durcheinander." Einen Moment lang hielt sie inne und dachte nach. „Aber der große Wunsch, dir irgendwie zu dienen, der war doch schon da, bevor ich überhaupt an der Bibelschule anfing. Das war doch gewiß von dir, Herr." Wieder machte sie eine Pause. „Wenn du wirklich diese kleine Gemeinde durch mich aufbauen willst, dann brauche ich deine Hilfe. Ohne dich kann ich es nicht. Bitte, lieber Herr Jesus, gib mir Weisheit und deines Geistes Leitung.

Ich bin bereit, hier zu arbeiten, solange es nötig ist – wenn das dein Wille ist. Zeig mir deinen Willen, Herr! Zeig mir, was ich tun soll! Und hilf mir, geduldig zu sein. Ich weiß, ich habe es immer eilig. Ich weiß, daß ich mich immer unter Druck setze, Herr. Das Lernen ist mir schon immer schwergefallen, und ich mußte mich mehr anstrengen als andere.

Aber hilf mir, meine Mitmenschen nicht unter Druck zu setzen und daran zu denken, daß es doch um deine Sache geht, nicht um meine. Ich brauche niemanden unter Druck zu setzen. Ich brauche nur gehorsam zu sein und auf deine Weisungen zu warten."

Judith betete weiter, während ihr die Tränen über das Gesicht rannen. Erleichtert spürte sie schließlich, wie sich ein tiefer Frieden in ihrem Herzen ausbreitete. Sie stand von ihren Knien auf, wischte sich mit dem Ärmel über die Wangen und stieg wieder in ihr Bett.

Danach fiel sie endlich in einen erholsamen, dringend benötigten Schlaf.

Was mit der Missionsstation Wesson Creek geschah, war Gottes Sache. Judith war nur ein Werkzeug in seiner Hand.

Als Judith am nächsten Morgen aufstand, war sie schon zuversichtlicher gestimmt. Heute war Sonntag, und sie erwartete Frau Travis mit ihren Kindern. Diese Stunden wollte sie so gut ausnutzen, wie sie nur konnte. Schließlich waren es aber nur die Kinder, die zur Tür hereinkamen.

„Mama geht's heute nicht gut", erzählten sie Judith schüchtern und setzten sich in die Bank, wo sie am vergangenen Sonntag gesessen hatten.

Judith wollte gerade mit der Sonntagsschulstunde beginnen, als sich die Tür erneut öffnete und Frau Reilly mit rotem Kopf und verrutschtem Hut hereingehastet kam. Dennoch warf sie Judith ein Lächeln zu.

„Die Kühe haben sich selbständig gemacht. Gerade, als wir losfahren wollten. George ist noch immer hinter den letzten her. Zum Gottesdienst nach Tomis hätten wir's nicht mehr rechtzeitig geschafft. Praktisch, daß wir jetzt selbst eine Kirche am Ort haben!"

Noch immer außer Atem, rutschte sie in die Bank neben die Travis-Kinder.

„Weiß nicht, warum solche Dinge immer sonntags passieren müssen!" keuchte sie und fuhr sich mit einem weißen Taschentuch über das verschwitzte Gesicht.

Judith lächelte, begrüßte ihre kleine Zuhörerschar und fing mit der Lektion an.

Gerade hatte sie die Geschichte von Noah und der Arche angekündigt, als wieder die Tür aufging und Sophie hereinspähte.

„'tschuldigung!" flüsterte sie. „Beim ersten Mal haben sie sich nicht getraut, allein zu kommen." Damit schob sie vier Kinder mit blitzblank gewaschenen Gesichtern und frisch gescheitelten Haaren in den Saal, huschte wieder hinaus und schloß die Tür hinter sich.

Froh über ihre nun siebenköpfige Zuhörerschar begrüßte Judith die vier Neuankömmlinge.

Zum Gottesdienst nach der Sonntagsschule fanden sich drei weitere Besucher ein: zwei Farmersfrauen, von denen die eine ein Kind an der Hand führte.

Das macht zehn! jubelte Judith innerlich, doch sie sonnte sich nicht lange in dem Erfolg. Dies war ja nicht ihre eigene Leistung. Gott hatte diese Menschen zu ihr geschickt. Nun hatte sie die Aufgabe, ihnen sein Wort zu verkündigen.

*

Gleich nach ihrer schlichten Mittagsmahlzeit legte Judith ein paar Plätzchen und einen Laib Brot in einen Korb und machte sich auf den Weg zu Frau Travis. Gegen die Krankheit konnte sie zwar nicht viel ausrichten, doch sie konnte wenigstens ihre Hilfe anbieten.

Sie hatte erwartet, die Frau im Bett anzutreffen, oder zumindest in Decken vermummt mit einer Tasse heißer Brühe vor sich. Statt dessen kniete Frau Travis in ihrem Gemüsegarten und machte gerade Karotten aus, als Judith ankam. Die Farmersfrau richtete sich auf und fuhr sich mit der Hand übers Gesicht. Judiths Besuch kam anscheinend völlig überraschend für sie.

Beinahe hätte Judith ihr entgegengerufen: „Die Kinder haben erzählt, daß Sie krank sind“, doch statt dessen begann sie: „Ich habe Ihnen ein paar Plätzchen mitgebracht. Hatte gehofft, daß wir zusammen Tee trinken könnten. Wie geht es Ihnen denn? Ich ... ich habe Sie im Gottesdienst vermißt.“

Die Frau wandte sich seitwärts ab, als sie antwortete: „Das ... das ist nett. Kommen Sie nur herein! Ich ... ich habe mich heute morgen nicht so recht wohl gefühlt. Jetzt geht's schon besser.“ Damit ging sie zum Haus voran.

Erst als sie bei Plätzchen und Tee am Küchentisch saßen, fiel Judith ein großer blauer Fleck auf der linken Gesichtshälfte von Frau Travis auf. Sie schien sofort zu bemerken, daß Judith die verfärbte Stelle nicht entgangen war.

„Bin hingefallen“, erklärte sie hastig. „Nichts Schlimmes!“

„Aber ... sollten Sie nicht lieber zum Arzt gehen?“

Frau Travis schüttelte energisch den Kopf.

„Nicht nötig!“ wehrte sie ausdrücklich ab.

„Sie sind wohl ohnmächtig geworden?“ fragte Judith. Vielleicht war die Frau ernster krank, als sie selbst ahnte. Doch Frau Travis wies die Vermutung von sich.

„Nein. Nein, das glaub' ich kaum. Bin wohl einfach etwas tolpatschig, weiter nichts.“

Judith ließ es dabei bewenden. Sie konnte der Frau eine innere Erregtheit anmerken.

Auf dem Heimweg versuchte Judith, sich einen Reim auf das Ganze zu machen. *Vielleicht leidet sie an Anfällen und schämt sich, es zuzugeben*, überlegte sie. *Aber es muß doch eine Arznei geben, die ihr helfen könnte. Andererseits ...*

Vielleicht wollte Frau Travis nicht zum Arzt gehen, weil sie die Arztkosten nicht aufbringen konnte. Oder vielleicht wollte sie den Ernst ihres Zustandes vor ihren Kindern verheimlichen. Ihr Mann war ohnehin wegen seiner eigenen Krankheit kaum dazu in der Lage, für die Familie zu sorgen.

Sei dem wie es sei, jedenfalls brauchte Familie Travis Judiths Beistand und Fürbitte. Sie hoffte, daß auch andere Nachbarn um die Nöte dieser Familie wußten und ihr ebenfalls hilfreich zur Seite stehen würden.

*

Nach einer weiteren Woche voller Hausbesuche bei unterschiedlichstem Wetter – einmal bei glühender Hitze und am nächsten Tag bei Regen – wachte Judith am Freitag in aller Frühe auf. Sie lag da und starrte die Zimmerdecke an, die sich vor ihren Augen in alle Himmelsrichtungen zu verziehen schien. Heiß war ihr, und ihr Hals schmerzte. Der ganze Körper tat ihr weh.

„Ach, nur das nicht!" stöhnte sie. „Ich kann doch jetzt nicht krank werden! Herr, bitte hilf, daß ich nicht krank werde!"

Sie setzte sich auf und zwang sich zum Aufstehen, doch im Verlauf des Tages fühlte sie sich immer elender. Schließlich mußte sie sich geschlagen geben und sich wieder hinlegen.

Wenn ich mich heute ausruhe, geht es mir vielleicht morgen schon besser! hoffte sie.

Doch am nächsten Tag ging es ihr gar nicht besser. Das Fieber stieg, und ihr Puls raste. Nur mit Mühe schleppte sie sich von ihrem Schlafzimmer in die Küche.

Ich muß unbedingt genug Flüssigkeit zu mir nehmen! ermahnte sie sich, doch das Schlucken fiel ihr schwer.

Sie stellte sich einen Krug mit Wasser und ein Glas ans Bett und legte sich wieder hin.

„Bitte, lieber Gott", betete sie fieberheiß, „mach mich bis Sonntag wieder gesund!" Doch als die ersten Kinder am Sonntag morgen ankamen, war Judith nicht zur Stelle, um ihnen die Tür aufzuschließen. Ratlos standen die Kinder auf dem Bürgersteig.

Als nächstes traf Frau Reilly ein. Sie begrüßte Sophies vier Kinder und unterhielt sich mit ihnen, während sie gemeinsam auf Judith warteten.

„Sonderbar!" murmelte sie, als mehrere Minuten verstrichen waren. „Es paßt gar nicht zu ihr, sich zu verspäten."

„Vielleicht sind diesmal bei ihr die Kühe ausgebrochen!" spaßte der kleine Nick, und alle lachten.

Bald darauf kam Frau Travis mit ihren beiden Kindern.

Frau Reilly begrüßte sie freundlich und sagte dann: „Das ist wirklich seltsam. Ich kann mir kaum vorstellen, daß Judith sich verschlafen hat. Es ist ja längst Zeit für die Sonntagsschule." Sie wartete noch einen Moment und steuerte dann entschlossen auf Judiths Gartentor zu.

„Ich schau' mal nach!" rief sie zurück.

Sie klopfte an Judiths Tür, doch niemand öffnete. Da die Tür unverschlossen war, trat Frau Reilly einfach ein.

Sie fand eine sehr kranke Judith vor, die kaum den Kopf vom Kissen heben konnte und dennoch bekümmert darüber klagte, keine Sonntagsschule halten zu können.

Frau Reilly schickte Nick zu Dr. Andrew und kühlte der Patientin die Stirn mit einem feuchten Tuch. Judith hatte keine andere Wahl, als die Dinge so hinzunehmen, wie sie waren. An diesem Sonntag würden weder Sonntagsschule noch Gottesdienst stattfinden.

Es hat fast eine Woche gedauert, bis ich wieder auf dem Damm war, schrieb Judith an Ruth. *Ich weiß nicht, was ich ohne Frau Reilly getan hätte. Sie ist jeden Tag gekommen, um nach mir zu sehen und mir heiße Suppe zu bringen. Sogar Sophie von der Gaststätte hat ihren kleinen Nick mit einem belegten Brot zu mir geschickt, und Frau Travis hat mir einen Laib Brot gebacken.*

Ich wage gar nicht, meinem Vater zu schreiben, wie krank ich war, fuhr sie fort, *sonst würde er sich nur schrecklich um mich sorgen.*

Mit Worten der Freude über Ruths frohen Bericht und der Hoffnung für ihre eigene Situation schloß sie ihren Brief.

Herbst

Judith hatte sich mit einigen Frauen angefreundet, doch abgesehen davon tat sie sich schwer, in Wesson Creek Fuß zu fassen. Sie wünschte sich, daß Big John, wie er weit und breit genannt wurde, sie nicht immerzu so barsch anfuhr und daß die jungen Burschen vor der Schmiede ihr nicht ständig nachschauten, wenn sie zum Postamt ging oder einkaufte. Sie wünschte sich, daß die Nachbarsfrauen häufiger zum Tee kämen und daß die Kinder nicht immer gleich schüchtern die Köpfe senkten, sobald sie sie auf der Straße ansprach.

„Nur Geduld!" redete sie sich selbst zu, doch manchmal fiel es ihr nicht leicht.

Mit der Zeit wuchs die Zahl der Gottesdienstbesucher, doch jedesmal wenn Judith sich über neue Gesichter in der Kirche freute, blieben andere plötzlich weg.

„Wie kann ich sie nur dazu bringen, treu in die Gemeinde zu kommen?" klagte sie im Gebet. „Ich weiß selbst, daß meine Predigten nicht gerade glanzvoll sind – aber ich bemühe mich doch so sehr, die Geschichten der Bibel anschaulich wiederzugeben."

Ruths Briefe enthielten nach wie vor begeisterte Berichte von wachsenen Besucherzahlen, doch auch sie hatte ein paar Rückschläge hinnehmen müssen.

Verna Woods hatte es sogar noch schwerer, wie Judith einem Brief von ihr entnahm. Der Ort, wo Verna eingesetzt war, schien noch weniger Interesse an Kirche und geistlichem Leben zu haben als Wesson Creek. Verna gestand, schon oft daran gedacht zu haben, die Arbeit aufzugeben und wieder nach Hause zu ziehen. Judith schrieb ihr ein paar ermutigende Zeilen und betete täglich für sie.

Inzwischen kannte Judith einige Familien recht gut, und das gab ihr Auftrieb.

Immer wenn sie in der Nähe war, besuchte sie die Frau, die nichts von „religiösen Hausierern" hielt. Sie machte einen so vereinsamten Eindruck, daß Judith großes Mitleid mit ihr empfand. Bei ihren Besuchen erwähnte Judith die Gemeinde mit keinem Wort, so gern sie es auch getan hätte, kannte sie doch die Arznei für Claras einsames Herz. Sie war in der Bibel zu finden, die Judith auf ihren Fahrten stets in einer Ecke ihrer Kutsche mit sich führte.

Bald waren alle Nachbarn weit und breit vollauf mit der Ernte beschäftigt. Von ihrem Bock aus beobachtete Judith die Zugpferde und Traktoren in den Feldern, wo vom Morgengrauen bis in die Abenddämmerung hinein gearbeitet wurde. Die Farmersfrauen übernahmen die Stallarbeit und kochten herzhafte Mahlzeiten aus den Erzeugnissen ihrer reichhaltigen Gemüsegärten. Die Kinder wurden mit Trinkwasserkannen, belegten Broten oder Zitronenkuchen auf die Felder geschickt. Jedermann weit und breit war im Einsatz, und bei ihren Hausbesuchen spürte Judith nicht nur die Geschäftigkeit, sondern auch die Anspannung, die überall in der Luft lag. Jede Wolke wurde voller Besorgnis registriert. Würde ein plötzlicher Wetterumschwung womöglich die ganze Ernte verregnen?

Judith setzte ihre Hausbesuche fort, doch sie nahm Rücksicht auf die zusätzlichen Belastungen, die die Ernte mit sich brachte. Sie erwartete keineswegs von den Farmersfrauen, ihren Teig stehenzulassen, um der Besucherin eine Tasse Tee zu kochen. Sie hielt ihr Gespann auch nicht an, um ein paar freundliche Worte mit einem Nachbarn zu wechseln, der mit einer Ladung Getreide zum Kornspeicher unterwegs war. Judith war selbst auf einer Farm aufgewachsen. Sie wußte, wie anstrengend die Erntezeit war.

Aus diesen Gründen beschloß sie, ihre Besuche vorläufig auf das Städtchen zu beschränken. Sophie schien sich immer zu freuen, wenn sie kam; gutgelaunt spendierte sie ihr einen Kaffee und setzte sich zu ihr, sofern sie keine anderen Gäste zu bedienen hatte. Auch Big Johns Schwester im Gemischtwarenladen schien nichts gegen ein Schwätzchen dann und wann zu haben.

Auch in ihrer Wohnung gab es allerhand zu tun. Während die Ernte auf den Feldern im Gange war, jätete sie Unkraut in ihrem Gärtchen, flickte ihren Zaun, besserte ausgerissene Säume an ihren Kleidern aus und nähte lose Knöpfe an ihrem Wintermantel fest.

Auch hatte sie in diesen Wochen mehr Zeit für die Bibel und bereitete künftige Lektionen vor; sie schrieb mehrere Briefe, die sie schon längst schreiben wollte, backte Plätzchen für eine ältere Frau in der Nachbarschaft und nähte sich einen neuen Winterrock, den sie dringend brauchte.

Sie nahm sich sogar die Zeit für einige Waldspaziergänge. Unter ihren Schritten raschelte schon das Laub. Die Blätter, die noch an den Zweigen hingen, tanzten ausgelassen im Herbstwind. Oben am Himmel schnatterten die Wildgänse ihren Abschiedsgruß, während sie in V-förmiger Konstellation in wärmere Gegenden flogen. Andere Vögel, die den Winter hier verbringen würden, flatterten emsig umher und merkten sich jeden Beerenstrauch und jeden Hagebuttenbusch, um in den kommenden Monaten Gebrauch davon machen zu können. Eichhörnchen schimpften, und Kaninchen huschten außer Sichtweite, wenn Judith sich näherte. Sie hatte ihre helle Freude an dem Leben im Wald.

Immer wieder führte ihr Weg sie an ihr Lieblingsplätzchen: die Bäume am Bachufer, wo Sam Austin sie überrascht hatte. Der Bach war über die Sommermonate träger geworden. An manchen Stellen schien er gänzlich stillzustehen, doch hier, wo es sich vermutlich famos angeln ließ, verließ er die kleine Anstauung und plätscherte munter über die Kiesel hinweg. Libellen surrten hin und her, und Hornissen landeten auf den Blättern im Bach, um darauf Kahn zu fahren.

Judith liebte diesen erholsamen Winkel sehr. Die friedvolle Stimmung dort erfrischte sie jedesmal neu. An manchen Tagen brachte sie ihre Bibel mit und las darin. Hin und wieder dachte sie auch an den Mann, dem sie hier so überraschend begegnet war.

Frau Reilly hatte ihn nicht wieder erwähnt. Judith wollte keine aufdringlichen Fragen stellen, doch sie ertappte sich nicht selten dabei, wie sie darüber nachdachte, was sein Leben wohl so einschneidend verändert haben könnte. Warum hatte er seine Berufung aufgegeben und damit womöglich auch seinen Glauben? Was war seinen Eltern zugestoßen? Und wann war das alles geschehen? Judith grübelte, während sie das Ufer des kleinen Teiches beobachtete.

Das Nachdenken führte sie stets zum Gebet. Was auch geschehen sein mochte, eins stand fest: Hier war ein Mensch in Not. Sie dachte an die Tränen in Molly Reillys Augen und ihre Worte: „Damit wären die Gebete seiner Mutter erhört."

*

Eines Tages, als Judith sich ihr Gespann holte, begegnete sie zum ersten Mal Herrn Travis.

Normalerweise war Claude zur Stelle, um die Pferde aus dem Stall zu führen. Obwohl er kaum größer war als Judith, bestand er jedesmal darauf, die Pferde für sie anzuschirren. Judith ließ ihn gewähren; vermutlich hatte seine Mutter ihm eingebleut, sich wie ein wahrer Gentleman zu benehmen. Nur mit Mühe unterließ sie es, dem Jungen zu helfen, wenn er sich anschickte, den Pferden das schwere Geschirr anzulegen.

An diesem Tag war es jedoch nicht Claude, sondern ein erwachsener Mann, der ihr entgegenkam.

„Morgen!" grüßte er und tippte an seine Kappe.

„Guten Morgen!" antwortete Judith und reichte ihm geistesgegenwärtig die Hand. „Sie sind sicher Herr Travis, nicht wahr?"

Der Mann lachte, während er Judith die Hand schüttelte.

„Lange her, seitdem mich jemand Herr genannt hat", sagte er.

Judith konnte dem kleinen Scherz nicht recht folgen, doch sie stellte sich mit Namen vor.

Er nickte und sagte: „Dann wollen Sie wohl Ihr Gespann holen, wie?", was Judith bejahte.

„Gehen Sie doch ’nen Moment rein zu meiner Frau, während ich Ihnen die Pferde hole!“ sagte er gutmütig, und Judith ließ sich nicht zweimal bitten.

Er war furchtbar hager von Gestalt, dachte Judith auf dem Weg zum Haus. Sein unrasiertes Gesicht hatte tiefe Höhlen, wo eigentlich die Wangen hingehörten, und seine Kleider schlotterten um seinen Leib. Er ging mit langsamen, etwas schleppenden Schritten. Judith fragte sich, ob er es überhaupt bis zur Scheune schaffen würde, ganz zu schweigen von der Koppel, wo die Pferde grasten.

Liebe Güte, schalt sie sich selbst aus, *ich hätte nicht zulassen dürfen, daß er sich dermaßen anstrengt!* Unentschlossen ging sie weiter dem Farmhaus zu.

Frau Travis begrüßte sie und stellte den Teekessel auf den Herd.

„Hoffentlich haben Sie’s nicht allzu eilig heute!“ begann sie zögernd. „Claude ist bei den Nachbarn, und bei Wilbur könnte es ein Weilchen dauern, bis Ihr Gespann angeschirrt ist.“

„Hätte ich ... hätte ich verhindern sollen ...“ stotterte Judith und fragte dann: „Ist er genug bei Kräften, damit man ihm die Pferde zumuten kann?“

Frau Travis warf Judith einen seltsamen Blick zu.

„Ihm geht’s gut“, sagte sie betont. „So gut wie seit langem nicht.“

Ach du meine Güte! dachte Judith. *Der Ärmste! Wenn sie das „gut“ nennt, dann muß er ja furchtbar krank gewesen sein!*

Endlich kam er und brachte das Gespann. Judith verabschiedete sich von Frau Travis und machte sich auf den Weg.

Sie sorgte sich mehr denn je um diese Familie. In den letzten Monaten hatte sie mehrmals blaue Flecken an der Farmersfrau bemerkt. Ob es nicht höchste Zeit war, daß die Frau wegen ihrer häufigen Stürze einmal Dr. Andrew aufsuchte?

„Ich wünschte, ich könnte ihnen irgendwie helfen. Der arme Mann! Die arme Frau Travis!“ flüsterte Judith, während sie zum Hof hinausfuhr.

*

Danach sah Judith Herrn Travis öfters auf der Straße. Sie war ihm schon mehrmals im Städtchen begegnet, ohne zu wissen, wer er war. An manchen Tagen konnte er sich kaum auf den Beinen halten, und Judith begriff nicht, warum er überhaupt in die Stadt kam, wenn er sich so elend fühlte. In seinem Zustand sollte er sich doch möglichst schonen. Wenn es weiterhin mit ihm bergab ging, würde seine Familie bald ohne Vater sein.

Judith überlegte, ob sie mit jemandem über diese Angelegenheit sprechen sollte. Sicherlich wußte man in der Stadt längst Bescheid. Kümmerte sich denn niemand um diese Familie? Hatte niemand versucht, Hilfe zu organisieren? War der Mann je von einem Arzt untersucht worden?

Judith machte sich große Sorgen, doch sie wußte nicht, was sie unternehmen sollte.

*

Sorgfältig zählte Judith ihr Geld. Kein Zweifel, sie war knapp bei Kasse. Die Sonntagskollekte, auf die sie für ihren Lebensunterhalt angewiesen war, bestand meistens nur aus ein paar Münzen. *Wie kann ich's auch anders erwarten, wenn die Gemeinde zum größten Teil aus Kindern besteht?* dachte sie. Sie war von Herzen dankbar für die Milch und Eier, mit der Frau Reilly sie regelmäßig versorgte, doch Dinge wie Salz, Seife und Mehl mußte sie im Gemischtwarenladen kaufen. Besonders an Waschpulver hatte Judith so gut wie nichts mehr.

Also, es hilft alles nichts: Waschpulver brauche ich unbedingt, dachte sie. *Schließlich kann ich nicht in schmutzigen Kleidern herumlaufen.* Judith holte ihren mageren Geldbeutel und ging ins Nachbarhaus.

„Guten Morgen!" begrüßte sie Big John zaghaft. Sie hatte gehofft, von seiner Schwester bedient zu werden. Geräusche aus der Hinterstube sagten ihr jedoch, daß Fräulein McMann mit dem Haushalt beschäftigt war.

„Hrrm", grunzte Big John.

„Ich ... ich brauche Waschpulver", begann Judith. Aus dem kleinen Schwatz mit der Frau würde heute wohl nichts werden.

„Was denn für welches?" knurrte er. „Wir haben viele Sorten. Oxydol? Sunlight? Iv..."

„Welche ... welche Sorte ist denn am billigsten?" fragte Judith verlegen.

Big John starrte sie näher an.

„'n Auge für Schnäppchen haben Sie also? Das läßt ja direkt auf 'nen Funken Verstand schließen." Hätte er das Wort „Funken" nicht so deutlich betont, so hätte Judith sich merkwürdig geschmeichelt gefühlt.

„Welche Packung?" fragte er und langte nach dem Waschpulver. „Groß oder Vorratspackung?"

„Nein, die ... die kleine Schachtel, bitte!" verlangte Judith. Ihre Wangen wurden immer heißer.

„Dachte, Sie verstünden was von Schnäppchen!" herrschte er sie an. „Bei den kleinen Packungen schmeißt man das Geld zum Fenster raus."

„Herr ... äh, Herr John", sagte Judith in strengerem Ton, als sie beabsichtigt hatte, „viel lieber würde ich mein Geld nicht zum Fenster rausschmeißen. Mir ist sehr wohl bekannt, daß man an größeren Packungen mehr spart, aber ... ich ... ich kaufe nur das, was ich auch bezahlen kann."

Sie warf das Geld abgezählt auf die Theke, fuhr auf dem Absatz herum und ging erhobenen Hauptes zur Tür hinaus.

Dieser Mann bringt mich noch zur Weißglut! ärgerte sie sich, doch dann verspürte sie auch schon Gewissensbisse. Schließlich war sie aus Nächstenliebe hierher gekommen, ganz gleich, ob man es ihr dankte oder nicht. *Oh, jetzt habe ich schon wieder versagt!* stöhnte sie innerlich. Diesen Nachbarn würde sie nie und nimmer für Christus gewinnen, wenn sie sich so grantig benahm. Schweren Herzens machte sie kehrt und ging in den Laden zurück.

„Wohl was vergessen, hä?" knurrte Big John unwirsch.

„Ja. Ja, genau!" stammelte Judith, rot wie eine Tomate. Nur mit Mühe unterdrückte sie die Tränen. „Ich habe meine gute

Kinderstube vergessen. Mein christliches Elternhaus. Mein Vater hätte sich sehr über mein Benehmen geschämt, und mein ... mein himmlischer Vater war sicherlich enttäuscht von mir. Es tut mir leid."

Am Ende ihrer kleinen Rede war ihre Stimme kaum mehr als ein Flüstern. „Bitte ... bitte verzeihen Sie mir!" bat sie, blinzelte gegen die Tränen an und ließ einen Mann zurück, der ihr mit offenem Mund nachstarrte.

Das Herbstpicknick

Letzte Woche habe ich der Bibelschule einen Besuch abgestattet, schrieb Ruth, *und ich dachte, Du interessierst Dich sicherlich für alles, was es dort Neues gibt. Ich weiß kaum, wo ich anfangen soll. Ich habe mir alles aufgeschrieben, was ich über unsere Klassenkameraden gehört habe, damit ich auch nichts vergesse.*

Morris rechnet damit, Ende Mai aufs Missionsfeld zu reisen. Er freut sich schon sehr. Er wird in Nigeria arbeiten.

Den Russells in Conner geht es dem Vernehmen nach gut. Im April erwarten sie ihr erstes Kind. Agatha hatte bisher wohl eine recht schwierige Schwangerschaft; ich hoffe wirklich, daß sie sich bald besser fühlt. Der arme Fred mußte neben seinem Pastorenamt auch noch Krankenschwester und Hausfrau spielen.

Olivia hat ihre Verlobung mit Ralph gelöst. Man hört, daß sie und Robert Lee, ihr lieber kleiner Rob, im Dezember heiraten wollen. Hoffentlich klappt es. Vielleicht haben sie einander ja verdient.

Noch eine Verlobung ist bekanntgegeben worden: Florian Beckett und Mary Frieson. Ich finde, die beiden geben ein wirklich nettes Paar ab. Vielleicht gelingt es Mary ja, ihm den richtigen Schliff zu geben.

Aber die größte Überraschung für mich war, wie sehr er sich inzwischen verändert hat – Florian Beckett, unser breiter, schuljungenhafter Florian. Er macht einen viel erwachseneren Eindruck. Und er ist so sehr an dem Wohl Anderer interessiert. Ich konnte meinen Augen und Ohren kaum trauen! Er hat nach wie vor die Absicht, Pfarrer zu werden, und Pearl hat mir erzählt, daß Pfarrer Witt ihn dazu ausgesucht hat, für eine

Gemeindegründung in der Stadt zu kandidieren. In der Stadt, *stell Dir nur vor! Es hat Zeiten gegeben, als ich befürchtet hatte, der Junge sei nicht einmal für eine Farm tauglich. Mit Gott erlebt man immer wieder Überraschungen!*

Darin mußte Judith ihr recht geben. „Erstaunlich, was Gott alles mit einem Menschenleben anfangen kann, das ihm voll und ganz aufgeliefert ist!" murmelte sie. Lächelnd fügte sie hinzu: „Besonders bei Florian – und bei mir!"

Auch über einige der Lehrer und gemeinsame Bekannte hatte Ruth allerhand Neuigkeiten zu berichten. Es war ein langer, inhaltsreicher Brief, und Judith dachte voller Heimweh und Sehnsucht an ihre Schule und an Menschen wie Fräulein Herrington, die ihr so viel Güte erwiesen hatten.

Sie wischte eine ungebetene Träne fort und faltete den Brief zusammen, um ihn wieder in den Umschlag zu stecken. Dann holte sie eilig Federhalter und Schreibpapier hervor. Sie wollte auf der Stelle einen Brief an Ruth schreiben, um ja nichts von all den Neuigkeiten zu vergessen.

Frau Reilly war die erste, die Judith von dem Erntepicknick erzählte. „Meine Liebe, Sie kommen selbstverständlich auch!" ordnete sie an. „Das Picknick läßt sich niemand hier entgehen. Außerdem haben Sie auf diese Weise Gelegenheit, die Nachbarschaft näher kennenzulernen."

„Ich habe ja noch kein Wort davon gehört!" erwiderte Judith. „Erzählen Sie mir doch bitte mehr darüber!"

„Also, das Picknick findet jedes Jahr nach der Ernte statt. Alle kommen. Wir halten es auf dem Festplatz. Das Fleisch zum Braten wird von einzelnen Farmern gestiftet. Damit wechseln wir uns ab. Außerdem bringt jeder sein Leib- und Magengericht mit, damit alle davon probieren können."

„Das klingt ja vielversprechend!" fand Judith. Einen solchen Spaß hatte sie schon seit langem nicht mehr erlebt.

„Außerdem gibt's Wettrennen, Tauziehen und Ballspiele. Manchmal stellen wir sogar Jahrmarktbuden für die Kinder auf – mit Bällen auf Zielscheiben werfen, Angelspiele, Waschbütten mit Äpfeln, die man mit dem Mund aus dem Wasser fischen muß. Jeder kommt auf seine Kosten. Es ist das größte Ereignis des Jahres."

„Ja, da komme ich sehr gern!" meldete Judith sich begeistert an.

Von jetzt an hörte sie immer häufiger von dem Herbstpicknick. Wo sie ging und stand, redeten die Leute von nichts anderem. Plakate, die die Schulkinder angefertigt hatten, wurden überall am Ort ausgehängt. Big John wollte Knallkörper spendieren, hieß es, und die Farmerskinder bettelten schon jetzt bei ihren Eltern darum, länger aufbleiben zu dürfen, damit ihnen das Feuerwerk nicht entging.

Judith zerbrach sich den Kopf darüber, was sie zu dem gemeinsamen Essen beisteuern sollte. Ihre Lebensmittelvorräte schrumpften zusehends zusammen, und dabei hatte sie die langen Wintermonate erst noch vor sich.

Soll ich nach Hause fahren und mich dort mit Nachschub eindecken? überlegte sie, doch die Fahrt war lang, und der Herbst war schon so weit fortgeschritten, daß der erste Schneesturm jederzeit hereinbrechen konnte. Nein, wenn sie sich wirklich daheim mit Lebensmitteln versorgen wollte, dann hätte sie dies schon vor Wochen tun sollen.

Ihren Vater brieflich um Geld zu bitten kam überhaupt nicht in Frage. Wenn er wüßte, wie es um sie bestellt war, würde er ihr bestimmt gern so viel Geld schicken, wie er nur erübrigen konnte, doch sie war jetzt selbständig – und sie diente dem Herrn. Zweifelte sie etwa daran, daß der Herr für sie sorgen würde? Wo war ihr Glaube, wenn sie gleich zu ihrem irdischen Vater gelaufen kam, sobald ihr Vorrat zur Neige ging?

„Nur nicht den Mut verlieren!" ermahnte sie sich oft selbst. „Seid stille und erkennt, daß ich Gott bin!" zitierte sie aus ihrer geliebten Bibel.

Doch was das bevorstehende Ereignis betraf, so mußte Judith gestehen, daß dies ihr einiges Kopfzerbrechen bereitete.

Ich habe doch Milch und Eier, dachte sie plötzlich. „Dann werde ich einfach einen Vanillepudding kochen", nahm sie sich erleichtert vor.

Nun war ihr schon wohler zumute, doch bestimmt wurde

von ihr erwartet, daß sie mehr als nur ein Gericht mitbrachte. *Kartoffeln habe ich noch ... und ein paar Zwiebeln*, dachte sie nach. *Damit experimentiere ich ein bißchen herum.*

Sehr zuversichtlich war sie jedoch nicht gerade, was dieses Experiment betraf, denn immerhin würde die gesamte Nachbarschaft von den Ergebnissen ihrer Kochkünste kosten.

*

Am Tag des Picknicks kochte Judith ihren Vanillepudding, der sehr zu ihrer Zufriedenheit geriet. Sie bestreute ihn mit Muskat und wandte sich dann ihrem Experiment zu. Sie kochte einen Topf Kartoffeln und stampfte diese anschließend, bis ein leichtes, flockiges Püree entstand, das sie mit einem großzügigen Schuß von Frau Reillys Sahne verfeinerte. Dann rührte sie ein paar gehackte Zwiebeln unter das Püree. Zum Schluß verschlug sie ein paar Eier mit Gewürzen und goß diese Flüssigkeit in die Vertiefungen, die sie mit einem Löffel in das Püree gedrückt hatte.

„Wenn ich doch nur ein bißchen Käse hätte, den ich über das Ganze reiben könnte!“ murmelte sie sehnsüchtig, während sie die Auflaufform in den Ofen schob.

Der Besucher, der kurz darauf an die Tür klopfte, war Frau Reilly.

„Wie kommen Sie voran?“ erkundigte sie sich. „Hmmm! Der Pudding sieht aber lecker aus!“

„Mein anderes Gericht habe ich gerade in den Ofen geschoben“, erklärte Judith munter, doch dann verzog sie das Gesicht. „Oh, ich habe ja gar nicht bedacht ...“

„Ja, was denn? Was ist los?“ fragte Frau Reilly.

„Das Essen! Das Picknick ist doch erst am Abend! Wer mag schon kalte Kartoffeln und Eier? Ich hab’ ganz und gar vergessen ...“

„Ach, wenn’s weiter nichts ist!“ Frau Reilly war sichtlich erleichtert und wischte Judiths Besorgnis mit einer Handbewegung beiseite. „Das ist nicht der Rede wert. Verwahren Sie sich’s für Sonntag. Sie können es sich später wieder aufwärmen. Außerdem haben Sie mit Ihrem Vanillepudding schon mehr als Ihre Pflicht getan. Bei jedem Picknick ist das Essen so reichlich, daß wir gar nicht alles vertilgen können. – So, jetzt muß ich aber gehen. Ich helfe nämlich beim Eiscremekurbeln. Hier sind Ihre Milch und Eier. Ein Stückchen Käse ist auch dabei. Georges Schwester hat mir ein riesiges Stück mitgebracht. Das können wir nie und nimmer allein aufessen."

Käse! Judith riß die Augen weit auf.

„Und daß Sie mir nur ja nicht zu spät kommen!" ermahnte Frau Reilly sie zum Abschied und eilte davon.

Judith kleidete sich mit aller Sorgfalt an. Sie wählte ihr hübschestes Kleid, gab sich besondere Mühe beim Frisieren und überlegte dann, ob sie ihre Schwesternhaube aufsetzen sollte. Ob die Leute wohl von ihr als kirchlicher Amtsperson erwarteten, daß sie ordnungsgemäß mit ihrer offiziellen Kopfbedekkung erschien? Oder war die Diensthaube bei dem Picknick fehl am Platze?

Zu guter Letzt legte Judith die Haube ins Regal zurück. Sie würde lieber ohne Kopfbedeckung gehen.

Es duftete schon vielversprechend in der Küche, als sie den Auflauf aus dem Ofen holte. Judith gab der Versuchung nach, sich eine kleine Kostprobe zu genehmigen.

Der Auflauf schmeckte tatsächlich lecker. Sie schabte ein paar Käseflocken auf einen zweiten Bissen. Hmm, jetzt schmeckte es noch besser. *Nur noch einen einzigen Bissen*, nahm sie sich vor. Sehr schmackhaft. Wirklich.

„Jetzt ist aber Schluß!" kicherte sie. „Sonst schmeckt mir der Braten heute abend nicht mehr!" Sie nahm den Pudding, griff sich noch schnell ihren Mantel für den Fall, daß der Abend kühl werden sollte, und machte sich voller Vorfreude auf den Weg zur Festwiese.

*

Judith wußte gar nicht, wann sie sich zum letzten Mal so gut amüsiert hatte. Sie stimmte in das allgemeine Gelächter ein, als die Sackhüpfer auf die Zielschnur zupurzelten. Sie leckte die schmelzende Eiscreme von ihrem Hörnchen, bevor sie ihr auf die Hände tropfen konnte; sie feuerte ihre Sonntagsschulkinder beim Schubkarrenlauf an und spendete den Baseballspielern Applaus. Sie versuchte sogar, einen Apfel mit dem Mund aus der Waschbütte zu fischen, wobei sowohl ihr ganzes Gesicht als auch die Locken, die es umrahmten, klatschnaß wurden. Die Kinder quietschten vor Vergnügen, als ihr der entscheidende Wurf gelang, der den Bürgermeister in das Regenfaß plumpsen ließ, und sie drängten sie, es bei der Lehrerin gleich noch einmal zu versuchen.

Die Zeit verging wie im Flug, und dann wurde auch schon zum Essen gerufen. Judith reihte sich zwischen Sophies Vicky auf der einen Seite und der kleinen Rena Travis auf der anderen in die Schlange ein. Obwohl sie so ausgiebig von ihrem Kartoffelauflauf genascht hatte, stieg ihr der Essensduft schon verlockend in die Nase.

Die Schlange war lang, und die beiden Kinder wurden immer unruhiger.

„Geht nur schon vor!" sagte Judith, als sich eine Gelegenheit für die beiden bot, zu ihren Familien aufzurücken. „Eure Mütter warten schon auf euch!"

Judith stand hinten in der Schlange. Sie summte leise eine Melodie. Heute hatte sie zum ersten Mal das Gefühl, tatsächlich zu den Bewohnern des kleinen Ortes zu gehören.

„Wie geht's denn unserem Fräulein Pfarrer?" fragte plötzlich eine Stimme neben ihr.

Wer von den jungen Burschen hänselt mich denn da schon wieder? dachte Judith, während sie sich umdrehte. *Sie haben nichts anderes im Kopf, als sich ständig über mich lustig zu machen und sich albern aufzuführen, sobald sie mich sehen.*

Doch es war Sam Austin, der da neben ihr stand und sie mit einem amüsierten Schmunzeln bedachte.

„Wenn Sie mich damit meinen: Danke, gut!“ antwortete sie unbeeindruckt.

In seinem Blick stand eine unausgesprochene Bitte um Entschuldigung.

„Eigentlich hat Tante Moll mich hergeschickt, um Sie zu holen. An dem Tisch dort drüben ist noch ein Platz frei. Tante Moll läßt Ihnen ausrichten, Sie möchten sich doch zu uns setzen.“

„Vielen Dank!“ antwortete Judith und rückte einen Schritt in der Schlange vorwärts.

Er folgte ihr. Judith sah, daß er einen leeren Teller trug.

„Ich wußte gar nicht, daß Sie hier sind“, bemerkte Judith, um kein peinliches Schweigen entstehen zu lassen.

„Das Erntepicknick lasse ich mir nie entgehen“, antwortete er. „Ich bin schon fast den ganzen Nachmittag hier.“

Judith fragte sich flüchtig, wo er nur gesteckt haben konnte und warum sie ihn noch nicht entdeckt hatte.

„Ich habe den Klappstuhl über der Regenbütte bedient“, fuhr er lachend fort. „Ich habe Ihnen Schützenhilfe dabei geleistet, den Bürgermeister zu versenken!“

„Aber ich ... ich dachte, das sei der Ball gewesen, der ...“ fragte Judith verdutzt.

„Normalerweise ist das auch so – wenn der Klappstuhl funktioniert. Unserer tut’s aber nicht so ganz. Deshalb muß jemand hinter den Kulissen an dem Seil ziehen, das den Stuhl umkippt.“

„Ach, so ist das!“ lachte Judith. „Ich hatte mich schon über meine eigenen Zielkünste gewundert. Na, vielen Dank für Ihre Hilfe!“

Er lächelte.

„Hoffentlich kriegt der Bürgermeister nicht spitz, wer ihn da ins kühle Naß befördert hat!“ spaßte er.

Die Schlange schob sich langsam an den Tischen vorbei, die sich unter der Last der Schüsseln förmlich bogen. Die Auswahl war fast zu groß für Judith.

„Das dort ist Frau Longs Kartoffelsalat“, half Sam ihr mit ein paar Erläuterungen. „Sie macht den leckersten, den ich je gegessen habe. – Und da steht Frau Tennets Apfeltorte. Es wundert mich, daß überhaupt noch etwas davon übrig ist. – Ach, das hätte ich mir gleich denken können. Herrn Willmores Schokoladenplätzchen sind natürlich längst alle!"

„Herrn Willmores?"

„Ja. Die bringt er jedes Jahr mit."

Judith lachte. Sie konnte sich den strengen, ernsten Lehrer ganz und gar nicht dabei vorstellen, wie er ein Blech Schokoladenplätzchen aus dem heißen Herd zog.

„Und was haben Sie beigesteuert?" wollte Sam wissen. Judith zeigte auf den Pudding, und er nahm sich die letzte Portion.

Als sie ihre Teller randvoll beladen hatten, führte Sam sie an den Tisch, wo George und Molly Reilly mit mehreren Nachbarn saßen.

Judith genoß es, dem fröhlichen Plaudern zuzuhören. Hin und wieder wurde ihr eine Frage gestellt, die sie freundlich beantwortete.

„Na, was sagen Sie denn zu unserem Herbstpicknick?" erkundigte sich ein breitschultriger Farmer mit Latzhose und weißem Hemd.

„Einfach prima!" antwortete sie begeistert. „So viel Spaß habe ich seit meiner Kindheit nicht mehr gehabt!"

„Ganz meine Meinung!" warf Frau Reilly ein. „Ich finde, wir sollten öfters ein Dorfpicknick veranstalten."

„Das nächste gemeinsame Fest ist wohl die Weihnachtsfeier in der Schule", sagte eine Frau am Ende des Tisches.

Allmählich fingen die Frauen an, Töpfe und Schüsseln abzuräumen, und die Männer bauten die Tische ab, um sie auf Eric Thorns Lastwagen zu laden. Bald darauf fuhren schon die ersten Familien mit Kleinkindern nach Hause, was die Kleinen mit lautstarken Protesten quittierten.

Judith packte ihre Sachen zusammen und legte sie unter eine Pappel in der Nähe. Eine weiche Dämmerstimmung stahl sich über den Festplatz. Mit dem hereinbrechenden Abend wurde die Luft kühler, und Judith knöpfte ihren Mantel zu.

„Haben Sie sich eine Decke mitgebracht?" rief ihr Frau

Reilly im Vorübergehen zu. Sie war auf der Suche nach einem günstigen Platz zum Hinsetzen.

„Oh, ich dachte, Sie seien schon nach Hause gefahren!" erwiderte Judith. „Nein. An eine Decke habe ich überhaupt nicht gedacht."

„Setzten Sie sich doch zu uns! Meine ist groß genug für uns alle!" bot Frau Reilly ihr an. „Und nach Hause möchte ich noch nicht fahren. Sam hat George wegen der Stallarbeit nach Hause gebracht."

Sam ist also schon fort. Eine Spur von Enttäuschung wollte in Judith aufsteigen, doch dann schob sie den Gedanken schnell von sich und folgte Molly, bis sie sie eingeholt hatte.

Sobald Big John befand, daß es endlich dunkel genug für sein Feuerwerk sei, zündete er die erste Rakete. Judith hatte noch nie eine solche Pracht gesehen. Die sprühenden Farbtupfer am Himmel waren einfach hinreißend.

Sie stimmte gerade begeistert in den allgemeinen Applaus ein, als jemand fragte: „Ist Ihnen warm genug?"

Judith sah auf und stellte überrascht und erfreut fest, daß Sam zurückgekehrt war. Er setzte sich so neben sie, daß er sie mit seinem Körper vor dem kühlen Nachtwind abschirmte.

„Ja", antwortete sie flüsternd, ohne zu wissen, warum sie so leise sprach. Die anderen quittierten jede Explosion von Licht und Farbe mit lauten Jubelrufen und Pfiffen.

Viel zu früh war das Feuerwerk zu Ende, und Judith zitterte plötzlich. Sie wußte selbst nicht, ob dies an ihrer Begeisterung oder an der Kälte lag. Sie stand auf und zog sich den Mantel enger um ihre Taille.

Du wirst mir noch krank, Kind! hörte sie ihren Vater in Gedanken sagen und hoffte inständig, daß das nicht der Fall sein würde.

„Können Sie morgen zum Essen kommen?" lud Frau Reilly sie ein, während sie die Decke zusammenfaltete.

„Ja, gern!" Judith hatte schon öfters bei den Reillys gegessen und die Stunden dort sehr genossen.

„Bestens! Dann sehen wir uns also nach der Kirche bei uns zu Hause."

Damit machte sich Frau Reilly auf den Weg, und Judith war allein mit Sam.

„Kommen Sie!“ sagte er und nahm sie beim Arm. „Ich fahre Sie nach Hause.“

Judith zog ihren Ellbogen aus seiner Hand. *Ist das nicht eine Spur zu vermessen?* hätte sie fragen können. *Nicht etwa „Darf ich?“ oder „Hätten Sie etwas dagegen, wenn ich ...?“, sondern einfach: „Ich fahre Sie nach Hause.“*

Doch Judith ging mit Sam zu seinem Auto und ließ sich von ihm nach Hause fahren. Der Abend war kühl, ihr Mantel zu dünn – und seine Gesellschaft eigentlich recht angenehm.

Freud und Leid

Die Zahl der Gottesdienstbesucher am nächsten Morgen war beträchtlich geringer als sonst. Judith vermutete, daß vielen der Kinder – und vielleicht auch einigen der Erwachsenen – das Aufstehen nach dem Picknick gestern schwergefallen war.

Doch George und Molly Reilly waren da. Judith hatte sich sogar schon der Überlegung hingegeben, ob Sam seine Verwandten heute begleiten würde und welche Auswirkungen dies auf ihren Unterricht haben könnte.

„Sam hat sich erboten, die Stallarbeit zu übernehmen, damit George heute morgen frei hat", erklärte Molly, was Judith enttäuscht und erleichtert zugleich zur Kenntnis nahm.

Nach dem Gottesdienst kam Molly auf Judith zu, während diese die Gesangbücher einsammelte.

„Ich fahre schon nach Hause voraus und fange mit dem Kochen an", sagte sie. „In einer halben Stunde schicke ich Sam los, um Sie abzuholen."

Judith konnte sich nur nickend einverstanden erklären.

Sie räumte den kleinen Gemeindesaal auf und schüttete sich den Inhalt des Kollektentellers in die Hand. Eigentlich hatte sie sich ja Hoffnungen auf ein paar Geldscheine gemacht, da ihre Vorräte zusehends spärlicher wurden ... Doch dann machte sie sich auch schon Vorwürfe. Schließlich war doch bei allen Schmalhans Küchenmeister. Die ganze Umgebung litt noch an den Folgen der Dürrezeit. Diese Ernte war für viele Farmer der erste Lichtblick gewesen, und Judith konnte sich an fünf Fingern abzählen, daß manch einer allerhand Schulden abzuzahlen hatte. *Von ihnen kann ich ebensowenig erwarten, daß sie meinen Lebensunterhalt bestreiten, wie von meinem Vater*, dachte sie entschlossen.

„Mein Gott aber wird ausfüllen all euren Mangel“, zitierte sie auf dem Weg zu ihrer Wohnung, wo sie sich für die Einladung zum Sonntagsessen frischmachte.

Wie verabredet kam Sam eine halbe Stunde später. Judith war startbereit und erwartete ihn schon.

„Wie wär’s, wenn Sie sich Wanderschuhe mitnähmen?“ schlug er vor. „Vielleicht ist uns heute nachmittag nach einem Spaziergang zum Bach zumute.“

Judith kämpfte gegen die Röte an, die ihr in die Wangen steigen wollte, und ging in ihr Zimmer, um die Schuhe zu holen.

„Schöner Tag heute, nicht?“ meinte Sam und nahm ihr die Schuhe ab. „Es könnte unsere letzte Gelegenheit zum Spazierengehen sein, bevor der erste Schneesturm kommt.“

Judith nickte, und Sam öffnete ihr die Automobiltür.

„Waren Sie in letzter Zeit mal wieder am Wesson Creek?“

Judith wunderte sich über diese Frage.

„Ich *wohne* doch in Wesson Creek“, erinnerte sie ihn. Sie kam sich zwar reichlich dumm vor, wußte aber nicht, was sie sonst sagen sollte.

Sam schmunzelte.

„Ich meine den richtigen Wesson Creek“, antwortete er, und plötzlich wußte sie, was er meinte.

„Ach ja! Der Bach! Heißt er so?“

Sam nickte, und Judith lachte.

„Natürlich! Ich hatte den Namen nur noch nie im Zusammenhang mit dem Bach gehört.“

„Und? Waren Sie in letzter Zeit dort?“

„Oft“, gestand Judith. „Ich gehe dorthin, sooft ich Zeit habe.“

Sie errötete und hoffte, daß Sam nicht etwa auf die Idee kam, ihre Spaziergänge zum Bach hätten etwas mit ihm zu tun.

„Ich auch“, sagte Sam einfach. „Schon seit meiner Kindheit.“

„Dort ist es so ... so friedlich. Beinahe wie in einer Kirche“, wagte Judith zu sagen.

Sie sah einen leichten Schatten über Sams Gesicht huschen,

doch er erwiderte nur: „Das friedlichste Fleckchen Erde, das ich kenne.“

Judith, die meist allein am Tisch saß, genoß die Mahlzeit bei den Reillys sehr. Sam schien sich bei George und Molly vollkommen zu Hause zu fühlen. Judith fand es zwar schade, daß Molly keine Kinder hatte, doch Sam war für die beiden fast wie ein eigener Sohn.

Nachdem Judith in der Küche beim Geschirrspülen geholfen hatte, schlug Sam vor, daß sie ihren Spaziergang machten. Judith nickte und zog sich ihre Wanderschuhe an.

Von der Reilly-Farm aus war es nicht so weit zum Bach wie von Judiths Wohnung aus. Bald hatten die beiden ihren Lieblingsplatz erreicht.

Sam breitete seine Jacke über einen umgestürzten Baumstamm und bedeutete Judith, sich darauf zu setzen. Er selber setzte sich ins Gras am Ufer.

„Der Bach ist ja an manchen Stellen fast ausgetrocknet“, sagte er wie zu sich selbst. „Als ich klein war, hat's oft Überschwemmungen gegeben. Die Dürre hat alles verändert, aber ich glaube, so langsam kommt der Bach wieder ins Lot“, fügte er etwas zuversichtlicher hinzu.

„Das waren harte Jahre für alle“, murmelte Judith und sah den Blättern nach, die auf der Oberfläche bachabwärts trieben. „Ich bin froh, daß sie vorbei sind.“

„Ich bin mir nicht so sicher, daß sie das tatsächlich sind“, sagte Sam zu ihrer Überraschung.

Doch dann wechselte er schnell das Thema.

„Wo sind Sie denn aufgewachsen?“ fragte er Judith, und den Rest des Nachmittags verbrachten die beiden damit, sich über dies und das zu unterhalten. Judith erzählte von ihrem Vater und von Ina und Anna. Sie sprach von ihrer Schulzeit und ihrer Kirche daheim und sogar von den zwei Jahren an der Bibelschule.

Ohne Hast gingen sie durch das raschelnde Herbstlaub zur Reilly-Farm zurück. Scherze und Gelächter flogen zwischen den beiden hin und her. Einen solchen Nachmittag hatte Judith eigentlich noch nie erlebt.

Als sie den Zaun erreichten, der den Hof von dem Weideland abgrenzte, sagte Sam mit unvermitteltem Ernst zu Judith: „Ich möchte mich bei Ihnen für den herablassenden Ton entschuldigen, mit dem ich Sie damals am Bach angesprochen habe.“

Judith wandte sich zu ihm um.

„Ach, aber das ...“ wollte sie widersprechen, doch er hob eine Hand.

„Ich hatte keine Veranlassung, mich derartig über Sie lustig zu machen. Ich habe es seither sehr bereut.“

„Aber ich ... ich habe mir überhaupt keine Gedanken mehr darüber gemacht!“ stotterte Judith.

„Ich schon – und tausend Vorwürfe dazu. Könnten wir wohl einfach ... einfach noch mal von vorn anfangen?“

Judith lachte ein fröhliches, gutmütiges Lachen.

„Mir scheint, das haben wir längst“, sagte sie.

Sam lächelte.

„Dann verzeihen Sie mir also?“

Mit funkelnden Augen sah sie dem jungen Mann ins Gesicht und reichte ihm ihre schmale Hand.

„Vergeben und vergessen“, sagte sie einfach nur, und Sam nahm die dargereichte Hand und hielt sie nach dem Händeschütteln fest, bis er Judith durch den Zaun geholfen hatte.

Im Wohnhaus der Farm hatte Molly schon Kaffee gekocht. Judith glaubte, noch vom Mittagessen satt zu sein, doch die belegten Brote schmeckten ihr so gut, daß sie gleich zwei davon aß.

Die Unterhaltung bei Tisch war munter und lebhaft, und Judith wünschte sich, sie würde niemals zu Ende gehen.

„So leid es mir tut“, sagte Sam dann schließlich, „aber ich muß heute noch nach Calgary zurück. Es wird spät werden, bis ich dort bin.“

George nickte.

„Schlaf mir nur nicht am Steuer ein!“ mahnte er, und auch Molly warf ihm einen besorgten Blick zu.

„Keine Sorge!“ beruhigte Sam die beiden schnell. „Aber jetzt wird's wirklich höchste Zeit für mich.“ Dann wandte er sich an Judith. „Wenn Sie fertig sind, fahre ich Sie nach Hause!“ bot er ihr an.

Judith beeilte sich, ihre Tasche und ihre Wanderschuhe zu holen.

„Eigentlich kann ich genausogut zu Fuß gehen“, sagte sie zu ihm, als sie zu seinem Automobil gingen. „Es ist doch nicht weit, und die frische Luft würde mir guttun.“

„Dann käme ich ja um das Vergnügen!“ protestierte er scherzend.

„Aber Sie hätten Zeit gespart“, fuhr sie fort.

„*So* eilig hab' ich's nun auch wieder nicht. Zum Dorf brauchen wir ja nur ein paar Minuten“, sagte er und half ihr beim Einsteigen.

Nach einem entspannten Schweigen sagte Sam: „Ich weiß nicht genau, wann ich wiederkomme. Vielleicht erst zu Weihnachten.“

„Ich freue mich schon riesig darauf, zu Weihnachten nach Hause zu fahren“, erwiderte Judith mit einem sehnsüchtigen Gedanken an ihre Familie.

Sam antwortete nichts darauf, und Judith hatte das Gefühl, als stimmte etwas nicht.

„Ja!“ sagte Sam endlich. „Hoffentlich klappt alles! Sie fehlen Ihrer Familie sicher sehr.“

Erst jetzt merkte Judith, daß er sich wohl Gedanken über sein nächstes Wiedersehen mit ihr gemacht hatte, und in ihrer Ahnungslosigkeit hatte sie ihm jegliche Hoffnung zerschlagen. Nun wußte sie nicht, was sie sagen sollte.

„Zum ersten Weihnachtstag muß ich natürlich hier sein“, erklärte sie zögernd.

Er stürzte sich auf den geringsten Hoffnungsschimmer.

„Vielleicht könnte ich Sie nach Hause bringen“, schlug er beinahe schüchtern vor.

Judith spürte, wie ihr Puls schneller ging. Was er da vorgeschlagen hatte, klang beinahe wie eine Verabredung. Aber was würde ihr Vater sagen, wenn sie einen Mann nach Hause brächte, der ihren Glauben nicht teilte? Wenn sie mit Sam im Schlepptau nach Hause kam, mußte sie ja den Eindruck erwekken, er sei ihr Verehrer. Und neben den Bedenken ihres Vaters waren da noch ihre eigenen. *Soweit darf ich es nicht kommen lassen. Niemals!* sagte sie sich. Die Gesellschaft eines ungläubigen Mannes durfte sie allerhöchstens auf kameradschaftlicher Basis akzeptieren. Mehr nicht.

„Ich ... ich werde in Ruhe darüber nachdenken und ... beten", antwortete Judith.

Ein bedrückendes Schweigen folgte.

„Das soll wohl soviel wie ‚Nein' bedeuten", sagte Sam schließlich zaghaft.

„Ja, wahrscheinlich schon." Judith rang nervös die Hände in ihrem Schoß. „Nicht, daß ich nicht gerne ja gesagt hätte."

„Ich versteh' schon."

Judith war sich nicht sicher, ob das stimmte. Sie war den Tränen nahe und hoffte inständig, daß er das nicht merkte.

Als sie vor dem Gemeindesaal anhielten, öffnete Sam die Beifahrertür. Judith nahm ihre Tasche und ihre Wanderschuhe und stieg zögernd aus. Sie hatte nicht gewollt, daß alles so endete, doch daran ließ sich nun wohl nichts ändern.

„Ich habe den Tag sehr genossen!" sagte Sam nahe an ihrem Ohr.

„Ich auch!" gestand Judith. Wieder war sie den Tränen nahe.

„Auf Wiedersehen, Judith!"

Doch Judith brachte kein Wort mehr hervor. Es widerstrebte ihr, sich zu verabschieden, denn sie wußte, wie endgültig dieser Abschied sein würde. Sie sagte auch nicht: „Können wir nicht einfach nur gute Kameraden sein?", denn sie spürte, daß beide sich mehr als nur eine Kameradschaft wünschten.

Sie blinzelte gegen ihre Tränen an, brachte ein zaghaftes Lächeln zustande und sagte ein leises „Dankeschön", bevor sie sich abwand.

*

Judith war fast blind vor Tränen, als sie über den kleinen Pfad zu ihrer Haustür stolperte. Sie hatte gehört, wie das Automobil davonfuhr. Sam war auf dem Rückweg zur Großstadt. So mußte es sein. Doch Judith konnte nicht leugnen, daß sie darüber betrübt war. Solche Gefühle hatte sie noch nie für einen Mann empfunden.

Gerade wollte sie nach der Türklinke tasten, als sie über etwas stolperte. Sie strengte ihre Augen an, um in der Dunkelheit das Hindernis zu erkennen. Da stockte ihr der Atem. Es war Herr Travis! Auf ihrer Stufe war er zusammengebrochen. *Womöglich wollte er mich zu Hilfe rufen, und ich habe den ganzen Tag damit zugebracht, von einem Mann zu träumen, den ich sowieso nie bekommen kann.* Die unsinnigsten Gedanken schossen ihr durch den Kopf.

Judith ließ Tasche und Schuhe zu Boden fallen und beugte sich über den Mann. Er roch nach Erbrochenem. Sie verspürte Ekel und Erschrecken zugleich. *Er muß ja entsetzlich krank sein! Hilfe muß her. Schleunigst!*

Zu Dr. Andrew war es zu weit. Sie rannte zu ihrem Nachbarn nebenan.

„Herr John! Herr John!" schrie sie und schlug aus Leibeskräften mit den Fäusten an die Tür.

Die Tür wurde geöffnet. Big John hatte eine angebissene Scheibe Brot mit Butter in der Hand und kaute noch.

„Was is'?" fragte er, doch Judith brachte vor Zittern kein Wort heraus.

Er warf seine Brotscheibe auf eine Theke und packte Judith bei den Schultern.

„Was is' los, Mädchen?" fragte er noch einmal.

Diesmal fand Judith ihre Stimme.

„Es ist ... es ist Herr Travis."

Big John riß die Augen auf und studierte ihre bebenden Lippen.

„Was hat er Ihnen denn angetan?" fragte er streng.

„Nein ... nein, er ist krank. Zusammengebrochen ist er ... vor meiner Haustür. Schnell! Er braucht Hilfe!"

Big John steuerte auf die Tür zu. Judiths Arm hatte er noch immer nicht losgelassen, und sie hatte Mühe, mit ihm Schritt zu halten.

Herr Travis lag noch so da, wie sie ihn vorgefunden hatte. Judith zeigte mit einem zitternden Finger auf ihn.

„Er ist wohl ohnmächtig geworden ... oder zusammengebrochen. Keine Ahnung, was mit ihm los ist."

Big John schob sie hinter sich und steuerte entschlossen auf den am Boden liegenden Mann zu.

„Sternhagelvoll ist er!" zischte er, als er sich über ihn beugte. „Sternhagelvoll wie immer!"

Judith stockte der Atem. Sie hatte noch nie jemanden in Herrn Travis' Zustand gesehen.

„Dreckskerl!" zischte Big John verächtlich, stand aus der Hocke auf und schob den Arm des reglosen Mannes mit der Stiefelspitze beiseite. „Wenn der nicht ausgerechnet vor Ihrer Haustür läge, tät' ich ihn einfach liegenlassen." Damit spuckte Big John ins Gras.

„Kommt das bei ihm ... äh ... häufiger vor?" fragte Judith stockend.

„Nur an allen Wochentagen und jedes Wochenende", antwortete der breitschultrige Mann mit einem verächtlichen Schnauben.

„Aber was ist mit Frau Travis? Weiß sie Bescheid?" flüsterte Judith, als befürchtete sie, mit ihrer Bemerkung ein gehütetes Geheimnis anzusprechen.

Big John sah ihr geradewegs ins Gesicht.

„Es wird ihr wohl kaum entgangen sein", sagte er betont, „so, wie er sie verprügelt, sobald er aufrecht stehen kann."

Judith fehlten die Worte.

„Haben Sie denn Tomaten auf den Augen, Mädchen?" knurrte John. „Was glauben Sie denn, woher sie dauernd blaue Flecken hat? Vom Hinfallen?"

Judith konnte nur den Kopf schütteln. *Dann ... dann weiß die ganze Stadt also Bescheid, nur ich hatte keine Ahnung. Ach, die arme Frau Travis!*

Big John hievte sich den bewußtlosen Mann auf den Rükken und trug ihn fort.

Judith hob ihre Tasche und Schuhe auf, machte einen Bogen um das Erbrochene auf ihrem Pfad und schloß die Tür auf.

Fast wurde ihr auch übel, als sie ihre Stufe mit einem Eimer Wasser abspülen ging.

Kurze Zeit später kam Big John zurück. Wortlos machte er sich daran, ein stabiles Schloß an Judiths Haustür anzubringen. Judith sah ihm schweigend zu.

Als er fertig war, hob er den Blick und sah sie an.

„Nun sehen Sie gefälligst zu, daß Sie auch Gebrauch davon machen!“ sagte er nur und ging.

Winter

Als Judith das nächste Mal ihr Gespann bei den Travis' abholen mußte, machte sie sich mit gemischten Gefühlen auf den Weg. Frau Travis winkte ihr wie gewöhnlich einen Gruß zu und lud sie zu einer Tasse Tee ein. Am liebsten hätte Judith abgelehnt, doch dazu fehlte ihr jeglicher Vorwand. Es fiel ihr schwer, sich gelöst und natürlich in der Gegenwart der Frau zu verhalten, deren entsetzliches Geheimnis sie ja nun kannte.

Judith ertappte sich sogar dabei, wie sie das Gesicht der Frau auf frische Wunden oder blaue Flecke absuchte. Schnell senkte sie beschämt den Blick und betete still, daß Gott ihr doch dabei helfen möge, Frau Travis und den Kindern mit der gleichen Freundlichkeit wie bisher zu begegnen. Jawohl, und Herrn Travis auch.

Die Kinder begrüßten Judith so begeistert wie eh und je, was ihr ein wenig über ihre Befangenheit hinweghalf.

Rena drängte sich dicht an Judith, um ihr das kleine Kätzchen zu zeigen, das sie in der Scheune entdeckt hatte.

„Hätten Sie auch gern ein Kätzchen?" fragte das Mädchen großzügig, während Judith das flaumweiche Fell des Tieres streichelte.

„Ich mag Katzen furchtbar gern", vertraute Judith ihr an, „aber ich weiß nicht, ob ich eine in meiner Wohnung halten soll."

„Warum denn nicht? Sie könnte doch die Mäuse fangen."

Judith wand sich innerlich. Die Mäuse, die sich so keck in ihrer kleinen Wohnung häuslich niedergelassen hatten, verursachten ihr oft eine Gänsehaut. „Fängt sie denn schon Mäuse?"

„Nee, noch nicht. Erst wenn sie ’n bißchen größer ist. Ihre Mami fängt aber ganz viele. Ich hab’ schon oft gesehen, wie sie ihren Jungen eine bringt“, wußte Rena zu berichten. Die blaßblauen Augen wollten ihr von dem enormen Ausmaß ihrer Kenntnisse schier übergehen.

Judith nahm ihre Hand von dem Kätzchen und legte sie auf Renas Kopf. *Wie niedlich würde sie mit einer bunten Haarschleife und einem hübschen Kleidchen aussehen!* ging es Judith durch den Sinn – doch nein! So durfte sie nicht denken. Frau Travis tat doch wirklich ihr Bestes. Mehr konnte man bei den schwierigen Umständen, in denen sie lebte, nicht von ihr erwarten.

Timmie kam und nahm Rena das Kätzchen aus den Armen. „Jetzt muß ich sie aber wieder zurückbringen“, erklärte er seiner Schwester leise. „Vielleicht hat sie ja wieder Hunger, weißt du.“ Dann drehte er sich zu Judith um. „In der Scheune haben wir noch drei, falls Sie sich eins aussuchen wollen.“ Dann beeilte er sich hinzuzufügen: „Sie müssen noch zwei Wochen hierbleiben, aber dann können sie aus einer Schüssel trinken.“

„Ich überlege es mir“, versprach Judith lachend. Mit Milch war sie ja dank Frau Reillys Kühen ausreichend versorgt, und wenn das Kätzchen tatsächlich tüchtig im Mäusefangen war, dann wäre es den Versuch vielleicht wert. Obendrein würde sie sich bestimmt sehr über die Gesellschaft eines Vierbeiners freuen.

Der Winter kam auf leisen Sohlen über das Land. Als Judith eines Abends zu Bett ging, schwebten federleichte Flocken gemächlich zur Erde, und am nächsten Morgen war die ganze Welt weiß. Der Anblick war wunderhübsch. Die Morgensonne verwandelte die graue Welt vor Judiths Küchenfenster in ein strahlendes Wunderland.

Am Nachmittag fing es wieder an zu schneien, und es hörte nicht auf bis in die Nacht hinein. Am nächsten Morgen lag der flaumweiche Schnee zwanzig Zentimeter hoch auf Judiths Bürgersteig. Heute war Sonntag, und Judith wollte ihrer kleinen Gemeinde nicht zumuten, durch den hohen Schnee zur Kirchentür stapfen zu müssen.

Als sie kräftig den Küchenbesen schwang, ertönte plötzlich eine Stimme hinter ihr: „Tag! Brauchen Sie Hilfe?“ Es war Nicky, Sophies Ältester.

„Mama hat Sie schuften gesehen“, sagte er mit einem freundlichen Grinsen. „Sie hat gemeint, mit dem Ding da kämen Sie aber nicht weit!“ Er zeigte auf den Besen, den sie in den Händen hielt.

Judith lächelte achselzuckend.

„Etwas anderes habe ich halt nicht. Ich habe einfach nicht daran gedacht, mir eine Schaufel zu besorgen.“

„Ich habe eine mitgebracht!“ sagte Nicky stolz und hielt ihr eine abgenutzte, aber durchaus brauchbare Schaufel entgegen. „Ich schiebe Schnee, und Sie fegen hinter mir her, ja?“

Judith war einverstanden. Die beiden arbeiteten im Akkord. Ihr Atem flog in silbernen Wölkchen vor ihnen her.

In den folgenden Wochen ging der Winter jedoch nicht mehr so gutmütig mit der Bevölkerung von Wesson Creek um. Die Schneewälle zu beiden Seiten von Judiths Bürgersteig türmten sich immer höher. Jedesmal wenn sie mehr Schnee auf die Wälle häufte, dankte sie Gott für die Schaufel, die sie nun ihr eigen nannte. Eines Tages hatte sie völlig unerwartet einen hölzernen Stiel entdeckt, der aus dem Schnee vor ihrem Gartenzaun ragte. Sie hatte daran gezerrt und gezogen, bis eine Schaufel zum Vorschein gekommen war. Die Schaufel war ihr bislang nur noch nie aufgefallen, weil sie sie nicht gebraucht hatte. „Oh, danke, lieber Herr!“ hatte sie unvermittelt gebetet. Als sie sich den Fund jedoch näher betrachtet hatte, hatte sie festgestellt, daß der Stiel defekt war. Er war zwar einmal geflickt worden, doch an der geflickten Stelle war er wieder auseinandergebrochen.

Judiths Enttäuschung war groß gewesen, doch dann war ihr ein rettender Gedanke gekommen. Vielleicht konnte sie ein paar ihrer kostbaren Geldmünzen für einen neuen Schaufelstiel ausgeben. Am besten ging sie gleich zum Gemischtwarenladen.

Big John McMann stand hinter der Theke. Judith hatte inzwischen längst etwas von ihrer Furcht vor ihm verloren. Er behandelte sie zwar nach wie vor schroff und barsch und bedachte sie bei jedem Einkauf mit seinen spöttischen Bemerkungen, doch Judith hatte den Eindruck, als habe seine Bärbeißigkeit ein wenig nachgelassen.

„Guten Morgen!" grüßte sie aufgeräumt und steuerte auf die Theke zu.

„Na, was gibt's?" knurrte er zurück.

„Ich brauche schon seit längerem eine Schaufel", erklärte Judith, wobei in ihren Augen die Finderfreude funkelte, „und jetzt habe ich diese hier hinten am Zaun entdeckt. Kann der Stiel wohl geflickt werden – oder ersetzt?"

„Flicken nein. Ersetzen ja."

„Und wieviel würde ein neuer Stiel kosten?" erkundigte Judith sich etwas zaghafter.

„Na, zeigen Sie mal her!" forderte Big John sie auf, und Judith hievte die schwere Schaufel über die Theke.

„Für fünfzig Cents kann ich 'nen neuen Stiel anbringen", knurrte er.

„Sie selbst?" Judith konnte ihren Ohren kaum trauen. Sie hatte felsenfest damit gerechnet, daß ihr diese Arbeit selbst überlassen bleiben würde, obwohl sie keinerlei Vorstellung davon hatte, wie man so etwas machte. Und Werkzeug hatte sie auch nicht, falls dies dazu nötig sein sollte.

„Ist im Preis inbegriffen", brummte Big John, ohne den Blick zu heben.

„Prima! Dann nehme ich einen neuen Stiel", antwortete Judith und zog ihr Portemonnaie hervor, um die Münzen abzuzählen.

Doch Big John langte nicht nach dem Geld.

„Werfen Sie's am Sonntag in Ihre Kollekte."

Judith war sprachlos. Sie sah den breitschultrigen Mann fragend an. Dieser starrte ungerührt zurück.

„Der ganze Bibelkram interessiert mich zwar nicht die Bohne", erklärte er, „aber 'ne kleine Versicherung kann schließlich nicht schaden."

Judith riß Mund und Augen auf. Dann legte sie ihr Geld bedächtig auf die Theke.

„Bei dieser Art Versicherung geht es um alles oder nichts, Herr John. Versichert sein kann man nicht, aber sicher sein, das kann man."

Big John beugte sich vor, nahm die Münzen und warf sie in die Kasse. Keiner der beiden sagte etwas.

„Morgen können Sie sie abholen!" knurrte er schließlich und deutete mit einer Kopfbewegung auf die Schaufel in seinen Händen.

„Vielen Dank", sagte Judith leise, „das ist nett von Ihnen", und verließ still den Laden.

*

Der Winterfrost wurde immer schärfer, so daß Judith an manchen Tagen vollauf damit beschäftigt war, Brennholz zu holen, um ihre Wohnung damit zu heizen und den Gemeindesaal sonntags einigermaßen erträglich zu halten. Entsetzt stellte sie fest, daß der Brennholzhaufen, der ihr anfangs so riesig vorgekommen war, in Windeseile zusammenschrumpfte. Doch Herr Reilly hatte dies ebenfalls bemerkt und sie beruhigt, sie solle sich nur keine Sorgen machen. Er wollte sich mit ein paar Männern aus der Nachbarschaft damit abwechseln, Judith in Abständen mit Brennholz zu versorgen.

Was Judith dagegen große Sorgen bereitete, waren ihre mageren Lebensmittelvorräte. Ihr Gemüse, das im Keller unter der Küche lagerte, war fast aufgebraucht. Ihr Vorratsregal in der Küche war nahezu leer. Inzwischen kam es häufig vor, daß Frauen aus der Umgebung nach einer langen Kutschfahrt durch die eisige Kälte zu einer Tasse Tee oder Kaffee bei ihr hereinschauten. Judith sah darin eine wunderbare Gelegenheit,

Gastfreundschaft zu üben. Einige der Frauen, die sie besuchten, kamen nicht zum Gottesdienst, und Judith freute sich sehr über diese Besuche, weil sie dadurch Bekanntschaften vertiefen und vielleicht auch etwas von ihrem Glauben weitergeben konnte.

Doch diese Besuche zehrten an ihren Vorräten. Dennoch war sie fest entschlossen, die Frauen nach wie vor bei sich willkommenzuheißen und ihnen Tee oder Kaffee zum Aufwärmen anzubieten, und dazu, wenn irgend möglich, auch ein Stück Kuchen oder Plätzchen.

Als erstes ging ihr das Mehl aus. Dann wurde das Zuckerfaß leer – bis auf die eine Tasse Zucker, die Judith als eiserne Reserve für jene unter ihren Besucherinnen gerettet hatte, die ihren Tee mit Zucker tranken. Sie war froh, immer reichlich Sahne zur Hand zu haben.

Frau Reilly versorgte sie treu mit Milch und Eiern.

Für die Eier war Judith außerordentlich dankbar. Solange sie Eier im Haus hatte, brauchte sie keinen Hunger zu leiden. Sie bereitete die Eier auf hundertundeine verschiedene Weisen zu.

„Wenn mir nur nicht der Tee und Kaffee ausgeht, bis ich zu Weihnachten nach Hause fahre“, sagte sich Judith immer wieder. „Dann kann ich mich bei Vater mit neuen Vorräten eindekken.“

Ach, Judith freute sich schon sehr auf Weihnachten und das Wiedersehen mit ihren Angehörigen. Sie würde es genießen, einmal in Ruhe ausspannen zu können. So sehr sie ihre Arbeit auch liebte, so war sie doch oft der Überanstrengung nahe.

In der Adventszeit steckte sie in den Vorbereitungen für die Weihnachtsfeier der Kinder. Alle Sonntagsschulkinder waren daran beteiligt und trafen sich dienstags nach der Schule und samstags zum Üben im Gemeindesaal. Durch diese zusätzlichen Verpflichtungen hatte Judith nun wahrlich alle Hände voll zu tun. Sie betete um ein zusätzliches Maß an Kraft und Gesundheit, damit ihr die Arbeit nicht über den Kopf wuchs. Schon allein das Herbeischaffen von Brennholz, um den Gemeindesaal zu heizen, kostete einen großen Teil ihrer Zeit.

Judith verspürte die ersten Anzeichen einer Erkältung, doch sie kämpfte mit aller Kraft dagegen an und schaffte es, nicht krank zu werden.

Endlich war der Abend der Weihnachtsfeier da, und Judith freute sich sehr, daß ihre kleine zehn- bis fünfzehnköpfige Gemeinde auf neununddreißig Besucher angewachsen war.

Ach, wenn der Saal doch immer so voll wäre! dachte sie sehnsüchtig und ließ ihren Blick über die Besucher schweifen, um festzustellen, wo sie nach der Weihnachtszeit verstärkt Hausbesuche zu machen hatte.

❊

Als Judith am nächsten Tag den kleinen Gemeindesaal aufräumte und putzte, war sie so froh wie schon seit Wochen nicht.

Die Weihnachtsfeier war ein großer Erfolg gewesen. Die Kinder, die an der Vorführung teilgenommen hatten, hatten sich in dem Applaus der Zuschauer gesonnt. Die Besucher, die zum ersten Mal den Fuß über die Schwelle des Gemeindehauses gesetzt hatten, waren von den Darbietungen sehr angetan gewesen. Judith hielt es für möglich, daß die Gemeinde bald erheblich anwachsen könnte. Vielleicht würde der große Aufschwung nach Weihnachten einsetzen.

Weihnachten! Welch ein frohmachendes, inhaltsreiches Wort! Judith ließ den Besen ruhen, aufs neue überwältigt von dem Gedanken, daß Gott seinen eigenen Sohn in die Welt gesandt hatte. Welch ein wunderbares Geschenk an die Menschheit – und auch an sie selbst.

Weihnachten! Ein Wiedersehen mit ihren Lieben. Plötzlich wurde Judith bewußt, wie groß ihr Heimweh im Grunde war. Sie hatte es bisher vermieden, allzuviel darüber nachzudenken, doch ihr Vater fehlte ihr sehr. Auch Ina und Anna vermißte sie. Sie sehnte sich nach ihrem Zimmer daheim, der gemütlichen Wärme der Farmküche, der Geborgenheit an einem warmen Kaminfeuer, den vollen Vorratsregalen und dem Gefühl, mit allem, was zum Leben notwendig war, versorgt zu sein. Judith konnte es kaum erwarten, nach Hause zu kommen. Morgen wollten ihre Angehörigen sie mit dem Automobil abholen. Dann durfte sie eine ganze Woche lang daheim Urlaub machen, bis sie wieder zu ihren Pflichten in der Gemeinde von Wesson Creek zurückkehren mußte.

Als sie mit dem Putzen im Gemeindesaal fertig war, ging sie verträumt in ihre Wohnung zurück. Mit einem glücklichen Lächeln auf den Lippen nahm sie ihr Portemonnaie mit den wenigen Cents, die sie noch besaß, und schlüpfte in Mantel und Stiefel.

Fräulein McMann räumte gerade neue Ware in die Regale ein. Judith rief ihr einen fröhlichen Gruß zu, worauf die Frau sich umdrehte.

„Sie scheinen ja bei bester Laune zu sein, was?“ bemerkte sie. Judiths Weihnachtsstimmung schien sie nicht zu teilen.

„Morgen fahre ich nach Hause!“ erzählte Judith freudestrahlend. Fräulein McMann nahm es nickend zur Kenntnis, doch ohne ein Lächeln.

Judith gab ihre kurze Bestellung auf und hielt die Luft an, während die Frau die Summe ausrechnete. Doch erleichtert seufzte sie auf, als sie feststellte, daß ihr Geld für alles reichen würde. Sie zählte die Münzen auf die Theke. Nun blieben ihr noch zwei dünne Zehner – doch das war genug. Judith nahm die kleine Tüte mit ihren Einkäufen und ging frohgelaunt wieder zu ihrer Wohnung.

Ein Weihnachtslied summend, machte sie sich in ihrer kleinen, warmen Küche gleich an die Arbeit. Sophie und Frau Travis waren immer so nett zu ihr gewesen. Sie würde sich dafür bedanken, indem sie etwas Besonderes für die Kinder backte.

Als die Plätzchen abgekühlt waren, verzierte Judith sie trotz ihrer begrenzten Mittel mit dem Einfallsreichtum eines Erfinders. Als sie fertig war, lächelte sie die Schneemänner, Engel und Glocken zufrieden an. Sie waren auch ohne besondere Zutaten eigentlich recht niedlich geraten. Judith hoffte, daß die Kinder sich darüber freuen würden. Sie packte ihre kleinen Liebesgaben ein und machte sich auf den Weg.

In Sophies Gaststätte herrschte Hochbetrieb. Sophie war so sehr damit beschäftigt, Kaffee und Kuchen zu servieren, daß Judith sich eine Kanne nahm und in der nächsten halben Stunde beim Bedienen half.

Als die letzten Kunden gegangen waren, schob Sophie sich mit einer müden Hand ein paar wirre Haarsträhnen aus der Stirn und lud Judith zu einer Tasse Kaffee ein.

„Das wäre zwar nett", lehnte Judith ab, „aber ich muß noch schnell zu Familie Travis. Ich will den Kindern auch ein paar Plätzchen bringen, und wenn ich mich nicht bald auf den Weg mache, komme ich im Dunkeln dort an."

„Soll ich dir Nicky mitgeben?" erbot Sophie sich.

„Aber nein! Nein, ich komme schon allein zurecht. Ich bin schon so oft da gewesen, daß ich den Weg bestimmt auch im Dunkeln finden würde", beruhigte Judith sie und schlüpfte wieder in ihren Mantel.

Sophie überraschte sie mit einer spontanen Umarmung.

„Dank' dir für die Plätzchen!" flüsterte sie. „Die Kinder werden sich riesig freuen. Für solche Sachen habe ich anscheinend nie Zeit."

Judith lächelte und erwiderte die Umarmung von Herzen.

Mit forschen Schritten steuerte sie auf die Travis-Farm zu. Der Frost war schärfer geworden, und ein eisiger Wind rüttelte an den kahlen Ästen der Bäume am Wegrand. Die Sonne war hinter einer dichten Wolkenschicht verschwunden. Judith ging schneller.

Doch als sie sich dem Wohnhaus der Familie Travis näherte, hörte sie eine zornige Stimme, gefolgt von einem schrillen Schrei. Judith blieb wie angewurzelt stehen. Sie wußte nicht, was sie tun sollte.

„Gehen Sie da bloß nicht rein!" warnte sie eine gedämpfte Stimme aus dem Schatten des Gebüschs. Judith wandte sich um und entdeckte Rena, die, in eine dünne Decke gehüllt, unter einem Busch hockte.

Judith lief auf das Kind zu und zog den kleinen Körper dicht an sich. Rena zitterte am ganzen Leib. Judith wußte nicht, ob vor Angst oder vor Kälte.

„Hier draußen kannst du nicht bleiben!" flüsterte Judith. „Es ist ja viel zu kalt für dich!"

„Reingehen kann ich aber jetzt auch nicht!" sagte das Kind mit klappernden Zähnen.

„Aber ..." begann Judith, doch statt dessen fragte sie: „Wo sind denn Claude und Timmie?"

„Claude ist von zu Hause weggelaufen. Letzte Woche war das", sagte das Kind. „Ich ... ich glaube, Timmie ist in der Scheune. Oder vielleicht im Hühnerstall."

Judith zog sie noch dichter an sich. Das Geschrei vom Haus her wurde lauter.

Irgend etwas muß geschehen! Aber was? Judith betete um Weisheit, während sie hilflos mit dem Kind dastand.

Plötzlich war alles still. Dann wurde die Tür geöffnet, und eine brüchige, tränenerstickte Stimme rief in die Dunkelheit hinein: „Rena! Timmie! Ihr könnt kommen! Rena!"

„Jetzt schläft Pa wohl", sagte Rena mit aufeinandergebissenen Zähnen und wand sich aus Judiths Armen.

Judith spürte, wie ihr selbst die Tränen über das Gesicht rannen. Mit dem behandschuhten Handrücken wischte sie sie fort. *Wie können sie so etwas nur aushalten?* fragte sie sich und ließ das kleine Mädchen los.

„Timmie!" kam der kraftlose Ruf erneut.

Judith sah Frau Travis in der offenen Tür stehen. Ihr Kleid hatte einen klaffenden Riß an der Taille, und der Saum hing ihr bis in den Schnee vor der Stufe. Ihre Frisur war völlig durcheinander, und sogar auf die Entfernung konnte Judith eine Blutspur sehen, die sich über den Wangenknochen zog. Frau Travis hob zitternd eine Hand, um sich das Blut mit dem Küchenhandtuch, das sie bei sich hatte, ein wenig abzuwischen.

„Frau Travis", rief Judith mit gedämpfter Stimme, während sie mit Rena auf das Haus zuging, „kann ich Ihnen irgendwie helfen? Sie können gern bei mir übernachten ..."

Doch die Frau winkte nur ab.

„Wir kommen schon zurecht. Er schläft jetzt. Morgen früh ist alles wieder gut." Damit streckte sie die Arme aus, um ihre zitternde Tochter in Empfang zu nehmen.

Judith zögerte, doch dann machte sie sich klar, daß die Frau wieder in ihre Küche zurückkehren mußte, um ihre Wunden zu versorgen. Und Rena gehörte vor den Herd, um sich aufzuwärmen.

„Ich ... ich werde für Sie beten!" sagte sie flüsternd zum Abschied, doch dieses Versprechen klang angesichts der gegebenen Umstände so hilflos, so nichtssagend. Judith schauderte und wandte sich zum Gehen.

Timmie kam gerade von der Scheune zum Haus gelaufen. Auch er war viel zu dünn angezogen für einen eisigen Winterabend im Freien. Heu hing noch an seiner Kleidung und in seinen Haaren. Judith vermutete, daß er sich tief ins Heu eingegraben hatte, um sich warm – oder versteckt – zu halten.

Erst jetzt besann sich Judith auf den Grund ihres Kommens. Das Päckchen mit den Plätzchen hielt sie noch in der Hand.

„Ich habe ja ganz vergessen", sagte sie zu dem Jungen, „daß ich euch diese Plätzchen hier bringen wollte, um euch ... um euch fröhliche Weihnachten zu wünschen." Judith blieben die Worte fast im Hals stecken. Fröhliche Weihnachten? Von wegen! Wohl kaum bei dem, was Judith vorhin miterlebt hatte.

Timmie nahm das Geschenk entgegen und bedankte sich trotz allem, was gerade vorgefallen war, mit einem wohlerzogenen Lächeln.

Judith wandte sich von dem kleinen Knirps ab und machte sich auf den Rückweg. Die Tränen, die ihr nun ungehindert über die Wangen rannen, gefroren bald zu Eis.

Wie furchtbar! dachte sie bekümmert. *Welch eine Zumutung, ständig in Angst und Schrecken leben zu müssen! Ach, lieber Heiland, es muß doch irgendeinen Ausweg geben. Zeig mir, wie wir ihnen helfen können. Zeig mir, was ich tun soll!*

Weihnachten. Das schönste Fest des Jahres. Und die Familie Travis litt unter Mißhandlung und Elend. Vor Schluchzen war Judiths Kehle wie zugeschnürt.

Es hatte den Anschein, als hätte Herr Travis eine eigene Auffassung davon, wie man Feste feiert.

Durchkreuzte Pläne

Am nächsten Tag bekam Judith eine Nachricht von Fräulein McMann zugestellt. Judith saß gerade an ihrem Küchentisch. Der kleine Koffer war gepackt, und auch Hut und Mantel hatte sie sich schon zurechtgelegt. Sie war fertig angekleidet und wartete nur noch auf das Automobil, das sie zu ihrem Weihnachtsurlaub abholen sollte.

Als es klopfte, sprang sie erwartungsvoll auf, nahm ihren Hut und ging zur Tür, um das Familienmitglied, das sie abholen würde, freudig zu begrüßen.

Doch es war Fräulein McMann, die vor der Tür stand. Schnell erlangte Judith ihre Fassung wieder und lächelte.

„Kommen Sie doch herein!“ lud sie ihre Nachbarin ein. „Unser Automobil kann jede Minute hier sein. Mein Vater schickt jemanden, um mich abzuholen. Sie wissen ja, ich fahre über Weihnachten nach Hause. Ich dachte schon ...“

Doch Fräulein McMann unterbrach sie: „Deshalb komme ich ja gerade. Ihr Vater hat angerufen. Er läßt ausrichten, daß es später wird. Mit dem Automobil stimmt etwas nicht. Sie müssen's erst reparieren lassen, bevor sie kommen. Heute klappt's nicht mehr mit dem Abholen.“

Judiths Enttäuschung war groß. Sie hatte so fest damit gerechnet, heute abgeholt zu werden. Alles war fix und fertig für die Abfahrt. Sie hatte keinen Handschlag mehr zu tun. Ja, was sollte sie nun mit einem ganzen Tag anfangen? Außerdem war morgen der Vierundzwanzigste. Heiligabend. Eigentlich hatte sie Ina und Anna daheim bei den letzten Weihnachtsvorbereitungen helfen wollen.

Judith wandte sich wieder zu Fräulein McMann um, die

noch in der Tür stand, das Schultertuch lose über die Schultern geworfen und mit vereinzelten, rasch zu Wassertropfen schmelzenden Schneeflocken in den Haaren.

„Vielen Dank! Vielen Dank, daß sie extra wegen des Anrufs durch den Schnee gestapft sind!" sagte sie und brachte sogar ein Lächeln zustande. „Kann ich Ihnen eine Tasse Tee anbieten?" erkundigte sie sich ein wenig befangen. Fast noch im selben Moment fiel ihr ein, daß sie vorhin ihren letzten Sahnerest weggeschüttet hatte.

„Ich muß ins Geschäft zurück", lehnte Fräulein McMann ab. „John ist unterwegs."

Judith bedankte sich nochmals, und zum Abschied versprach ihr Fräulein McMann, bei Gelegenheit einmal zu Besuch zu kommen. Judiths enttäuschtes Herz machte einen Satz. Ihre Nachbarin war noch nie bei ihr zum Tee gewesen.

Doch als Fräulein McMann gegangen war, füllten Judiths Augen sich mit Tränen. Ungehalten wischte sie sich mit dem Handrücken darüber.

Sei doch nicht kindisch! schalt sie sich aus. *Bis morgen wirst du ja wohl noch warten können. Sieh zu, daß du dir eine Beschäftigung suchst.*

Judith ließ ihren Blick durch die kleine Wohnung schweifen. Alles war an Ort und Stelle. An ihrer schlichten Einrichtung gab es nicht viel zu ordnen. Ein ausreichender Vorrat an Brennholz war an der Wand neben dem Eingang aufgestapelt. Auch für den kleinen Gemeindesaal hatte sie genug Brennholz ins Haus geschafft. Mehr herbeizuschleppen erübrigte sich.

Backen konnte sie nicht. In ihrem Vorratsregal fehlte wieder das Mehl, und außer dem kleinen Behälter mit Teezucker besaß sie auch keinen Zucker mehr. Die beiden Zehner in ihrem Portemonnaie reichten nicht aus, um mehr zu kaufen.

Am besten gehe ich zu Sophie und frage, ob ich mich irgendwie nützlich machen kann, beschloß sie. Sie zog sich den Mantel über das Reisekleid an und befestigte einen Zettel an ihrer Haustür für den Fall, daß das Automobil doch noch heute kommen sollte.

Als sie gerade losgehen wollte, überlegte sie: *Und wenn ich nun bei Sophie ans Putzen oder Backen gerate?* Sie beschloß, sich lieber etwas Praktischeres anzuziehen.

Diese Vorsichtsmaßnahme erwies sich als goldrichtig, denn nachdem sie Sophie ihre Lage erklärt und schnell eine Tasse heißen Apfelmost bei ihr getrunken hatte, ging sie nach oben in die Wohnung und fing an, mit den Kindern die Wohnung zu putzen und Baumschmuck für den Weihnachtsbaum zu basteln. Danach backten sie gemeinsam Zuckerplätzchen. Inzwischen hatte Sophie die Gaststätte geschlossen und sich zu ihnen gesellt. Zum Abendessen machten sie sich Pfannkuchen, die sie zu kleinen Tieren und Schneemännern formten, und nachdem Judith und Sophie den Aufwasch erledigt und den Kindern eine Geschichte vorgelesen hatten, war es schon spät.

So, nun ist der Tag letzten Endes doch nicht für die Katz gewesen, lächelte sie vor sich hin, als sie ihre Tür aufsperrte. *Und morgen geht's nach Hause!*

Der Wind, der den ganzen Tag in kräftigen Böen geweht hatte, rüttelte an dem losen Rohr über Judiths Regenfaß und ließ die Tür in den Angeln quietschen. Judith zog die Decken enger um sich und betete, daß auch die Travis-Kinder doch jetzt in ihren warmen Betten liegen möchten, anstatt in irgendeiner Ecke unter freiem Himmel zu hocken, wo sie in dem eisigen Wind erbärmlich frieren müßten ... und dann schlief sie auch schon ein.

Am nächsten Morgen war es noch immer stürmisch draußen. Judith kleidete sich eilig an und aß ein schlichtes Frühstück. Sie hatte weder Milch noch Sahne zur Hand, da sie ihre letzten Reste schon wegen ihres Urlaubs fortgeschüttet hatte. Blieben nur noch Eier. Eier ohne jede Beilagen. *Na, wenn schon!* dachte Judith. *Bald bin ich ja zum großen Putenschmaus daheim!*

Doch als Judith die wenigen Geschirrteile abgespült und die kleine Küche aufgeräumt hatte, klopfte Fräulein McMann an. Wieder war ein Anruf für Judith gekommen. Die Straßen waren wegen der Schneewehen unbefahrbar. An die Fahrt mit dem Automobil war nicht zu denken. Es täte ihm sehr leid, ließ ihr Vater ausrichten. Sie würden Judith daheim sehr vermissen.

Einen Moment dachte Judith an ihr kräftiges Pferdegespann. Damit würde sie über die zugewehten Straßen kommen. Wenn sie jetzt gleich aufbrach, konnte sie es noch rechtzeitig zum Weihnachtsabend bis nach Hause schaffen. Vielleicht kam sie noch rechtzeitig genug, um ... Doch halt! In was steigerte sie sich da nur hinein? Sie könnte ja glatt unterwegs erfrieren oder sich im Sturm verirren!

Sie nickte und murmelte Fräulein McMann ein Dankeschön zu. Es gelang ihr nicht einmal, die obligatorische Einladung zum Tee über die Lippen zu bringen. Die Frau schien Verständnis für Judiths Enttäuschung zu haben und machte sich hastig wieder auf den Rückweg.

Diesmal kämpfte Judith nicht gegen die Tränen an. Sie sank auf den Stuhl am Tisch, legte den Kopf auf die verschränkten Arme und weinte, bis sie am ganzen Körper bebte.

Es war eine trostlose Sache, bei einem Sturm ganz allein zu sein. Es war aber noch trostloser, wenn dies ausgerechnet an Weihnachten passierte. Judith weinte, bis sie vor Erschöpfung nicht weiterweinen konnte.

*

Sophie hörte von Judiths Malheur und lud sie ein, das Fest bei ihr und den Kindern zu feiern. Dankbar nahm Judith die Einladung an. Nun war der Kummer über das verpaßte Weihnachten daheim schon ein wenig erträglicher geworden.

Später an diesem Tag bekam sie sogar ein Weihnachtsgeschenk – eins, das ihr Tränen in die Augen trieb.

Sie war früh von Sophie und den Kindern wieder nach Hause gekommen, um das Feuer in ihrer Wohnung in Gang zu halten, und hatte sich gerade den Mantel ausgezogen, als es klopfte. Zu Judiths Überraschung waren es Timmie und Rena, die vor der Tür standen.

„Kommt nur herein!“ bat Judith die beiden, während sie innerlich erschrak. *Es wird doch hoffentlich nichts Schlimmes passiert sein!* dachte sie, doch die Kinder machten keineswegs einen verschreckten Eindruck.

„Wir wollten Ihnen fröhliche Weihnachten wünschen“, begann Rena, als sie in die warme Küche kam. In ihren Augen funkelte es hell.

„Das ist aber nett von euch!“ erwiderte Judith, doch Timmie platzte fast vor Gewichtigkeit.

„Wir haben Ihnen was mitgebracht!“ erklärte er, und in seinen Augen stand das gleiche Funkeln wie in Renas.

Judith sah verwundert auf die leeren Hände der Kinder.

Timmie machte sich an seinen Jackenknöpfen zu schaffen – ohne Handschuhe, wie Judith bemerkte. Er langte in seine Jakke hinein und brachte ein schwarzweißes Kätzchen mit grüngefleckten Augen und einer kecken, rosafarbenen Nase zum Vorschein. Um den Hals trug es eine abgewetzte Haarschleife.

„Jetzt sind sie nämlich groß genug!“ erläuterte Timmie mit einem stolzen Grinsen.

„Das hier war das niedlichste“, fügte Rena hinzu und strich dem kleinen Tier behutsam mit einer Hand über das weiche Fell.

„Wunderhübsch ist es!“ bestätigte Judith, wobei ihr die Tränen kamen. Sie streckte die Hände nach dem Kätzchen aus, das Timmie ihr reichte.

Ein paar Sekunden konnte sie nichts sagen. Die Augen drohten ihr überzulaufen, und ihre Kehle war wie zugeschnürt. *Da sind sie durch den hohen Schnee hierhergestapft, um mir ein Weihnachtskätzchen zu bringen. Eine echte Liebesgabe – von meinen armen, bedürftigen „Weisen aus dem Morgenland“.* Judith rang um ihre Fassung.

„Ist es ein Kater oder eine Katze?“ fragte sie, als sie die Stimme wiedergefunden hatte.

„Ein Kater“, antwortete Timmie. „Mama hat gemeint, eine Katze wäre Ihnen nur lästig, weil Sie dann nicht wüßten, wohin mit den vielen Katzenkindern.“

Judith lächelte über diese unverblümte Einschätzung.

„Hat es denn schon einen Namen?“ erkundigte sie sich und streichelte dem Kätzchen den Rücken.

Rena nickte eifrig.

„Ich habe seinen Namen ausgesucht", erklärte sie voller Stolz, „aber Sie können es nennen, wie Sie wollen. Ihm ist bestimmt alles recht."

„Wie hast du es denn genannt?" wollte Judith wissen.

„Walter", antwortete Rena.

Judith hoffte, ihre Verblüffung verbergen zu können. Walter war ein merkwürdiger Name für ein kleines Kätzchen.

„Also, wenn er Walter heißt, dann werde ich ihn auch so nennen", sagte sie entschlossen.

Rena strahlte.

„Und jetzt", schlug Judith vor, „lassen wir Walter seine neue Umgebung auskundschaften, während ich euch einen Kakao koche."

Judith nahm sich schnell ihren Mantel.

„Wartet hier!" wies sie die beiden Kinder an. „Ich bin gleich wieder da."

Judith hatte sich noch nie etwas von Nachbarn geborgt, aber jetzt lief sie eilig zu Sophie. Sie konnte die Kinder auf keinen Fall auf den Heimweg schicken, ohne sie erst gründlich mit einem heißen Getränk aufzuwärmen.

*

Es war ein harter Winter für Judith. Oft ging sie mit leerem Magen zu Bett. Selten fanden sich in ihrem Regal die nötigen Zutaten für eine nahrhafte Mahlzeit. Und nun mußte sie obendrein ihre Milch mit Walter teilen.

Es wunderte sie, daß sie nicht öfter krank war. Zweimal bekam sie eine Erkältung, und wegen einer Grippe mußte sie zwei Tage lang im Bett bleiben, doch im großen und ganzen schlug sie sich tapfer durch.

Dr. Andrew hatte so viele ernsthaft erkrankte Patienten, daß er im Februar wochenlang Tag und Nacht zu tun hatte. Wenn Judith ihm auf der Straße begegnete, wirkte er abgespannt und überarbeitet.

Eines Tages kam die Nachricht, daß Herr Woodrow gestorben sei. Judith kannte seine Angehörigen kaum. Zweimal hatte sie dort einen Hausbesuch gemacht, doch der Empfang war reichlich kühl gewesen. Nun bot sich ihr eine Gelegenheit, der Witwe, einer älteren Frau, mit ihrer Hilfsbereitschaft einen Dienst zu erweisen, und diese Gelegenheit wollte sie gleich beim Schopf packen.

Die Kutschfahrt zur Woodrowschen Farm war ein mühseliges Unterfangen. Die hohen Schneewehen, die der lange Winter am Wegrand aufgetürmt hatte, wichen nun allmählich dem Lehm und Morast des Vorfrühlings. Judith drängte ihre Pferde durch Radfurchen und Schlammlöcher voran. Sie verlangte ihnen ein forsches Tempo ab, obwohl die Wagenräder tief in den schweren Schlamm einsanken.

Auf der Farm fand sie die Witwe ganz allein vor. Frau Woodrow hatte keine Angehörigen, die ihr in ihrer Trauer zur Seite stehen konnten, und die Nachbarn hatten entweder noch nichts von dem Todesfall gehört, oder sie wußten nicht recht, was sie tun sollten.

Die Härte wich nicht aus den Augen der Frau, als sie Judith erkannte, doch sie bedeutete ihr mit einem Kopfnicken, daß sie eintreten solle.

„Ich möchte Ihnen mein Beileid zu dem ... dem ...“ Judith war um Worte verlegen. Sie hatte gehört, daß diese Eheleute in den letzten zwanzig Jahren nur gezankt und gestritten hatten. „... dem Tod Ihres Mannes aussprechen“, beendete Judith den Satz eine Spur unbeholfen.

Frau Woodrow nahm es mit einem erneuten Kopfnicken zur Kenntnis.

„Ich bin gekommen, um zu fragen, ob ich Ihnen irgendwie behilflich sein kann.“

Die Frau schob ein paar Papiere von einem Stuhl, ließ sie achtlos zu Boden fallen und bedeutete Judith, sie solle sich setzen.

Judith zog sich den lehmbespritzten Mantel aus und hängte ihn, ohne dazu aufgefordert zu sein, an einen schon voll besetzten Haken an der Wand. Dann setzte sie sich auf den angebotenen Stuhl.

Nach einer Pause von angemessener Länge räusperte sich Judith.

„Brauchen Sie noch Hilfe beim ... beim Regeln der Formalitäten?" fragte sie leise.

„Beerdigen Sie ihn?" wollte die Frau geradeheraus wissen.

Judith war überrascht.

„Äh ... nein, ich habe eigentlich noch nie ... noch nie eine Beerdigung gehalten", stotterte sie, um beim Anblick des Gesichtsausdrucks ihres Gegenübers jedoch hastig hinzuzufügen: „aber Pfarrer Witt – unser Kirchenbezirksleiter – würde sicher kommen oder jemanden schicken."

Die Frau wirkte erleichtert.

„'n Sarg muß her!" sagte sie.

„Soll ich Ihnen einen in der Stadt bestellen?" erbot sich Judith.

Die Frau nickte.

„Und wann soll die Beerdigung sein?" fuhr Judith fort.

„Je eher, desto besser!" antwortete die Frau ohne jedes Zögern.

„Ich will zusehen, daß möglichst bald jemand kommt", versprach Judith, und Frau Woodrow schien zufrieden zu sein.

„Wo ist denn der ... der Verstorbene?" fragte Judith zaghaft.

„Hinten im Schlafzimmer", antwortete die Frau mit einer Kopfbewegung. „Ich hab' hier auf dem Fußboden übernachtet."

Judith sah um sich. *Dann ist der Tote also noch hier im Haus?* Schaudernd richtete sie den Blick auf das Bettzeug, das neben dem Küchenofen auf dem Fußboden lag.

„Kann ich sonst noch etwas für Sie tun, bevor ich wieder gehe?" erkundigte sie sich.

Die Frau stand ebenfalls auf und ging zu dem soeben erwähnten Zimmer im hinteren Teil des Hauses. Ohne ein erklärendes Wort an Judith öffnete sie die Tür, trat ein und machte sich darin zu schaffen.

Gleich darauf kam sie mit einem abgetragenen, fadenscheinigen schwarzen Anzug und einem weißen Oberhemd in den Armen zurück.

„Hier ist sein Zeug fürs Grab!“ erklärte sie Judith. „Er muß noch gewaschen und rasiert werden.“

Judith starrte die Frau entgeistert an. Diese schob ihr die Sachen in die Hände, und Judith nahm sie mechanisch entgegen. Allmählich dämmerte ihr, was Frau Woodrow von ihr wollte. *Sie erwartet allen Ernstes von mir, daß ich den Toten für die Beerdigung vorbereite!* Judith schluckte mühsam und wollte etwas sagen, doch die Worte blieben ihr im Hals stecken.

„Im Kessel dort ist Wasser, und das Becken steht in der Ecke. Sein Rasierzeug finden Sie auf dem Regal da!“

Hölzern setzte Judith sich in Bewegung. Sie goß Wasser in das Becken, nahm sich das Rasierzeug und auch das längst nicht mehr saubere Handtuch. Dann machte sie sich mit hochbeladenen Armen auf den Weg ins Schlafzimmer.

In dem Zimmer war es kalt. Ein befremdender Geruch hing in der Luft. Durch das kleine Fenster gelangte genug Licht in die Stube, um die reglose Gestalt in dem Bett umrißhaft erkennen zu lassen. Die Augen des toten Mannes waren starr auf die Zimmerdecke gerichtet, und sein nahezu zahnloser Mund stand offen. Judith lief es eiskalt über den Rücken. Am liebsten hätte sie sich auf dem Absatz umgedreht und sich aus dem Staub gemacht. Sie hatte noch nie eine Leiche berührt, geschweige denn eine für das Begräbnis vorbereitet. Sie hatte ja keinen blassen Schimmer, wie man so etwas überhaupt machte!

Verzweifelt schloß sie die Augen, während sie erneut von einem Schaudern geschüttelt wurde.

„Das schaffe ich nicht!“ flüsterte sie. „Ich kann's einfach nicht!“

Doch dann kam ihr ein neuer Gedanke. *Dies könnte die einzige Möglichkeit sein, eine Brücke zu der Frau da draußen zu schlagen.*

„Lieber Gott, hilf mir!“ betete sie. „So dringend wie jetzt habe ich deine Hilfe noch nie gebraucht.“ Damit streckte Judith zitternd eine Hand aus, um den Arm des Mannes zu berühren.

Steif und kalt fühlte er sich an. Judith zitterte von Kopf bis

Fuß, doch dann straffte sie die Schultern, biß die Zähne fest aufeinander und machte sich an die unliebsame Arbeit.

*

Da Pfarrer Witt nicht abkömmlich war, sollte auf Judiths Ersuchen Fred Russell ihn vertreten. Judith war zwar enttäuscht, daß Agatha ihn nicht begleiten konnte, doch ihr Kind sollte in den nächsten Tagen zur Welt kommen.

Judith war erleichtert, als Fred ankam und sie an ihm jemanden hatte, der in solchen Dingen erfahrener war als sie.

Eine kirchliche Trauerfeier hatte Frau Woodrow abgelehnt.

„Ich will ihn bloß endlich unter die Erde kriegen!" beharrte sie mit ihrer harten Stimme, und Judith war froh darüber, daß Fred nun alles übrige regeln würde.

Die Männer aus der Nachbarschaft hoben ein Grab aus. Nur wenige hatten sich eingefunden, um schweigend zuzuschauen, wie der Sarg in das Grab hinabgelassen wurde. Fred verlas ein paar kurze Verse aus der Bibel. Judith fühlte sich irgendwie innerlich leer; es war, als sei etwas Wichtiges unerledigt geblieben.

Nachdem sich die kleine Zuschauermenge wieder zerstreut hatte, wäre es eigentlich Judiths Pflicht gewesen, Fred zum Abendbrot einzuladen, doch sie wußte nicht, was sie ihm vorsetzen sollte. Das Problem löste sich dann aber von selbst, weil Fred möglichst schnell zu Agatha nach Hause fahren wollte, was angesichts der bevorstehenden Niederkunft verständlich war.

Während sie ihm nachschaute, verspürte sie Dankbarkeit, daß der Tag vorüber war. Frau Woodrow war schon von einem Nachbarn nach Hause gebracht worden. Judith verließ den Friedhof und schlug den Weg zum Dorf ein.

Unterwegs überfiel sie eine tiefe Mutlosigkeit. Frau Woodrow hatte kein einziges Wort des Dankes für all jene gehabt, die ihr hilfreich zur Seite gestanden hatten.

Als Judith am Postamt vorbeiging, beschloß sie, nach Post zu fragen. Sie bekam zwar nicht oft Post, doch dann und wann kam ein Brief von daheim oder von einem ihrer ehemaligen Mitschüler von der Bibelschule. Ein solcher Brief würde ihr jetzt guttun.

Nicht nur ein Brief, sondern gleich zwei lagen am Postamt für sie bereit. Der eine war eine Mitteilung des Kirchenbezirksleiters bezüglich der bevorstehenden Konferenz. Zu ihrer großen Freude las Judith, daß auch sie zu dieser Konferenz eingeladen wurde. Dort würde sie viele ihrer ehemaligen Mitschüler wiedersehen. *Das ist ja fast so schön wie ein Heimaturlaub!* jubelte sie innerlich.

Doch beim Anblick des zweiten Briefes war ihre Überraschung noch größer. Sie starrte auf die kräftigen Buchstaben, mit denen die Adresse und der Absender geschrieben waren. *Nanu? Ein Brief von Ralph Norris? Ausgerechnet von Ralph? Wie kommt er bloß auf die Idee, mir zu schreiben?* Als Bibelschülerin hatte sie sich einmal sehr für ihn interessiert, doch während ihrer ganzen Zeit dort hatte sie kaum mehr als ein Dutzend Worte mit ihm gewechselt. Ruth hatte ihr einmal geschrieben, daß Olivia ihre Verlobung mit Ralph gelöst hätte. Voller Spannung hielt sie den Brief in der Hand, doch sie zwang sich dazu, mit dem Lesen zu warten, bis sie ungestört in ihrer Wohnung war. Das änderte allerdings nichts daran, daß sich die Gedanken und Fragen in ihrem Kopf überstürzten.

Die Konferenz

Ralphs Brief enthielt lauter Neuigkeiten über ihre gemeinsamen Mitschüler. Er war in einem offenen, freundlichen Ton gehalten, doch Judith stand noch immer vor einem Rätsel. *Warum schreibt er ausgerechnet mir? Das hat er doch noch nie getan. Ach, vielleicht sollte ich dem Ganzen nicht zuviel Bedeutung beimessen. Was ist schon dabei, wenn ein Mann einer ehemaligen Mitschülerin ein paar nette Zeilen schreibt?* Mehr würde bestimmt nicht dahinterstecken.

Doch gegen eine leise Vorahnung, die da irgendwo an ihr nagte, war sie machtlos – besonders beim Lesen des letzten Abschnitts:

In letzter Zeit bin ich ernsthaft ins Nachdenken gekommen. Ich habe Florian bei einer Jugendtagung getroffen. Wirklich enorm, wie er sich seit unserer Zeit an der Bibelschule verändert hat. Er ist mit Leib und Seele bei der Sache. Der Pfarrdienst scheint ihm so glänzend zu bekommen, daß ich mich schon gefragt habe, ob mir womöglich etwas Wichtiges entgangen sein könnte. Ich habe sogar schon erwogen, selbst Pfarrer zu werden.

Judith traute ihren Augen nicht. *Ralph will Pfarrer werden? Das wäre ja wunderbar ...* Doch halt! Judith ermahnte sich zur Besonnenheit und faltete den Brief wieder zusammen. Sie richtete ihre gesamte Aufmerksamkeit auf die bevorstehende Konferenz und freute sich schon jetzt auf den Tapetenwechsel und eine Gelegenheit zum geistlichen Auftanken.

Judith wollte mit der Eisenbahn zu der Konferenz fahren. Am Morgen der Abreise stand sie früh auf, brachte Walter zu

Sophie, wo er von den Kindern versorgt werden sollte, vergewisserte sich mehrmals, daß ihr Koffer auch tatsächlich alles Notwendige enthielt, und bemühte sich nach Kräften, ihre widerspenstigen Haare ordentlich unter ihre Diensthaube zu bändigen.

„Und vergessen Sie Ihre Anstecknadel nicht!" hatte Frau Witt alle Mädchen bei der Einführungstagung ermahnt. „Daran wird jedermann Sie auf den ersten Blick als Mitarbeiterin der Mission erkennen."

Judith holte ihre Anstecknadel aus der Taschentuchschachtel und befestigte sie sorgfältig an ihrem Mantelkragen. Nicht auszudenken, wenn sie sie verlieren würde!

Viel zu früh kam sie am Bahnhof an, doch vor lauter Aufregung und Reisefieber hätte sie es zu Hause keine Minute länger ausgehalten. Nicky und Johnny, die von ihrer Mutter auf einen Botengang geschickt worden waren, konnten der Versuchung nicht widerstehen, auf einen kleinen Schwatz stehenzubleiben.

„Wir machen uns 'ne richtig schöne Zeit mit Walter."

„Fahren Sie etwa mit dem Zug?"

„Wie weit müssen Sie denn da fahren?"

„Und wann kommen Sie wieder?"

„Sind Sie schon mal mit dem Zug gefahren?"

„Woran merkt man eigentlich, wann man aussteigen muß?"

Die beiden bombardierten sie derartig mit Fragen, daß Judith mit dem Antworten kaum nachkam, doch das Plaudern verkürzte ihr die Wartezeit.

Auf einmal tauchte noch jemand an dem Bahnsteig auf. Herr Travis kam mit einigermaßen geraden Schritten auf sie zu. Er hatte heute sogar daran gedacht, sich zu kämmen. Zum Gruß bedachte er sie mit einem Grinsen, hinter dem seine Zahnlücken zum Vorschein kamen. Sein Anzug hing so zerlumpt wie eh und je von seinen hageren Schultern herab, und sein Kinn war alles andere als glatt rasiert, doch er lüftete den Hut und wünschte Judith einen guten Morgen. Sie konnte ihm anmerken, daß er zum Plaudern aufgelegt war, und spürte Wut und Angst zugleich in sich aufsteigen. Ein Mann, der seine

Frau und Kinder schlug, war zu allem fähig. Judith verhielt sich reserviert.

Schließlich wandte er sich wieder ab und stakste auf unsicheren Beinen in Richtung Hauptstraße weiter. Judith war erleichtert, ihn losgeworden zu sein.

Dann schoß ihr plötzlich ein Gedanke durch den Sinn. *Auch für ihn ist Christus am Kreuz gestorben.* Judith wurden die Wangen heiß, als sie an ihr abweisendes Verhalten dachte.

Es tut mir leid, Herr, betete sie. *Du hast Herrn Travis doch lieb. Bitte hilf mir, ihm mit deiner Liebe zu begegnen.* Den Rest ihrer Wartezeit auf dem Bahnsteig verbrachte Judith damit, für die ganze Familie Travis zu beten. *Und der arme Claude! Er ist doch noch viel zu jung, um auf eigenen Füßen zu stehen. Wo er wohl jetzt steckt? Und wie mag es ihm gehen?* dachte sie und betete auch für ihn.

Das Pfeifen der Lokomotive riß Judith aus ihrem Gebet. Der Passagierwaggon war älteren Baujahrs und nicht gerade sehr komfortabel, doch Judith seufzte erleichtert auf, als sie ihren Koffer unter dem abgenutzten Sitz untergebracht hatte. Mit einem Ruck ging die Fahrt los. Draußen zog der vertraute kleine Ort an Judith vorüber. *Ich bin eine richtige Missionsschwester und jetzt unterwegs zu der Konferenz!* Es war ein geradezu erhebendes Gefühl.

Als der Zug durch das Land fuhr, erkannte Judith viele Farmen, bei denen sie Hausbesuche gemacht hatte. Eine davon war die von Frau Woodrow. Unwillkürlich wurde sie von einem Schaudern gepackt, als sie daran dachte, wie sie den Toten für das Begräbnis gewaschen und angekleidet hatte.

Na ja, ich hab's ja überlebt! dachte sie dann. *Ganz gut sogar. Aber ich reiße mich keineswegs darum, so etwas noch einmal machen zu müssen. Ruth wird sich bestimmt köstlich über die zimperliche Judith amüsieren.* Nun leuchtete trotz allem ihr Gesicht auf. Sie freute sich ja so auf das Wiedersehen mit Ruth!

Der Schaffner in seiner blauen Uniform kam durch den Passagierwaggon und rief: „Die Fahrkarten bitte! Die Fahrkarten bitte!“

Judith nestelte an ihrem leeren Geldbeutel herum. Sie hoffte inständig, keine umfangreichen Erklärungen abgeben zu müssen.

Doch als der Schaffner zu ihr kam, warf er einen Blick auf ihre Anstecknadel, tippte an seine Schirmmütze und sagte mit einem höflichen Lächeln: „Guten Morgen, Schwester! Gute Reise!“ Damit ging er zum nächsten Passagier weiter. Judith atmete erleichtert auf und machte es sich wieder auf dem abgewetzten Plüschsitz bequem.

Sie nahm sich vor, genau aufzupassen, an welchen Orten der Zug hielt, damit sie die Orientierung nicht verlor. Auf der Strecke, die sie damals als Bibelschülerin gefahren war, hatte der Zug zwischendurch nicht angehalten, so daß sie immer gleich am nächsten Bahnhof ausgestiegen war. Nicht auszudenken, wenn sie ihre Station in Regis verpaßte! Doch bevor der Zug am ersten Bahnhof hielt, kam der Schaffner erneut durch den Waggon.

„Swifton!“ rief er laut. „Alle Passagiere nach Swifton bitte aussteigen!“

Judith seufzte hörbar vor Erleichterung. Wenn der Schaffner jeden Bahnhof ausrief, dann brauchte sie sich keine Sorgen zu machen. Sie lehnte sich zurück und versuchte die Reise zu genießen.

Aber wenn er Regis aus irgendwelchen Gründen nun doch nicht ansagen sollte? dachte sie dann. *Am besten passe ich vorsichtshalber gut auf, wo wir sind.*

Doch der Schaffner vergaß Judiths Bahnhof keineswegs. Als er durch den Waggon kam, um den Bahnhof von Regis auszurufen, sah er in Judiths Richtung. Dann blieb er neben ihrem Sitz stehen und lächelte.

„Sie steigen doch hier aus, nicht wahr, Schwester?“ fragte er. Judith nickte verwundert.

„Jedes Jahr liefern wir eine ganze Reihe von Leuten zur Konferenz in Regis ab“, erklärte er, zog ihren Koffer hervor und gab ihr den gutgemeinten Rat: „Bleiben Sie sitzen, bis der Zug angehalten hat. Manchmal ruckelt's nämlich ein wenig!“

Judith nickte dankbar und wartete das Ruckeln ab. Dann

ging der Schaffner auf dem engen Gang voran, half ihr die Stufen auf den Bahnsteig hinab und reichte ihr den Koffer.

„Viel Freude bei der Konferenz!“ wünschte er ihr noch, tippte an seine Mütze und verschwand wieder im Waggon.

„Judith!“

Judith fuhr auf dem Absatz herum und landete direkt in Ruths ausgebreiteten Armen.

*

Während der nächsten beiden Tage reihte sich eine Veranstaltung an die andere. Judith genoß das gemeinsame Singen. Die Vorträge saugte sie wie ein trockener Schwamm in sich auf. Sie empfand es als eine große Ehre, bei den Entscheidungen der Kirche vollberechtigt mitwählen zu dürfen. Bei den Mahlzeiten und nach den Vorträgen unterhielt sie sich angeregt mit ihren ehemaligen Mitschülerinnen und Mitschülern und lernte zudem noch viele andere Konferenzteilnehmer kennen. Die meisten Gespräche drehten sich um die jeweiligen Missionsposten, zu denen sie berufen worden waren. Manche konnten von viel Frucht ihres Dienstes berichten, während andere, darunter auch Judith, beim Aufbau der neuen Gemeinden mit allerlei Schwierigkeiten zu kämpfen hatten.

Doch nach der jeweils letzten Abendveranstaltung nahmen Judith und Ruth sich Zeit füreinander. Anstatt sich den dringend notwendigen Schlaf zu gönnen, unterhielten sie sich noch bis tief in die Nacht hinein in dem Zimmer, wo sie gemeinsam untergebracht waren.

Ruth machte das Predigen nach wie vor große Freude. „Wenn ich nur nicht die vielen Hausbesuche machen müßte!“ klagte sie Judith. „Ohne die Hausbesuche würde mir der Dienst viel leichter fallen.“

„Die Hausbesuche? Die sind doch gerade das Schönste an der ganzen Sache!“ meinte Judith.

„Finde ich gar nicht. Ich schiebe sie immer möglichst lange hinaus. Viel lieber würde ich mich für meine nächste Predigt vorbereiten.“

Judith lachte leise.

„Weißt du, zu zweit wären wir ein perfektes Team“, meinte sie. „Ich mache die Hausbesuche, und das Predigen besorgst du.“

Ruth stimmte in das Lachen ein.

„So ganz ohne Probleme läuft's bei mir aber auch nicht“, vertraute Judith ihr dann an. „Eine Sache macht mir ziemlich großes Kopfzerbrechen. In meiner Gemeinde ist eine Frau, deren Mann ein Trinker ist. Wenn er betrunken nach Hause kommt, was anscheinend häufig der Fall ist, schlägt er sie grün und blau. Die Kinder würde er wahrscheinlich ebenfalls regelmäßig verprügeln, wenn er sie zu fassen kriegte, aber sie rennen immer rechtzeitig weg und verstecken sich, so daß die Mutter seine ganze Wut ausbaden muß. Unmögliche Zustände sind das, sag' ich dir. Ich weiß nicht, was ich da tun soll.“

Auch Ruth wußte keinen guten Rat.

„Wie wär's, wenn du Pfarrer Witt ins Vertrauen ziehst?“ schlug sie vor. „Vielleicht kann er dir sagen, was du unternehmen könntest.“

Judith beschloß, Pfarrer Witt bei nächster Gelegenheit anzusprechen.

Danach ging die Unterhaltung in eine andere Richtung.

„Hast du jemanden, mit ... mit dem du befreundet bist?“ fragte Ruth zögernd.

„Also, Sophie ist wohl diejenige, die mir am nächsten steht, obwohl ...“

Doch Ruths Kichern brachte sie zum Verstummen.

„Ich meine doch einen ... Freund“, erklärte sie Judith.

Judith errötete und war froh, ihre Verlegenheit in der Dunkelheit verbergen zu können. Augenblicklich flogen ihre Gedanken zu Sam, doch sie hatte schon seit Monaten nichts mehr von ihm gehört.

„Nein“, gestand sie.

Einen Moment herrschte Schweigen. Dann sprach Ruth leise in die Nacht hinein, und obwohl sie es leise gesagt hatte, konnte Judith ihr anmerken, wie ernst die Sache war.

„Ich aber.“

„Was? Wirklich? O Ruth!“ quietschte Judith und mußte von ihrer ehemaligen Mitschülerin mit einem „Pssst!“ zur Ruhe gebracht werden.

„Du weckst mir ja das ganze Haus auf!“ stöhnte Ruth.

„Komm schon, erzähl mir, wer es ist!“ bettelte Judith. Es war ja kaum zu fassen, daß Ruth – ihre Freundin Ruth, die sich noch nie etwas aus einem jungen Burschen gemacht hatte, die das andere Geschlecht überhaupt nicht zur Kenntnis zu nehmen schien – soeben gestanden hatte, sich für einen Mann zu interessieren.

„Also, hör zu“, sagte Ruth, und ihre Stimme verriet ihre Begeisterung, „er ist Farmer von Beruf. Er kommt regelmäßig in die Gemeinde und hat mir schon oft seine Hilfe angeboten. Er ist ungefähr zehn Zentimeter größer als ich, hat dunkles Haar und wunderhübsche Augen. Jedenfalls finde ich sie einfach umwerfend.“

Wieder quietschte Judith, hatte aber die Geistesgegenwart, das Geräusch mit der vorgehaltenen Bettdecke zu ersticken.

„Heiratest du ihn?“

Ruth zögerte mit ihrer Antwort.

„Das Predigen kann ich nicht so einfach an den Nagel hängen“, seufzte sie schließlich.

„Würde er ... würde er das denn nicht erlauben?“

„Er sagt zwar, daß es ihm recht wäre, aber ... Ich denke mir halt, eine Gemeinde leiten kann man nicht mit der linken Hand. Ich weiß nicht, ob ich das Leben als Ehefrau und Gemeindeleiterin unter einen Hut bringen könnte. Wenn ich keine gute Ehefrau wäre, würde ich mir Vorwürfe machen. Und wenn ich nicht predigen könnte, würde ich meinen, etwas zu versäumen. Wenn wir dann auch noch Kinder bekämen, wüßte ich beim besten Willen nicht, wie ich alles bewältigen sollte.“

Judith sah ein, daß Ruth in einer verzwickten Lage war.

Ein längeres Schweigen folgte. Dann flüsterte Judith: „Da wirst du dich aber zu einer schweren Entscheidung durchbeten müssen.“

„Ich habe schon gebetet und gebetet“, gestand Ruth, „aber ich bin noch immer vollkommen ratlos.“

„Hm, ich werde auch für dich beten!“ versprach Judith und nahm sich vor, regelmäßig im Gebet an ihre Freundin zu denken.

*

Tatsächlich fand Judith während der Konferenz eine Gelegenheit, mit Pfarrer Witt über die Nöte der Familie Travis zu sprechen.

„Das ist wirklich schwierig“, sagte er ernst. „Man muß mit aller Vorsicht vorgehen. Hat die Frau je durchblicken lassen, daß sie Hilfe braucht oder wünscht?“

„Nein“, schüttelte Judith den Kopf.

„Und die Kinder? Werden auch sie häufig verprügelt?“ fragte er.

„Meistens verstecken sie sich rechtzeitig“, antwortete Judith, „aber seelisch haben sie trotzdem Schaden genommen. Das weiß ich genau. Ich habe doch gespürt, wie Rena vor Angst gezittert hat, als ich sie in die Arme genommen habe.“

„Man könnte den Fall den Behörden melden – aber das hätte Frau Travis ja schon längst selbst tun können.“

„Ich ... ich bin davon überzeugt, daß sie ihn trotz allem irgendwie noch liebt. Sie möchte nicht, daß Außenstehende sich einmischen, aber ich kann doch nicht einfach tatenlos zusehen, wie ...“ Judith unterbrach sich und fuhr dann fort: „Sie bezeichnet ihn als ‚krank‘.“

Wieder nickte der Geistliche.

„Und das ist er auch“, stimmte er zu, „sehr krank sogar – an Leib und Seele.“ Einen Moment lang schwieg er; dann sah er wieder auf und sagte: „Die Kirche steht hier vor einem echten Dilemma. Wir wollen auf keinen Fall eine Familie auseinanderreißen, doch andererseits können wir unmöglich zulassen, daß eine Frau und ihre Kinder weiterhin durch das Verhalten eines Trinkers solche Qualen leiden.“

Judith nickte. Ihre Augen waren dunkel vor Kummer.

„Unterstützen Sie die Frau und die Kinder, wo Sie nur können!“ riet ihr der gütige Pfarrer. „Und halten Sie Ausschau nach einer Gelegenheit, in aller Offenheit mit ihr über die Situation zu sprechen. Vielleicht ergibt sich bei einem solchen Gespräch ein Anhaltspunkt für eine Lösung des Problems. Und hören Sie nicht auf, für den Mann zu beten, daß er sich doch grundlegend ändern möge. Wenn ich das nächste Mal nach Wesson Creek komme, werde ich mich weiter um die Sache kümmern."

Väterlich legte er Judith eine Hand auf die Schulter.

„Ich weiß, Sie haben da eine schwere Aufgabe", sagte er mitfühlend. „Wir werden alle für Sie beten, daß Gott Ihnen trotz Ihrer jungen Jahre ein besonderes Maß an Weisheit schenken möge."

Judith dankte ihm und wandte sich mit Tränen in den Augen ab.

*

„Judith! Wie geht's dir?"

Die Stimme und die leichte Berührung am Arm ließen Judith herumfahren. Vor ihr stand kein anderer als Ralph. Sie hatte überhaupt nicht damit gerechnet, ihn hier auf der Konferenz zu treffen.

„Ralph! Das ist aber eine Überraschung!" brachte sie hervor und reichte ihm die Hand.

Ralph lächelte amüsiert.

„Ich mußte doch schließlich meine alten Schulkameraden allesamt wiedersehen", sagte er charmant.

„Der letzte Vortrag war vor einer halben Stunde zu Ende. Ein paar der Teilnehmer sind schon abgereist", teilte Judith ihm mit, doch darüber schien Ralph keineswegs enttäuscht zu sein.

„Wenigstens bist du noch hier!" gab er zurück und lachte über die gelungene Überraschung.

„Mein Zug geht erst morgen früh", erzählte sie ihm. „Ich bleibe noch eine Nacht im Wohnheim."

„Prima!" antwortete er. „Wie wär's dann mit einem leckeren Abendessen heute abend im *Royal*?"

Judith konnte kaum ihren Ohren trauen. Wie oft hatte sie sich eine solche Einladung ersehnt! Stotternd gab sie ihre Einwilligung: „Das ... das wäre ... ausgesprochen nett."

„Na, bestens! Ich hole dich gegen sechs ab. Beim chinesischen Essen erzählen wir uns dann gegenseitig, was es so alles an Neuigkeiten gibt, einverstanden?"

Sie nickte nur. Noch immer konnte sie es kaum fassen, daß sie nicht träumte.

Judith legte Wert darauf, daß Kleid und Frisur für heute abend perfekt saßen, und machte sich sorgfältig für den Restaurantbesuch zurecht. Nun hatte sie sage und schreibe eine Verabredung mit Ralph, etwas, wovon sie früher unzählige Male geträumt hatte! Sie lächelte, während sie sich mit vor Aufregung fliegenden Händen an den Haaren zu schaffen machte.

Bevor sie ihr Zimmer verließ, griff sie aus Gewohnheit nach der dunklen Haube, um dann über sich selbst zu lachen. *Die brauche ich heute abend nun wirklich nicht!* sagte sie sich. Behutsam legte sie das Stück auf die Kommode zurück.

Ralph kam pünktlich. Er bot Judith den Arm, und sie nahm ihn zaghaft.

„Hast du etwa ein eigenes Automobil?" fragte sie, als er sie zu einem Wagen führte.

„Aber klar! Ich bin doch jetzt ein Mann von Welt", scherzte er. Beide brachen in Gelächter aus.

„Also, so etwas Ruhmreiches kann ich von mir leider nicht behaupten", gestand Judith. „Ich bin noch immer auf ein altmodisches Pferdegespann angewiesen. Andererseits käme ich mit einem Automobil in Wesson Creek niemals vom Fleck – da reiht sich oft Schlammloch an Schlammloch, weißt du!"

Wieder lachten die beiden.

„Du kutschierst also tatsächlich ein Gespann – und das bei Regen und Schlamm?" fragte Ralph dann ernster.

„Und ob! Manche Schwestern müssen ihre Hausbesuche sogar zu Fuß erledigen. Dagegen habe ich es direkt gut – dank der Großzügigkeit meines Vaters", stellte Judith klar.

„Eigentlich ist diese Arbeit überhaupt nichts für dich!" sagte Ralph entschlossen. „Predigen ist im Grunde genommen Männersache."

„Aber es gibt nicht genug Männer, die berufen werden", gab Judith zu bedenken. „Oder wenn sie's sind, dann sind sie dem Ruf nicht gefolgt", fügte sie langsam hinzu.

„Komm, laß uns heute abend nicht von der Arbeit reden!" wechselte Ralph geschickt das Thema. „Wir wollen uns einmal nach Herzenslust amüsieren – und Gemeinschaft miteinander pflegen, wie es an der Bibelschule immer geheißen hat."

Judith lachte. Ein amüsanter, geselliger Abend war jetzt genau das richtige für sie. Es war schon lange her, seitdem sie mit einem Altersgenossen ausgegangen war.

Zurück an die Alltagspflichten

Schon sechs Tage nach ihrer Rückkehr in ihre kleine Wohnung bekam Judith wieder Post von Ralph.

Ich denke gern an unseren Abend beim chinesischen Essen zurück, schrieb er. *Dabei habe ich festgestellt, daß wir viel miteinander gemeinsam haben. Jetzt bereue ich es, dies nicht schon viel eher entdeckt zu haben. Die beiden Jahre an der Bibelschule waren vergeudete Zeit; schade drum!*

Judith zog die Stirn kraus. Ihre beiden Jahre an der Bibelschule waren keineswegs vergeudet gewesen.

Und nun hätte ich gern gewußt, wann Du das nächste Mal hier zu Besuch sein wirst, fuhr Ralph fort. *Ich würde Dich nämlich gern wiedersehen. Bis dahin werden wir uns wohl mit Briefen begnügen müssen – auch wenn ein Brief viel zu wünschen übrigläßt.*

„Ach, du liebe Güte!" flüsterte Judith. „Was will er damit nur andeuten?"

Der Rest des Briefes drehte sich um Ralphs Arbeitsstelle als Filialleiter einer Eisenwarenhandlung, um seine Familie und den Ort, wo er wohnte.

Der Besitzer unserer Filiale wohnt in der Nachbarstadt. Er hat durchblicken lassen, daß er sie mir eines Tages vielleicht verkaufen will, schrieb Ralph hoffnungsvoll.

Erneut runzelte Judith die Stirn. Anscheinend hatte Ralph ganz und gar vergessen, daß er womöglich zum Pfarrdienst berufen worden war. Er schien fleißig Zukunftspläne zu schmieden, ohne eine solche Berufung überhaupt in Erwägung zu ziehen.

Judith fand, daß sie dringend etwas Ablenkung brauchte – eine möglichst anstrengende Ablenkung –, und beschloß, sich heute ihrem kleinen Gemüsegarten zu widmen. Sie hoffte, nicht noch einen derartig kargen Winter erleben zu müssen. Frau Witt war so nett gewesen, alle jungen Schwestern mit Sämereien aus ihrem eigenen Garten zu versorgen. Diese Samentütchen holte Judith nun hervor und sortierte sie auf ihrem Küchentisch. Dann schlüpfte sie in ihre Gummistiefel und ging nach draußen, um ihren Garten zu inspizieren. Zum Umgraben war der Boden aber entschieden zu feucht. Judith war enttäuscht. Nun, dann würde sie halt statt dessen Sophie einen Besuch abstatten.

Sophie war erfreut, sie zu sehen.

„Setz dich doch!“ lud sie sie ein. „Ich hole uns einen Kaffee.“

Sophie stellte zwei Tassen auf den Tisch und zündete sich eine Zigarette an.

„Na, wie war denn deine Reise?“ erkundigte sie sich interessiert.

„Ganz prima!“ antwortete Judith und spürte, wie sie rot wurde. Warum war ihr erster Gedanke beim Thema Konferenz dieser Ralph Norris?

„Das freut mich“, sagte Sophie und fügte ein paar Schattierungen gedämpfter hinzu: „Von prima kann hier bei uns zur Zeit nicht gerade die Rede sein.“

„Ja, was ist denn los?“ Judith horchte auf.

„Nicky macht mir Kummer. Er ist krank. Zuerst dachte ich, es sei nur eine Art Erkältung. Aber dann wurde und wurde es nicht besser mit ihm, und da habe ich gestern den Doktor gerufen. Der weiß aber auch nicht, was Nicky fehlt.“

Eine seltsame Angst beschlich Judith.

„Es wird doch nichts Ernstes sein, oder?“

„Keine Ahnung. Hoffentlich nicht. Aber der Doktor weiß nicht einmal, welche Arznei er ihm geben soll.“

Sophies Gesicht drückte Sorge und Hilflosigkeit aus.

„Ach, Sophie!“ sagte Judith leise. „Wir müssen unbedingt beten!“

Tränen rannen über Sophies Gesicht. Judith nahm ihre Hand und senkte den Kopf.

„Lieber Heiland“, betete sie, „du weißt um Nickys Krankheit. Wir sind so ratlos. Nicht einmal der Doktor weiß, was Nicky fehlt. Gib du doch dem Doktor Weisheit und laß ihn die richtige Arznei finden, und mach Nicky bald wieder gesund. Und sei auch mit Sophie. Es ist so schwer, wenn man zuschauen muß, wie das eigene Kind leidet. Herr Jesus, hilf ihr doch, dir zu vertrauen und nachts zur Ruhe zu kommen! Danke, Herr, für alles, was du für uns tust. Amen.“

Judith hob den Blick wieder. Sophie weinte noch immer leise, doch dann spielte ein schräges Lächeln um ihre Lippen. Die Asche an ihrer Zigarette wurde immer länger und fiel auf die Tischplatte.

„Danke“, brummte Sophie. „Ich war schon ganz fertig mit den Nerven. Danke. Jetzt geht's mir schon viel besser. Dieses ständige Sorgen kann einen ja ganz krank machen!“

Judith wunderte sich ein wenig. Aus dem, was Sophie da gerade gesagt hatte, schloß sie, daß sie ihren Sohn hiermit als geheilt betrachtete. Vielleicht war Sophies Glaube ja größer als ihr eigener. Judith war eine Spur beschämt. Zugleich wurde ihr aber auch angst. Sie war lange genug Christ, um zu wissen, daß Gott manche Gebete auf andere Weise erhörte, als der Beter es sich vorgestellt hatte.

„Darf ich zu Nicky?“ fragte Judith zaghaft.

Sophie lächelte.

„Aber klar!“ sagte sie. „Da, nimm ihm doch gleich etwas von dieser Hühnersuppe hier mit. Ich hab' sie extra für ihn gekocht, aber er bringt einfach keinen Bissen runter. Er ist ja schon halb verhungert!“ Sophie gab Judith das Essen für ihren Sohn.

Judith fand ein schwerkrankes Kind vor. Sein Gesicht war tiefrot und seine Augen fieberglänzend. Stöhnend wälzte er sich auf seinem Kissen hin und her. Judith setzte sich auf die

Bettkante und kühlte ihm das Gesicht mit Wasser aus dem Becken neben dem Bett. Sie versuchte, ihm etwas von der Brühe einzuflößen, doch er konnte nicht schlucken. Nun begann Judith, Gott inständig anzuflehen.

„Ach, lieber Heiland“, betete sie, „ich habe ja nicht geahnt, wie ernst es um ihn steht. Bitte, lieber Herr, wir brauchen deine Hilfe. Nicky braucht deine Hilfe. Er ist ja so mager geworden. Er ist wirklich sehr krank. Hilf doch dem Doktor! Zeig ihm, was er tun soll! Rühr Nickys ausgezehrten Körper an, Herr! Wir brauchen dich. Bitte, hilf, Herr Jesus!“

Judith blieb den ganzen Tag bei Nicky. Wenn Sophie gerade keine Kundschaft hatte, schaute sie zwischendurch kurz herein und machte ein verwundertes Gesicht. Judith hatte doch für Nicky gebetet. Woran haperte es jetzt bloß noch?

Am Abend ging Judith nur auf einen Sprung zu sich nach Hause, um Walter zu versorgen, und kam dann sofort wieder zurück.

„Komm, versuch doch ein wenig zu schlafen“, drängte sie Sophie, doch diese ging rastlos in der Stube auf und ab, bis Dr. Andrew spät am Abend noch einen Krankenbesuch machte und ihr zwei Tabletten gab, die ihr zu etwas Schlaf verhelfen sollten.

Am nächsten Tag hängte Sophie ein Schild an die Gaststättentür, auf dem sie ihrer Kundschaft mitteilte, daß die Gaststätte heute geschlossen blieb. Die Tür blieb verriegelt und die Rolladen zu. Sophie wich den ganzen Tag nicht von Nickys Seite.

Judith sorgte sich wegen der drei anderen Kinder. Auch sie waren von Angst gepackt. Judith wußte nicht, ob sie vorschlagen sollte, die drei Kinder mit zu sich nach Hause zu nehmen, wodurch Sophie mit Nicky allein wäre, oder ob sie bei Sophie bleiben und dadurch die verängstigten Kinder weiterhin dem Anblick ihres kranken Bruders aussetzen sollte.

Auch die nächste Nacht blieb Judith bei der Familie. Gegen ein Uhr nachts zog sie sich ihren Mantel an und machte sich auf den Weg. Nickys Zustand hatte sich verschlechtert. Sie brauchten unbedingt den Arzt.

Nicky starb um viertel vor drei. Nichts und niemand hatte ihm helfen können. Judith trat auf Sophie zu, um sie zu stützen, doch Sophie machte einen Schritt zurück und schob Judiths Hand weg.

„Nein!“ zischte sie. „Nein! Nein, du hast doch gebetet! Du hast Gott doch eingeschaltet! Warum? Warum hat er das dann zugelassen? Wie konnte er das tun? Wie? Ich war doch diejenige, die gesündigt hatte – nicht mein Nicky!“ Sophie warf sich auf das Bett und nahm ihren Sohn in die Arme.

„Lassen Sie sie gewähren!“ sagte Dr. Andrew leise zu Judith. „Sie muß auf ihre Weise damit fertigwerden. Am besten gehen Sie jetzt nach Hause.“

Schweren Herzens, müde und matt gehorchte Judith. Immer wieder gingen ihr Sophies Worte durch den Kopf. *Warum? Ja, warum mußte es so kommen? Warum hast du ihn nicht geheilt, Herr? Du hättest es doch gekonnt! Du hättest es doch gekonnt!*

Judiths Glaube hatte noch nie eine solche Krise durchgemacht. Sie weinte noch lange in ihrem Bett, und als sie endlich vom Schlaf übermannt wurde, war sie innerlich vollkommen ausgelaugt. *Werde ich Sophies Freundschaft je wieder gewinnen können? Wird sie mir je wieder vertrauen?*

Die Beerdigung fand an einem sonnigen Frühlingsnachmittag statt. Pfarrer Witt kam angereist, um die Trauerfeier zu halten. Sophie saß mit starrer Miene in dem kleinen Gemeindesaal. Ihre drei Kinder saßen dicht an sie gedrängt. Sophies Augen waren eingefallen und rotumrändert, doch während der ganzen Trauerfeier weinte sie keine einzige Träne.

Judith dagegen weinte hemmunglos. Vor Schluchzen bebten ihre schmalen Schultern.

„Ach, Nicky!“ seufzte sie innerlich. „Du warst so ein Goldschatz. Wir werden dich furchtbar vermissen. Und die arme Sophie! Sophie in ihrem Kummer! Welch ein unfaßbarer Verlust!“

Nach der Beisetzung warf Sophie eine kleine rosafarbene

Rose auf den Sarg ihres Sohnes und ging zu ihrer Gaststätte zurück.

Judith wollte ihr ein paar Worte sagen, doch der abgekehrte Rücken war stocksteif und der Kopf trotzig in die Höhe gereckt.

Ich schau' halt später bei ihr hinein! nahm Judith sich vor und ging auf das Ehepaar Witt zu, um sie zum Tee in ihre Wohnung einzuladen.

*

Judith besuchte Sophie drei Tage später. Die Wirtin bat sie zwar herein, doch die Kälte war noch immer nicht aus ihren Augen gewichen.

Die beiden setzten sich an den Ecktisch. Eine Kaffeetasse vor sich, hing eine jede eine Zeitlang den eigenen Gedanken nach.

Judith hätte so gern ein paar Worte des Trostes und der Hoffnung gesagt, doch sie wußte nicht, wie sie sich ausdrükken sollte. Im stillen betete sie um Weisheit, um Führung.

„Ich ... ich würde die Kinder gern am Sonntag nach dem Gottesdienst zum Essen einladen", begann Judith mühsam.

Jetzt hob Sophie doch den Blick. Judith konnte die Härte darin sehen.

„Sie gehen am Sonntag nicht in die Kirche!" antwortete sie scharf.

Judiths Augen verrieten kein Anzeichen der Verwunderung; dennoch erkundigte sie sich mit leiser Stimme: „Wollt ihr ... wollt ihr etwa verreisen?"

„Nein. Nein, wir bleiben zu Hause. Von jetzt an gehen die Kinder nicht mehr in die Kirche. Punktum."

„Ach, Sophie!" flüsterte Judith nur.

„Hör mal gut zu, Judith", sagte Sophie unverblümt, „von mir aus können wir auch weiterhin befreundet bleiben. Immerhin bist du Tag und Nacht bei mir und Nicky geblieben, als er so krank war. Aber versuch bloß nie wieder, mir deinen Glauben aufzuschwätzen. Ist das klar?"

Judith sah in die kalten, dunklen, zornigen Augen hinein.

„Ich seh' die Sache so: Entweder konnte er meinen Sohn nicht retten – oder er wollte nicht. Egal, was von beiden auch zutrifft; jedenfalls ist das nicht der Gott, den ich will oder brauche.“

„Oh, aber er hätte doch ...“ wollte Judith einwenden, doch Sophie fiel ihr ins Wort: „Und warum hat er's dann nicht getan?“ Mit vor Zorn sprühenden Augen stand sie abrupt auf.

„Das ... das weiß ich auch nicht“, antwortete Judith ratlos. „Ich weiß es einfach nicht.“

„Dann erspar mir in Zukunft deine Predigten hier – und meinen Kindern auch!“ Damit kehrte Sophie ihr den Rücken zu und ging eilig an die Theke.

Judith stand auf und verließ die kleine Gaststätte mit hängenden Schultern und Tränen in den Augen.

„Ich weiß es nicht“, weinte sie leise. „Ich weiß es doch wirklich nicht.“

*

Vor Kummer wie betäubt, nahm Judith kaum wahr, womit sie den Rest des Vormittags verbrachte. Am Nachmittag kam dann überraschend Frau Woodrow zu Besuch. Judith bat sie freundlich herein und stellte rasch Teetassen und einen Teller mit Plätzchen auf den Tisch.

„Ich bin nicht zum Plaudern gekommen“, erklärte die Frau ohne Umschweife. „Ich bin gekommen, um zu erfahren, wie man sich aufs Sterben vorbereitet.“

Judith begriff nicht, was die Frau genau meinte.

„Sie meinen, Sie ... Sie wollen die Formalitäten für Ihre eigene Bestattung im voraus regeln?“ fragte sie.

„Ach was!“ rief die Frau aus. „Mir wär's doch schnuppe, wenn meine Leiche in den See geworfen würde. Nein, ich will in Frieden sterben können.“

Jetzt begriff Judith. Vor Verwunderung blieb ihr fast der Mund offenstehen.

„Ach so“, sagte sie gedehnt. Sie spürte das Gewicht der

enormen Verantwortung, die nun auf ihren Schultern lastete. Sie nahm ihre Bibel aus dem Regal und begann darin zu blättern. Die entsprechenden Bibelstellen kannte sie genau. An der Bibelschule war sie gründlich auf einen solchen Moment vorbereitet worden. *Bitte mach Frau Woodrow jetzt deine Wahrheit deutlich!* betete sie im stillen und schlug den Römerbrief auf.

„In der Bibel steht, daß *alle* gesündigt haben", fing Judith an und deutete auf den Vers.

„Das weiß ich längst", entgegnete die Frau. „Ich lebe schließlich schon lange genug, um das gemerkt zu haben."

„Und der Lohn der Sünde ... das ist der Tod", fuhr Judith fort.

Frau Woodrow nickte. Anscheinend war ihr auch dies nicht neu.

„Aber Gott hat uns geliebt und seinen Sohn in die Welt gesandt, daß er die Todesstrafe an unserer Statt auf sich nahm. Wir sprechen jetzt vom geistlichen Tod. Das bedeutet Getrenntsein von Gott und Bestrafung für unsere Sünden. Unser Körper stirbt natürlich trotzdem."

Erneut nickte die Frau. Judith merkte ihr an, daß sie allmählich ungeduldig wurde.

„Ich will endlich wissen, wie man diese Vergebung bekommt!" drängte sie Judith.

„Also, das ist so: Gottes Vergebung ist ein Geschenk. Wir müssen es annehmen, indem wir Gottes Sohn in unser Herz und Leben aufnehmen. Wir bereuen unsere Sünde und empfangen dann seine Vergebung im Namen Jesu. Dann hilft er uns, unser altes Leben aufzugeben und so zu werden, wie er uns haben möchte. Gott schenkt uns ein reines Herz. Wir nehmen seine Erlösung dankbar an. Und dann lassen wir uns taufen, um anderen zu zeigen, daß wir jetzt zur Gemeinschaft der Gotteskinder gehören."

Judith schluckte. Sie war sich nicht sicher, ob sie alles deutlich genug erklärt hatte und ob die Frau das Konzept der Errettung durch den Glauben verstanden hatte.

Doch wieder nickte Frau Woodrow.

„Und wie macht man das?“
„Möchten Sie es denn gern tun?“ fragte Judith.
„Deshalb bin ich doch hier!“ antwortete die Frau.
Judith wurden die Wangen heiß.
„Also gut: Man betet. Im Gebet bittet man Gott – und alles Weitere tut dann er.“
„Ich weiß aber nicht, wie man betet“, jammerte die Frau. „Darum bin ich doch zu Ihnen gekommen.“
„Kommen Sie, wir beten gemeinsam!“ forderte Judith sie auf. „Sie können mir nachsprechen – wenn Sie mit dem einverstanden sind, was ich sage.“ Judith sprach ein kurzes Gebet mit ihr, in dem sie Gott um Vergebung und Errettung für Frau Woodrow bat.
Nach dem Gebet war die Beklommenheit aus den Zügen der Frau gewichen. Ihre vorhin noch so sorgenvollen Augen leuchteten.
„Und wann werde ich getauft?“ wollte sie wissen.
„Hm, dazu muß ich Pfarrer Witt herbitten. Ich selbst kann keine Taufen vornehmen. Er wird nach Wesson Creek kommen ...“
„Warten Sie mir bloß nicht zu lange!“ mahnte die Frau. „Ich könnte doch jederzeit sterben.“
Judith verkniff sich das Lächeln, das um ihre Mundwinkel zuckte. Statt dessen sagte sie: „Jetzt, wo Sie zu Gottes Familie gehören, können Sie Gemeinschaft mit ihm haben. Das tut man, indem man sein Wort, die Bibel, liest und zu ihm betet.“
„Lesen kann ich“, antwortete sie, „aber beten nicht.“
„Beten ist nichts weiter, als mit Ihrem himmlischen Vater zu reden – so ähnlich, wie Sie gerade mit mir reden. Nur, daß es nicht einmal laut geschehen muß. Sie öffnen ihm einfach ihr Herz. Jederzeit. Egal, wo. Immer, wenn Sie mit ihm sprechen wollen. Oder wenn Sie mit Ihren Sorgen zu ihm kommen wollen. Ihrem Kummer. Ihrer Freude. Einfach mit allem. Und Sie können ihn bitten, Ihnen zu helfen, jeden Tag mehr über ihn zu lernen.“
„Muß ich von jetzt an in die Kirche gehen?“ fragte die Frau.
Jetzt erlaubte sich Judith ein Lächeln.

„Von ‚müssen‘ kann nicht die Rede sein“, antwortete sie, „aber ich kann es Ihnen nur wärmstens empfehlen. In der Kirche hören Sie Gottes Wort und pflegen Gemeinschaft mit anderen Gläubigen; so kann auch Ihr eigener Glaube wachsen. Es ist wirklich sehr nützlich, so regelmäßig wie möglich zur Gemeinde zu kommen.“

Frau Woodrow nickte.

„Haben Sie denn eine Bibel?“ fragte Judith.

„Mein Mann hat als Junge eine von seiner Mutter bekommen. Ich habe sie noch.“

„Gut.“

Plötzlich füllten sich die Augen der Frau mit Tränen.

„Ich wünschte, er hätte sie gelesen ... und geglaubt, was darin steht!“ sagte sie leise. „Vielleicht wäre dann alles ganz anders gekommen.“ Dann beeilte sie sich hinzuzufügen: „Kann ihm aber manches nicht verdenken, so, wie ich mich aufgeführt habe. Ich hätte doch einsehen müssen, daß das falsch von mir war.“

Judith nickte.

„Jetzt hätte ich aber doch gern ’ne Tasse von Ihrem Tee“, sagte Frau Woodrow schniefend. Damit nahm sie den Hut ab, der schon manchen Winter gesehen hatte, und setzte sich an Judiths Tisch.

Herbstwolken

Judith musterte seufzend die lückenhafte Karottenreihe, die kümmerlichen Kartoffelpflanzen, die gelblichen Blätter des einen Tomatenstrauchs, die schmächtigen Rüben und den zwergenhaften Mais in ihrem Garten. Für den bevorstehenden Winter hatte sie wahrhaftig nicht viel an Vorräten einzukellern. Sie war Gott von ganzem Herzen dankbar für Frau Reillys Hühner. Wenigstens an Eiern würde es ihr nicht mangeln.

„Und dabei hatte ich doch so gehofft ..." dachte sie enttäuscht und wandte sich von ihrem Gemüsebeet ab.

„Na, wenigstens ein paar Mahlzeiten stecken drin", sagte sie sich, während sie ins Haus zurückging und sich abfahrtbereit machte. Ein Tag voller Hausbesuche lag vor ihr.

Während der vier Tage, die es nun schon regnete, war Judith ungeduldig in ihrer kleinen Küche auf und ab gegangen und hatte auf besseres Wetter gewartet. Walter hatte dabei verspielt Jagd auf ihre Schnürsenkel gemacht. Es wurde höchste Zeit, daß sie Frau Woodrow wieder einmal besuchte. Sie war auf ihren eigenen Wunsch hin von Pfarrer Witt getauft worden und kam nun regelmäßig zum Gottesdienst. Judith staunte darüber, wie wißbegierig die Frau Gottes Wort in sich aufnahm und wie sehr sie sich in den letzten Monaten verändert hatte. Nicht nur ihr, sondern der ganzen Stadt war diese Veränderung an Frau Woodrow aufgefallen.

Doch nun hörte man, daß sie krank sei. Judith schaute immer wieder prüfend zu dem grauen Himmel empor. Schließlich beschloß sie, einfach ihre Kutsche anzuspannen, ob es nun regnete oder nicht.

Doch dieser Entschluß sollte sich als ein Fehler erweisen. Die Seitenstraße, die zu der Woodrowschen Farm führte, war ohnehin schon voller Schlaglöcher, doch nach den schweren Regenfällen der letzten Tage war sie so gut wie unpassierbar. Big John hatte versucht, Judith von ihrem Vorhaben abzubringen, doch sie hatte sich nicht von seinen düsteren Prophezeiungen beirren lassen.

Die erste unangenehme Überraschung kam in Form eines erneuten heftigen Regengusses. Judith bot dem kalten Naß die Stirn und lenkte ihr Gespann mit eiserner Entschlossenheit in Richtung der Woodrowschen Farm weiter.

Als sie von der Landstraße in die kleinere Seitenstraße einbog, wurde ihr jedoch klar, wie recht Big John gehabt hatte. Der Zustand der Straße war noch schlechter, als sie befürchtet hatte. Tiefe, lehmige Schlammlöcher machten das Vorankommen für die Pferde zur Qual.

Judith schlingerte von einem Schlammloch zum nächsten. Obendrein konnte sie wegen des Regens, der ihr ins Gesicht peitschte, nicht deutlich sehen. Die Straße war größtenteils von Pfützen überschwemmt, so daß Judith kaum wußte, wohin sie das Gespann lenken sollte.

Und dann geschah das Unausweichliche. Die Wagenräder versanken in einem besonders tiefen Schlammloch, und Judith hörte das schaurige Krachen von zerberstendem Holz. Sie hatte sich einen Radbruch eingehandelt! Die Pferde zerrten aus Leibeskräften an dem widerspenstigen Wagen, doch Judith wußte genau, daß der Schaden nur noch größer werden würde, wenn sie versuchte, die Kutsche aus dem Schlammloch zu ziehen.

„Ho!“ rief sie und zog an den Zügeln.

Mit kläglicher Miene betrachtete Judith die aufgeweichte Straße. Schließlich zog sie sich Schuhe und Strümpfe aus, hob ihre Röcke so hoch, wie ihre gute Erziehung es zuließ, und kletterte über das schlammverklebte Wagenrad aus ihrem Gefährt.

Die Tiefe des Schlammlochs und die Kälte des nassen Bodens, in dem sie bis über die Knöchel versank, ließen ihr den Atem stocken. Nur mühsam bekam sie einen Fuß vor den anderen. Mehrere Minuten lang hantierte sie mit den Riemen, doch diese waren naß und schlüpfrig, so daß sie sie nicht fest zu fassen bekam. Währenddessen stampften die Pferde unruhig in dem Schlamm herum, was ein sonderbares, schlürfendes Geräusch verursachte. Judith arbeitete, so schnell sie konnte, bis sie die Pferde endlich von der Kutsche befreit hatte, und führte sie an den Straßenrand, wo sie sie an einem Baum festband.

„Wenn ich einen Mann hätte", murmelte sie dabei, „wäre mir so etwas erspart geblieben."

Sie watete zu ihrer Kutsche zurück, um sich Schuhe und Strümpfe zu holen, und ging dann zu Fuß zu der Woodrowschen Farm.

Frau Woodrow war nicht so krank, wie Judith befürchtet hatte. Zu Judiths Erleichterung fand sie sie vor einem warmen Kaminfeuer vor, eine Tasse mit heißer Zitrone vor sich und ihre Bibel auf dem Schoß.

„Um Himmels willen, Mädchen, Sie holen sich noch den Tod!" rief die Frau aus, als sie Judith erblickte.

Judith lächelte nur. Sie hatte sich die schmutzigen Füße draußen in einer sauberen Pfütze gewaschen und die Strümpfe und Schuhe wieder angezogen. Trotzdem fror sie, als sie jetzt in die Stube kam.

„Hier, setzen Sie sich schnell her!" drängte sie die Farmersfrau. „Rücken Sie sich den Stuhl näher ans Feuer! Und trinken Sie das hier, damit Sie sich wieder aufwärmen!" Damit schob sie ihr eine Tasse mit dem heißen Zitronengetränk zu.

Nach ihrem Besuch zog Judith sich wieder die Schuhe und Strümpfe aus und machte sich auf den Weg zu ihrem Gespann. Mit Stern im Schlepptau ritt sie auf Schatten zur Stadt zurück und von dort aus weiter zu der Travis-Farm. Ihre schlammbespritzten, völlig durchnäßten Röcke hingen an Schattens breitem Rücken herunter.

Als die Welt endlich zu tropfen aufhörte, mußte sie den Schmied losschicken, daß er ihren Wagen holte. Wegen der Kosten für die Reparatur des zerbrochenen Rades hatte sie sich schon große Sorgen gemacht, doch der Schmied winkte nur ab.

„Lassen Sie Ihr Geld ruhig drin!“ sagte er. „Man muß schließlich auch mal was für die Kirche tun.“

Judith bedankte sich von Herzen.

*

Ein paar Tage später kam die Sonne mit Macht wieder zum Vorschein, und die Straßen trockneten allmählich. Judith bekam ihre Kutsche repariert zurück, und ihre Pferde warteten bei Familie Travis auf sie. Nun konnte sie alles Versäumte aufholen.

Sie machte ihre Runden und besuchte alle, die sie im Laufe der Zeit kennengelernt hatte. Die meisten baten sie gern in ihre Küchen, doch nur wenige versprachen, einen Gegenbesuch im Gemeindesaal zu machen. Zu einem kleinen Schwatz bei einer Tasse Tee bei Judith waren ein paar dagegen schon eher bereit.

Judith wollte gerade an einer unbewohnten Farm vorbeifahren, als sie einen Kutschwagen vor dem Wohnhaus erspähte. Sie sah genauer hin. Tatsächlich, da standen auch zwei Pferde auf der Koppel, und auf der eingezäunten Weide an der Straße grasten mehrere Kühe.

Vor Freude klopfte ihr Herz schneller. Sie lenkte ihr Gespann auf die Einfahrt zu. *Eine neue Familie! Eine, die ich noch gar nicht kenne. Vielleicht bekommt unsere kleine Gemeinde durch sie bald Zuwachs!*

Im Hof war ein Mann mit Zaunflicken beschäftigt. Er hob den Kopf und sah Judith entgegen. Er machte einen noch sehr jungen Eindruck – vielleicht war er frisch verheiratet und hatte die Farm erst kürzlich übernommen.

„Guten Tag!“ grüßte Judith. „Ich bin nach Wesson Creek unterwegs, und von der Straße aus habe ich gesehen, daß die Farm neuerdings bewohnt ist. Herzlich willkommen bei uns!“

„Vielen Dank“, antwortete der Mann, legte den Hammer beiseite, tippte sich an die Mütze und kam näher. Er besaß die schönsten braunen Augen, die Judith je gesehen hatte.

Nun wußte Judith nicht, was sie als nächstes sagen sollte, doch er löste das Problem von sich aus.

„Sie sind wohl das Empfangskomitee von Wesson Creek, was?“ fragte er mit einem freundlichen Schmunzeln.

„Aber nein!“ lachte Judith. „Ich ... ich bin die Gemeindeschwester hier am Ort. Ich möchte Sie gern zu unseren Gottesdiensten einladen. Ich freue mich schon darauf, Ihre Frau kennenzulernen!“

„Die würde ich Ihnen auch liebend gern vorstellen. Leider habe ich aber noch keine.“

„Oh, Verzeihung!“ murmelte Judith verlegen.

Der Mann lächelte nur.

„Keine Ursache!“ beruhigte er sie. „Dann gibt es also doch eine Kirchengemeinde hier. Meine Mutter hatte schon befürchtet, daß es keine geben könnte. Da wird sie sich aber freuen!“

„Ihre Mutter geht also in die Kirche?“ fragte Judith und dachte: *Demnach wohnt er also noch bei seinen Eltern.*

„Sonntag für Sonntag! Und sie legt großen Wert darauf, daß ihre Sprößlinge das auch tun.“

Judiths Herz machte einen Satz. *Neue Gemeindemitglieder! Das ist ja phantastisch!* Sie reichte dem jungen Mann ihre Zügel und schickte sich an, aus ihrer Kutsche zu steigen.

„Da muß ich Ihre Mutter aber auf der Stelle kennenlernen“, sagte sie erfreut.

Er half ihr beim Aussteigen und führte ihre Pferde an die Stange.

„Das wäre ausgesprochen nett“, antwortete er, und in seinen Augen blitzte es ein wenig. „Ich erwarte sie allerdings erst Sonntag nachmittag.“

Judith spürte, wie ihre Wangen rot wurden.

„Ach, dann ist sie also gar nicht da?“

„Leider nicht“, antwortete der junge Mann mit einem Kopfschütteln.

„Zieht sie erst am Sonntag hier ein?“

„Nein. Sie kommt am Sonntag – aber nur zu Besuch. Sie wohnt nämlich in Meldon. Hier wohne nur ich allein.“ Er nahm sich die Mütze vom Kopf und wischte sich mit dem Ärmel über die verschwitzte Stirn. „Das hier ist meine erste eigene Farm. Ich habe gerade erst mit der Bewirtschaftung angefangen."

Judith sah sich den hochgewachsenen, breitschultrigen jungen Mann an. Seine Liebe zur Landarbeit stand unverkennbar in seinen dunklen Augen. Judith hegte keinerlei Zweifel daran, daß er eine erfolgreiche Zukunft als Farmer vor sich hatte.

„Dann fahre ich am besten jetzt weiter", sagte sie kleinlaut.

„Darf ich Ihnen auf der Veranda ein Glas Limonade anbieten?" lud er ein.

„Das ist nett von Ihnen", antwortete Judith, „aber ich muß wirklich ..."

„Es ist heiß heute", beharrte der junge Mann. „Ich wollte sowieso gerade eine Pause einlegen. Und Mutter hat uns immer eingebleut, Gottes Dienern Gastfreundschaft zu erweisen."

Judith erwiderte das Lächeln.

„Ein Glas Limonade auf Ihrer Veranda wäre jetzt genau das richtige", gab sie nach und ging mit dem jungen Mann ins Haus.

*

Carl Morgan fehlte in keinem Gottesdienst. Er brachte Judith landwirtschaftliche Erzeugnisse an die Tür. Er erbot sich, sie mit Brennholz zu versorgen, und heizte bei Bedarf den Gemeindesaal vor.

Judith genoß seine Hilfsdienste sehr. Es war ihr eine große Erleichterung, endlich ein paar dieser Lasten abgenommen zu bekommen. Weitaus weniger erfreulich war dagegen das kleine Warnsignal, das immerzu in ihren Gedanken aufleuchtete.

Ruths Situation war ihr beständig vor Augen. Sie hatte ihr geschrieben, daß sie sich von dem jungen Mann getrennt hatte. *Ich konnte mir einfach nicht vorstellen, wie ich es schaffen sollte, Ehefrau, Mutter und Gemeindeschwester zugleich zu sein*, hatte Ruth geschrieben. *Gott hat mich noch nicht aus meiner Berufung entlassen, und davor kann und darf ich nicht weglaufen.*

Doch bei ihr sah die Sache völlig anders aus als bei Ruth, sagte sich Judith. Sie sah keinen Grund, warum sie nicht hier in Wesson Creek weiterhin als Gemeindeschwester fungieren könnte, auch nachdem sie mit einem Farmer in der Nähe verheiratet war.

Carl hatte sie bisher noch nicht gebeten, seine Frau zu werden. „Er ist ein rücksichtsvoller, durch und durch anständiger Mann, der aufrichtig an Gott glaubt“, sagte sie sich. Sie war völlig überzeugt, daß sie ihm nur mit dem nötigen Nachdruck Mut zu machen brauchte, dann würde er schon um ihre Hand anhalten.

„Das ist doch alles dummes Zeug!“ schimpfte sie sich aber dann wieder aus. „Man heiratet doch nicht bloß, um einen zu haben, der die Pferde anschirrt und das Brennholz ins Haus schleppt!“

Von da an war Judith sehr vorsichtig mit allem, was sie in Carls Gegenwart sagte und tat. Wie Ruth konnte sie ihre Berufung nicht eher aufgeben, bis Gott sie aus dieser Verantwortung entließ, und das hatte er bisher noch nicht getan.

Wenn ich heirate – falls ich heirate, festigte Judith ihren Entschluß, *dann nur jemanden, der meine Aufgabe mitträgt, anstatt mich ihrer zu berauben.* Von da ab widmete sich Judith ihrer Gemeindearbeit noch eifriger als zuvor.

Doch trotz aller Entschlossenheit kehrten Erinnerungen an einen anderen Mann, Sam Austin, plötzlich in ihre Gedanken und Träume zurück. *Mit ihm konnte man so gut reden. Es war fast, als hätten wir einander schon seit Jahren gekannt*, dachte Judith. *Wenn er doch nur ... wenn er doch nur ...*

Dann wieder mußte Judith an Ralph denken; Ralph, der ihr jede Woche solch nette Briefe schrieb. *Ach, wohin soll das alles führen!* seufzte sie.

*

Ein Klopfen an der Tür ließ Judith von der Sonntagspredigt aufschrecken, an der sie gerade arbeitete. Sie erwartete eigentlich keinen Besuch. Die Frauen, die sich zum gemütlichen

Teetrinken einstellten, kamen niemals samstags. Sie wußten alle, daß Judith diesen Tag für ihre Vorbereitung zum Sonntag brauchte.

Als sie die Tür öffnete, stand niemand anders als Ralph vor ihr.

„Ralph! Das ist aber eine Überraschung!“ brachte Judith hervor, und er trat ein, ohne erst die Aufforderung dazu abzuwarten.

„Ich dachte mir, heute ist ein herrlicher Tag für ein Picknick!“ antwortete er gutgelaunt.

Es war in der Tat ein wunderschöner Tag. Das Laub auf den Bäumen leuchtete in allen Schattierungen zwischen Rot und Gelb. Die Sonne hing träge am Himmel, und überall flatterten die Vögel umher und zwitscherten ihre Abschiedslieder vor ihrer Reise nach Süden.

„Ein Picknick? Das wäre ja ein Riesenspaß!“

„Dann hol dir schnell deinen Mantel und was du sonst noch brauchst und laß uns losfahren! Das Essen habe ich schon im Wagen.“

Es klang wirklich sehr verlockend.

„Aber ich habe doch noch nicht alles für morgen fertig!“ stöhnte Judith.

„Für morgen?“

„Meine Predigt“, erinnerte ihn Judith.

„Deine Predigt? Kann die denn nicht ein paar Stunden warten?“

„Eigentlich nicht. Ich brauche fast den ganzen Samstag dazu, um sie gründlich vorzubereiten.“

„Aber könntest du sie nicht ausnahmsweise ein bißchen kürzer machen? Nimm halt einfach eine alte. Kein Mensch würde etwas merken. Du brauchst nur ein paar Wörter auszuwechseln.“

Judith schüttelte den Kopf.

„Menschenskind, du solltest doch sowieso nicht ...“ begann Ralph, unterbrach sich aber und wechselte den Ton.

„Ach, Judith“, sagte er und kam näher, „ich habe extra um deinetwillen die lange Fahrt hierher gemacht. Heute ist mein einziger freier Tag. Für unser Picknick habe ich etwas besonders Gutes einpacken lassen. Ich hatte mich so sehr auf das Wiedersehen mit dir gefreut." Er umfaßte ihre Taille und berührte ihre Haare mit seinen Lippen. „Bitte, Judith!" flehte er. „Bitte!"

Judith entzog sich ihm. Es war ihr unangenehm, sich von einem Mann umarmen zu lassen, mit dem sie kein festes Versprechen verband. Sie schob Ralphs Hände von ihrer Taille und machte einen Schritt zurück, um ihn anzusehen.

„Ralph", sagte sie langsam, „es tut mir leid. Wirklich sehr leid. So sehr ich dich auch mag, so ... so nehme ich meine Verpflichtung Gott gegenüber ernster. Und das schließt auch meine Predigtvorbereitung ein. Ich fürchte ... nein, ich *weiß*, daß ich den Tag dazu brauche."

Sie glaubte, Zorn in seinem Blick aufblitzen zu sehen.

„Das ... das kannst du wohl nicht verstehen, oder?" wagte sie zu fragen.

Er schüttelte trotzig den Kopf.

„Ich habe immer gedacht, eine Frau gehört ins Haus – als Ehefrau und Mutter", gab er zurück.

„Das sehe ich auch so", gab sie ihm recht, um dann schnell hinzuzufügen: „Es sei denn, Gott beruft sie zu etwas anderem. Dann muß sie seiner Berufung gehorsam sein."

„Das Predigen ist Männersache", behauptete er beharrlich. „Du kannst die Arbeit sowieso nur zur Hälfte tun. Du kannst keine Trauungen, Beerdigungen und Taufen halten. Und das nennst du eine Gemeinde leiten?"

Judith zwang sich, den Sarkasmus in seinen Worten zu überhören.

„Wenn ich einen Mann hätte, der zum Predigen bereit wäre, würde ich es ihm gern überlassen", antwortete sie. „Dieser Ort braucht Gottes Wort. Solange es in Wesson Creek keinen Mann gibt, der diese Verantwortung auf sich nimmt, werde ich wohl oder übel den Dienst tun müssen."

„Also schön", sagte er betont spitz, „dann werde ich mir eine andere suchen müssen, mit der ich mein Picknick teilen kann – und meine Zukunft auch!"

Judith seufzte. „Ja“, antwortete sie unbeirrt, „das wirst du wohl tun müssen.“

Dann war er auch schon fort, und Judith vergoß ein paar Tränen, bevor sie sich wieder an ihre Predigt setzte.

„Schon gut, Herr!“ betete sie. „Ich habe mich darauf eingerichtet, dir allein hier zu dienen, und das werde ich auch tun. Solange du mich brauchst.“

Auch in diesem Jahr nahm Judith wieder an dem Herbstpicknick teil. Doch ohne Sam machte das Fest irgendwie nicht so viel Spaß. Sie setzte sich zu den Reillys an den Tisch, doch diese erwähnten Sams unerklärliches Fehlen mit keinem Wort. Judith wagte es nicht, sich nach ihm zu erkundigen. *Wenn ich's mir genau überlege*, dachte Judith, *hat Frau Reilly ihn schon seit mehreren Monaten mit keinem Wort erwähnt. Ob sich etwa eine Kluft zwischen ihnen aufgetan hat? Soweit ich weiß, ist er diesen Sommer kein einziges Mal zu Besuch bei ihnen gewesen.*

Judith konnte sich keinen Reim auf das Ganze machen. Ihre Fragen blieben unbeantwortet.

Neue Probleme

„Wie man sieht, gehen Sophies Kinder nicht mehr in Ihre Sonntagsschule“, bemerkte Big John, als Judith gerade ihren Geldbeutel öffnete, um ihre Einkäufe zu bezahlen.

„Nein, leider nicht“, bestätigte Judith mit bekümmertem Blick. Unzählige Male hatte sie schon dafür gebetet, daß Sophie irgendwann endlich nachgeben würde, doch sie weigerte sich nach wie vor standhaft, die Kinder wieder zur Kirche zu schicken.

„Sie hat sich die Sache wohl sehr zu Herzen genommen, was?“ fuhr Big John fort.

Was hätten Sie denn sonst von einer Mutter erwartet? lag es Judith auf der Zunge. Statt dessen schwieg sie nur.

„Das ist es eben, was ich an der Religion nicht begreife“, sagte John fast so, als führte er ein Selbstgespräch. „Da heißt es immer: Gott liebt euch. Es heißt: Gott ist allmächtig. Es heißt: Er erhört Gebete. Warum haben Sie denn dann nicht gebetet, daß der Junge wieder gesund wird?“

„Das haben wir doch!“ antwortete Judith aufrichtig.

Big John sah sie triumphierend an.

„Aber er hat's nicht erhört, stimmt's?“

„Doch, er hat's erhört“, antwortete Judith unbeirrt.

Big John sah sie verwundert an.

„Wieso? Das Kind ist doch gestorben, oder nicht?“ entgegnete er.

„Das heißt nicht, daß Gott unser Gebet nicht erhört hätte“, antwortete Judith leise, und in ihren Augenwinkeln glitzerten Tränen. „Zugegeben, er hat es nicht so erhört, wie wir es uns erhofft hatten; er hat uns nicht das gegeben, worum wir gebetet hatten. Aber wir können doch nicht in die Zukunft sehen.

Das kann nur er. Er hat unser Gebet so erhört, wie es in seinen Augen am besten war."

„Pah!" schnaubte Big John. „So einen Blödsinn redet ihr Frommen den ganzen Tag lang. Kleines Fräulein, Sie wissen doch selbst ganz genau, daß das dummes Zeug ist. Entweder hat er nicht die Macht, seine Versprechen zu halten, oder er schert sich keinen Deut darum. So sieht's doch aus, oder etwa nicht?"

Judith richtete sich zu ihrer vollen Größe auf.

„Wenn ich das auch nur eine Minute lang glauben würde", sagte sie geradeheraus, „dann wäre ich jetzt nicht hier."

„Und warum sind Sie denn hier?" konterte er herausfordernd. „Weil Sie keinen Mann abgekriegt haben?"

Judith verschluckte ihre Entrüstung. Wenn er ahnte, mit welchen Seelenqualen sie ihre Sehnsucht nach einer eigenen Familie gegen ihren Ruf in den Missionsdienst abgewogen hatte! Sie blinzelte gegen die Tränen an und antwortete leise, aber bestimmt.

„Als unverheiratete Frau hier zu arbeiten ist nicht einfach. Ich betrachte es nicht als Vergnügen, die Pferde zu versorgen. Es macht mir alles andere als Spaß, in einem Beet voller Unkraut um mein Gemüse kämpfen zu müssen. Brennholz und Wasser holen gehört nicht zu meinen Lieblingsbeschäftigungen. Es fällt mir nicht leicht, die Predigten vorzubereiten – alles ‚Männerarbeit', wenn Sie so wollen. Aber Gott hat mich hierher berufen. Warum er das getan hat, weiß ich nicht, und ich frage auch nicht danach. Ich versuche einzig und allein, ihm zu gehorchen."

Sie nahm ihre Einkäufe.

„Und Sie können sich darauf verlassen", fuhr sie fort, „daß ich hier bleiben werde, und zwar so lange, wie Gott mich hier haben möchte." Sie wandte sich um und verließ den Laden ohne ein weiteres Wort.

Sie ärgerte sich darüber, daß sie sich von Big John derartig aus der Ruhe hatte bringen lassen. Sie würde diesem Mann niemals ein Zeugnis sein können, solange sie sich derartig von ihm aus dem Konzept bringen ließ.

„Herr“, betete sie daheim an ihrem kleinen Tisch, während sie Walters Fell streichelte, „bitte hilf mir doch, ihm seine aufrichtigen Fragen in aller Gelassenheit zu beantworten und über alles, was er bloß sagt, um mich zu ärgern, einfach hinwegzugehen. Zeig mir doch, was ich sagen soll und wie ich's sagen soll. Und hilf Big John, dich kennenzulernen!“

*

Auf dem Heimweg von ihren Hausbesuchen drängte Judith ihr Gespann zur Eile. Die Luft war eisig. Sie brachte ihre Pferde durch das Weidengatter und hastete zum Wohnhaus der Familie Travis. Es war Zeit, daß sie dort einmal nach dem Rechten sah. Letzten Sonntag war niemand von der Familie im Gottesdienst gewesen.

Frau Travis freute sich sichtlich, als sie Judith begrüßte, und lud sie zu einer Tasse Kakao in die Küche ein. Auf ihrer Stirn hatte sie zwei neue Blutergüsse, doch darüber verlor sie kein Wort. Die beiden plauderten angeregt miteinander.

„Frau Travis“, kam Judith endlich zaghaft zur Sache und drehte ihre Tasse befangen in den Händen, „kann ich Ihnen nicht irgendwie helfen?“

Die Frau sah sie verwundert an.

„Ich bin gern bereit, für Sie anzurufen, wenn Sie möchten, daß Ihr ... daß ihm medizinisch geholfen wird“, wagte Judith sich voran.

Frau Travis machte ein erschrockenes Gesicht und schüttelte heftig den Kopf.

„Ich will keine Einmischung in unsere Familienangelegenheiten“, sagte sie mit Nachdruck. „Bis jetzt sind wir immer noch gut zurechtgekommen. So wird's auch in Zukunft bleiben.“

„Aber was soll aus Claude werden?“ forderte Judith sie heraus.

„Hab' einen Brief von ihm bekommen“, sagte Frau Travis stolz. „Er ist bei einem Farmer östlich von hier als Knecht untergekommen. Zu Weihnachten will er nach Hause kommen.“

Judith freute sich sehr, das zu hören, und brachte ihre Freude auch zum Ausdruck.

„Aber die anderen Kinder?“ bohrte Judith weiter. „Was wird, wenn Timmie und Rena auch so früh wie Claude von zu Hause weglaufen? Nennen Sie das auch ‚gut zurechtkommen‘?“

Tränen stiegen der Frau in die Augen. Sie senkte den Blick und schüttelte traurig den Kopf.

„Er ist doch mein Mann“, flüsterte sie. „Er ist ihr Vater. Es liegt einzig und allein am Trinken, daß er so ... so viele Schwierigkeiten hat.“ Dann wurde ihr Flüstern noch leiser. „Die Polizei könnte hier auftauchen und ihn holen, wenn man davon erfährt. Das könnte ich nie verkraften. Haben Sie denn kein Verständnis dafür? – Nein, das kann ich wohl kaum erwarten.“

„Aber man könnte ihm doch helfen.“ Judith ließ nicht lokker. „Und wenn er sein Problem überwunden hat, bringt man ihn wieder nach Hause.“

„Nein. Nein ... so wird's nicht gehen. Er hat's doch versucht. Er hat einmal eine Kur gemacht. Danach war's aber um so schlimmer.“

Jetzt schaute sie auf, und Tränen rannen ihr über das Gesicht.

„Bitte, bitte!“ flehte sie. „Bitte lassen Sie alles, wie's ist. Versprechen Sie mir das?“

Judith konnte nur traurig nicken. Es war ein hoffnungsloser Fall. Was blieb ihr jetzt noch zu tun übrig? Was konnte sie noch unternehmen?

*

Der erste Schnee fiel in scharfen Eiskristallen, die erbarmungslos ins Gesicht stachen. Heftige Böen wirbelten ihn um das kleine Städtchen, türmten ihn an Ecken und Winkeln zu Mauern auf und peitschten ihn als weiße Glaspartikel gegen Fensterscheiben und Dächer.

Judith war dankbar für ihren warmen Herd und den großen

Vorrat an Brennholz, doch beim Anblick ihres Lebensmittelregals kamen ihr wieder einmal große Bedenken. Das meiste von dem Gemüse, das sie aus ihrem kleinen Garten geerntet hatte, war aufgebraucht. Obwohl die Sonntagskollekte neuerdings von einer gestiegenen Zahl der Gottesdienstbesucher profitierte, reichte sie noch immer nicht für ihren Lebensunterhalt aus.

Gott wird für mich sorgen, tröstete sie sich.

Inzwischen waren ihr das Mehl und der Zucker ausgegangen; sogar die eiserne Reserve, die sie für den Tee ihrer Gäste aufgespart hatte, war aufgebraucht. Bei dem eiskalten Wetter kamen mehr Frauen als gewöhnlich zu einer wärmenden Tasse Tee zu ihr, wenn sie im Städtchen zu tun hatten.

Judith zog ihren Mantel eng um sich und hastete in das Schneetreiben hinaus. Im Gemischtwarenladen zählte sie sorgfältig ihre Münzen, während Big John einen anderen Kunden bediente. Mehl, Butter, Vanille und Zucker für ein Blech Plätzchen konnte sie sich schlicht und einfach nicht leisten.

Was sollte sie nur tun? Es ging doch kaum an, daß sie nichts zum Tee anzubieten hatte. Sie ließ ihren Blick über die Regale schweifen, bis sie die Ingwerplätzchen entdeckte. Sorgfältig zählte sie ihre Münzen nach. Ja, so würde es gehen.

Als sie an die Reihe kam, kaufte sie zwei Dutzend Ingwerplätzchen, ein halbes Pfund Zucker und ein Pfund Tee und ging wieder nach Hause.

Als Judith ihren Besucherinnen nun gekaufte Plätzchen zum Tee anbot, ahnte niemand, daß sie sich selbst von Rührei, Spiegelei oder gekochten Eiern ernährte. Auch Sahne und Butter bekam sie geliefert und hin und wieder ein Hühnchen oder ein Stück Rindfleisch, doch davon abgesehen war ihr Speisezettel Tag für Tag der gleiche.

Sie bemühte sich, wenigstens einmal täglich etwas Gemüse zu sich zu nehmen, weil sie wußte, wie wichtig die Vitamine für ihre Gesundheit waren, doch manchmal bestand dieses Gemüse aus nichts anderem als einer gewürfelten Zwiebel in ihrem Rührei.

In Abständen zählte sie ihr Geld und kaufte wieder ein

Pfund Plätzchen und etwas Zucker. Wenn Big John sich über ihre Einkäufe wunderte, verlor er doch kein Wort darüber.

*

Judith hatte Sophie nun schon seit mehreren Wochen nicht gesehen. Auch nach Sophies Vorwurf, Gott sei schuld an Nickys Tod, war Judith öfters zu einer Tasse Kaffee zu ihr gegangen, um mit ihr zu plaudern, doch mit der Zeit wurden die Gespräche der beiden immer gezwungener, und Judith überquerte die Straße immer seltener. Nach wie vor betete sie täglich für Sophie und die Kinder. Sie dachte oft an sie und fragte sich, wie es ihnen wohl gehen mochte, doch sie wußte nicht recht, wie sie mit der Situation umgehen sollte.

„Wenn sie doch nur die Kinder kommen ließe!“ seufzte Judith oft. „Sie scheinen die Sonntagsschule so sehr zu vermissen!“ Doch sie wagte nicht, Sophie darauf anzusprechen.

Eines Morgens ging Judith früher als gewöhnlich in den Gemeinderaum. Es war ein eiskalter, frostiger Sonntag, und der Ofen würde länger brauchen, den Raum aufzuheizen. Carl hatte ihr am Tag zuvor Bescheid gegeben, daß er heute leider verhindert wäre. Zum ersten Mal seit langer Zeit mußte Judith selbst Feuer im Ofen machen.

Mit einiger Mühe brachte sie das Feuer in Gang, verteilte die Gesangbücher auf den Plätzen, legte sich ihre Notizen auf dem kleinen Podium zurecht und wartete dann darauf, daß der Raum warm wurde und die Gottesdienstbesucher eintrafen.

„Heute morgen werden’s nicht viele sein“, dachte sie, während sie sich die Hände über dem Ofen rieb.

Da ging die Tür auf, und Sophie steckte den Kopf herein.

„Dürfen wir reinkommen?“ fragte sie verlegen.

Judith konnte kaum ihren Augen und Ohren trauen.

„Ach, Sophie!“ rief sie voll Freude und lief ihr entgegen.

Drei strahlende Kinder kamen in den Raum gestürmt.

„Jetzt gehen wir wieder in die Kirche!“ rief Vicky und klatschte in die Hände.

„Da freue ich mich aber riesig!“ sagte Judith, kniete sich

vor die Kleine und nahm sie in die Arme. „Ihr habt mir ganz schrecklich gefehlt!“ Fast versagte ihr die Stimme, so gerührt war sie.

„Sie uns auch!“ sagte Vicky und schlang ihre Arme um Judiths Hals.

Sophie schaute der Begrüßung schweigend zu, doch ihre Augen füllten sich mit Tränen.

„Den Kindern hab’ ich’s zu verdanken, daß mir endlich ein Licht aufgegangen ist“, erklärte sie Judith dann und wischte sich über die Augen.

Judith stand wieder auf und nahm Sophie bei der Hand.

„Als ich sie gestern abend zu Bett brachte, sagte Tommie zu mir: ‚Mama, glaubst du, daß Nicky jetzt im Himmel ist?‘ Da hab’ ich natürlich ja gesagt. Dann meinte er: ‚Aber wenn wir nicht so leben, wie Jesus möchte, dann werden wir ihn doch nie wiedersehen!‘ Dabei hat er angefangen zu weinen. ‚Ich will Nicky aber wiedersehen‘, hat er gesagt. Und genauso ging’s mir doch selbst auch.

Aber das hab’ ich Tommie nicht gesagt. Ich hab’s einfach nicht fertiggebracht, Gott zu vergeben. Und dann hat Johnnie gefragt: ‚Mama, was meinst du: Ob Gott Nicky wohl extra sterben lassen hat, damit wir alle auch in den Himmel wollen?‘“ Sophie hielt inne und rang Fassung.

„Ich wußte keine Antwort auf die Frage, aber dann hab’ ich lange darüber nachgedacht, als die Kinder schon schliefen. Vielleicht ist das ja wirklich der Grund. Wer weiß? Wenn Nicky nicht gestorben wäre, hätte ich die Kinder fleißig in die Sonntagsschule geschickt, ohne mich selbst um Gott zu scheren, und ich hätte mir nie klargemacht, daß ich Gott doch genauso dringend brauche wie sie.

Gott hätte meine Kinder alle zu sich in den Himmel holen können, und ich wäre draußen geblieben. Das will ich aber nicht, Judith. Ich will mit ihnen gehen!“ stieß sie hervor.

Judith führte sie zu einer Bank, wo die beiden nebeneinander niederknieten. Judith begleitete ihre Freundin behutsam und liebevoll an den Punkt, wo sie Gottes Vergebung für sich erbitten konnte.

*

Judith war noch immer voll Freude über Sophies Bekehrung, als sie am nächsten Morgen losging, um mit ihrem Kollektengeld zwei Dutzend Plätzchen zu kaufen. Sie hatte sogar ein paar Cents für eine Handvoll Kartoffeln übrig. Gott war so gütig! Er hatte sich Sophies angenommen und sorgte tagtäglich für Judith. Sie brauchte nicht zu verhungern – und sie hatte sogar wieder genug Geld, um Plätzchen für ihre Gäste zu kaufen. Ach, Judith hätte ein Jubellied schmettern mögen!

„Na, Sie haben Ihre Ausreißer ja wieder", begrüßte Big John sie spöttisch. Judith fragte sich, ob er sonntags denn gar nichts Besseres zu tun hatte, als am Fenster zu sitzen und ihre kleine Gemeinde auszuspionieren.

Judith hatte gute Lust, ihm diese Frage zu stellen, doch er kam ihr zuvor: „Sogar Sophie selbst."

„Ja", antwortete Judith mit leuchtenden Augen. „Gott ist so wunderbar, nicht wahr?"

Big John knurrte nur ein „Pah!".

„Es ist so schade – furchtbar schade, daß Sie einfach nicht glauben können, daß es einen Gott gibt – und daß er uns liebt und für uns sorgt", sagte Judith kühn. Bisher hatte sie sich noch nie getraut, so direkt mit dem Mann zu reden. „Weil es nämlich wirklich so ist. Er lebt – und er will unser Bestes."

Big John räusperte sich.

„Ich hab' nie behauptet, daß ich nicht an einen Gott glaube", verteidigte er sich. „Mir kann bloß keiner weismachen, daß er sich für mich interessiert", holte er zum Gegenschlag aus.

„Das tut er aber", entgegnete Judith. „Sogar so sehr, daß er seinen Sohn Jesus Christus auf die Welt geschickt hat, um auch für Sie zu sterben. Könnte er sich noch mehr für Sie interessieren?"

„Das ist wieder so 'ne Sache", fiel ihr Big John ins Wort. „Dieser Jesus-Kram! Wie kommen Sie eigentlich darauf, daß Jesus Gott sein soll?"

„Wie meinen Sie das?" fragte Judith verwundert.

„Na, dieser Jesus halt. Er war ’n ganz normaler Mann – einer wie ich oder Walt oder Jim. ’n ganz gewöhnlicher Sterblicher.“

„Aber nein!“ rief Judith entsetzt. „Er wurde zwar von einer Frau zur Welt gebracht – aber er war Gott in Person.“

„Und woher wollen Sie das so genau wissen?“ bohrte der Mann weiter. „Er ist schließlich gestorben, oder nicht? Kann ein Gott sterben?“

„Jesus schon“, bekräftigte Judith. „Er ist gestorben – für uns. Aus freien Stücken. Aber dann ist er von den Toten auferstanden. Gott hat ihn wieder zum Leben erweckt.“

„Unsinn!“ knurrte Big John. „Alles nur ’n Riesenschwindel! Da haben sich ein paar Leute bestechen lassen ...“

„Aber all die Leute, die ihn nach seinem Tod und seiner Auferstehung mit eigenen Augen gesehen haben?“ fragte Judith. „Können fünfhundert Zeugen sich so gründlich irren?“

Anstatt auf ihre Frage einzugehen, wollte er wissen: „Und wieso glauben Sie, daß dieser Jesus Gott ist?“

„Die Bibel bestätigt es“, antwortete Judith mit Bestimmtheit.

„Hat das mit der Dreieinigkeit zu tun?“ schniefte Big John.

„Ja. Genau.“

„Das Wort ‚Dreieinigkeit‘ steht ja nicht mal in der Bibel drin“, trumpfte Big John auf.

„Das weiß ich wohl“, sagte Judith und sah ihm geradewegs ins Gesicht, „aber die Lehre davon ist in ihr enthalten. Überall liest man darin von Gott, dem Vater, Jesus, dem Sohn, und dem Geist, der die Herzen der Menschen anrührt. Der Gedanke der Dreieinigkeit ist in der Bibel verankert, auch wenn das Wort selbst nicht darin vorkommt.“

„Wie können drei Leute einer sein? Können Sie mir das vielleicht mal verraten?“ spottete Big John. „Wie kann einer, der Gottes Sohn genannt wird, zugleich Gott sein? Wie kann man sein eigener Sohn sein?“

„Das weiß ich nicht“, gab Judith offen zu. „Ich weiß es wirklich nicht. Ich ... ich glaube nicht, daß ein Mensch das je voll und ganz verstehen kann. Wahrscheinlich hätten wir gar keine Worte, um es richtig zu beschreiben. Ich glaube, daß Gott Jesus seinen Sohn genannt hat, weil das eine Beziehung ist, die wir begreifen können. In unserer menschlichen Sprache gibt es einfach keine Worte, mit der wir die besondere Beziehung zwischen Gott, dem Vater, und Gott, dem Sohn, beschreiben können."

„Dummes Zeug!" entgegnete Big John unwirsch. „Bloß leeres Gerede um etwas, das keiner beweisen kann. Wenn Sie mir hieb- und stichfeste Gründe für den Kram liefern können, den Sie da predigen, dann höre ich mir das fromme Gerede vielleicht mal an."

Judith zitterte am ganzen Leib.

„Er war höchstens der Sohn Gottes, aber nicht Gott selbst", beharrte der Mann. „‚Ein wenig niedriger als die Engel', heißt es in der Bibel. Sie können mir doch nicht weismachen, daß ein Mensch etwas für mich vollbringen kann, was ich nicht selbst hinkriegen könnte. Dreieinigkeit? Kompletter Unsinn!"

„Ich kann es wohl nicht erklären", gab Judith zu, „aber ich weiß, daß ich daran glaube. Von ganzem Herzen glaube ich daran."

„Ja, ja, früher haben die Leute auch geglaubt, die Erde wär' 'ne Scheibe", spottete Big John.

Judith zwang sich zu einem Lächeln und bedankte sich für die Bedienung, bevor sie den Laden verließ. Sie hielt es für zwecklos, das Streitgespräch noch weiter fortzusetzen.

„Ich glaube wirklich daran", sagte sie laut, während sie durch den Schnee nach Hause stapfte. „Wirklich. Aus vollster Überzeugung."

Und warum? fragte eine innere Stimme. *Etwa nur deshalb, weil dir das von deiner Kindheit an eingetrichtert worden ist?*

Obwohl Judith es nur ungern zugegeben hätte, hatte sie der Wortwechsel mit dem Lebensmittelhändler ein wenig verunsichert, was ihren Glauben betraf.

Die Antwort

Während der nächsten Wochen verbrachte Judith viele Stunden damit, ihre Bibel gründlich zu studieren. *Ich muß mich unbedingt selbst vergewissern, daß Jesus Gott ist,* sagte sie sich. *Das ist ungeheuer wichtig für meine Missionsarbeit – überhaupt für mein ganzes Leben. Wenn das nämlich nicht so ist, dann ist mein ganzer Glaube ein einziger Irrtum.*

Beim Lesen machte Judith sich Notizen und füllte im Laufe der Zeit viele Seiten damit. Es traf tatsächlich zu, daß die Bibel Jesus immer wieder als Sohn Gottes bezeichnete. Er selbst erwähnte an mehreren Stellen Gott als seinen Vater. *Dann handelt es sich also um zwei getrennte Personen,* dachte Judith beim Zusammenstellen der betreffenden Bibelstellen.

Daran hatte sie eigentlich noch nie gezweifelt. Nun machte ihr Big Johns nächste Frage zu schaffen. *Wie konnte er dann Gottes Sohn und Gott zugleich sein?* War er etwa ein erschaffenes Wesen, wie manche Gruppen behaupteten? War er ein Gott von geringerer Rangordnung, wie andere lehrten? Wie ließ Christus sich ohne das Konzept der Dreieinigkeit erklären?

Judith arbeitete sich weiter voran.

„Welche Anhaltspunkte habe ich dafür", murmelte sie, „daß Christus tatsächlich Gott ist?" Daraufhin durchforstete sie die Seiten ihrer Bibel noch gründlicher.

Daß er große Macht besitzt, daran kann es keine Zweifel geben, dachte sie beim Lesen des Berichts von der Heilung der Aussätzigen. Doch die Befähigung, Kranke zu heilen, hatten auch seine Jünger besessen. Petrus zum Beispiel. Hatte er nicht den Gelähmten an der Tempelpforte geheilt?

Aber die Macht Jesu Christi war eine andere, überlegte sie.

Er war von den Toten auferstanden. *Ein normaler Sterblicher hat keine solche Macht*, folgerte Judith.

Das klang nachvollziehbar, ein fundiertes Argument.

Doch Judith brauchte mehr.

Immer wieder stieß sie auf Aussagen wie: „Ich bin vom Vater ausgegangen und gekommen in die Welt; wiederum verlasse ich die Welt und gehe zum Vater." Jesus selbst hatte dies von sich gesagt. Außerdem hatte er gesagt: „Wer mich sieht, der sieht den Vater." Und seinen Jüngern hatte er erklärt, daß er von Anbeginn der Welt existiert hatte.

Schließlich entdeckte Judith einige sehr wichtige Beweise. Jesus Christus hatte Sünden vergeben. Gott allein hatte die Macht, die Sünden der Menschen zu vergeben und auszulöschen.

Judith stellte fest, daß die Bibelstellen über die Schöpfung der Welt sowohl Gott als auch Christus als Schöpfer bezeichneten.

Doch als Judith die Stellen entdeckte, wo von der Anbetung Gottes die Rede war, begann sie, eine überwältigende Freude in sich zu verspüren.

Die Bibel stellte eindeutig klar, daß Gott es nicht zuließ, daß ein anderer als er selbst angebetet wurde. Er war ein eifernder Gott. Der Mensch durfte nur einen Gott anbeten: den Gott der Bibel.

Gottes auserwähltes Volk hatte diese Lektion mühsam durch manches Leid und den Verlust von Land und Menschenleben lernen müssen. Unter der Fremdherrschaft der Babylonier hatten sie sich endlich von ihrem Götzendienst abgewandt. Gott duldete keine Anbetung falscher Götter.

Doch die Anbetung seines Sohnes Jesus Christus ließ er nicht nur zu, sondern er forderte sie geradezu. Die Pharisäer und Schriftgelehrten hatten Jesus nicht als Gott akzeptiert und ihn als Gotteslästerer und Schwindler bezeichnet.

„Wenn sie nur begriffen hätten, was es mit der Dreieinigkeit auf sich hat", sagte sich Judith, „dann hätten sie an Jesus Christus glauben können, ohne das Gefühl zu haben, dem Vater untreu geworden zu sein."

In dem Brief des Paulus an die Philipper fand Judith folgende Aussage: „Darum hat ihn auch Gott erhöht und hat ihm den Namen gegeben, der über alle Namen ist, daß in dem Namen Jesu sich beugen sollen aller derer Knie, die im Himmel und auf Erden und unter der Erde sind, und alle Zungen bekennen sollen, daß Jesus Christus der Herr sei, zur Ehre Gottes, des Vaters“ (Philipper 2,9-11).

Seite um Seite füllte Judith mit ihren Notizen über Bibelstellen, wo Christus angebetet wurde, wo er die Anbetung seiner Person geschehen ließ und Gott seine Anbetung anordnete.

„Sie müssen einfach eine Einheit bilden!“ rief Judith aus. „Eine andere Erklärung gibt es nicht. Gott würde niemals seine Ehre mit einem geringeren Wesen teilen.“

Nun war Judith befriedigt. Die Dreieinigkeit konnte sie noch immer nicht erklären. Drei Personen und dennoch eine Einheit. Aber Judith war jetzt von einer tiefen Zufriedenheit erfüllt. Jesus Christus war kein Schwindler gewesen. Er war nicht nur der Sohn Gottes, er war Gott selbst. Er war wesensmäßig und im Geiste eins mit dem Vater.

Judith ließ ihren Freudentränen freien Lauf.

„Mein Glaube ist wiederhergestellt“, flüsterte sie und legte ihre Bibel liebevoll beiseite. Dann verbesserte sie sich schnell: „Nein, nicht wiederhergestellt. Er ist gestärkt worden.“

Nachdem sie viel darüber nachgedacht und gebetet hatte, ging Judith zu Big John und brachte ihm ihre Notizen, die sie ihm in vereinfachter Form auf ein paar Blatt Papier aufgeschrieben hatte. Mit einer Ernsthaftigkeit, die neu an ihr war, reichte sie ihm die Blätter.

„Hier haben Sie die Grundlage für das, was ich glaube“, begann sie. „Ich hoffe, Sie werden sich die Zeit nehmen, um meine Notizen zu lesen. Diese Anhaltspunkte bilden das Fundament eines lebendigen Glaubens. Jesus Christus ist tatsächlich Gott. Die Dreieinigkeit existiert wirklich. Ich kann sie zwar immer noch nicht mit menschlicher Logik erklären, aber ich bin felsenfest davon überzeugt, daß Gott der Vater, Gott der Sohn und der Heilige Geist eine Einheit darstellen."

Der hochgewachsene Mann nahm die Notizen entgegen, ohne sich darüber zu äußern, und brummte dann etwas über das Wetter, sein Rheuma und seine nörglerische Schwester. Judith durchschaute dies als Ausweichmanöver. Sie lächelte freundlich, kaufte ihre Tüte Plätzchen und verließ den Laden.

Judiths Vorratsregal war nun so gut wie leer. Am Abend zuvor hatte sie ihre letzten Eier aufgebraucht. An Lebensmitteln besaß sie nur noch ein paar Plätzchen, die sie für ihre Gäste zum Tee gekauft hatte, ein paar Teelöffel Zucker und Tee, der noch für höchstens eine Kanne reichen würde..

„Herr, ich weiß einfach nicht, was ich tun soll", gestand sie ihrem himmlischen Vater. „Ich kann doch nicht betteln gehen. Aber du willst auch bestimmt nicht, daß ich verhungere. So ungern ich's auch tue, Herr, so werde ich heute wohl oder übel jemanden besuchen müssen. Ich ... ich hatte mir zwar fest vorgenommen, niemals wegen einer Mahlzeit einen Hausbesuch zu machen, aber diesmal ..."

Judith beschloß, trotz der Kälte ihr Gespann zu holen und zu den Reillys zu fahren. Wie sie Frau Reilly kannte, würde diese sie bestimmt auf der Stelle zum Essen einladen und ihr obendrein noch Eier und Milch mit nach Hause geben. Auf diese Weise würde Judith wenigstens für die nächsten paar Tage zu essen haben.

„Vielleicht sollte ich ihr einfach sagen, warum ich komme", meldete Judiths Gewissen sich. Sie zog ihren warmen Mantel an und wickelte sich einen Schal um den Hals. Dann streichelte sie Walter zum Abschied, vergewisserte sich, daß das Feuer eingedämmt war, und ging zur Tür.

Der Gedanke daran, in die bittere Kälte hinauszugehen, ließ sie schaudern. Sie holte tief Luft und schickte sich an, die Tür zu öffnen. Die Türränder waren im Rahmen festgefroren. Judith drückte fester dagegen, bis die Tür nachgab.

Ihr Atem flog in silbernen Wölkchen ins Freie hinaus. „Bei einer solchen Kälte jagt man nicht mal einen Hund hinaus!" sagte sie, während sie die Tür fest hinter sich schloß.

Doch als Judith sich umdrehen wollte, um loszugehen, stieß ihr Fuß gegen etwas am Boden. Voller Entsetzen dachte sie an Herrn Travis. Ihn hatte sie ja schon einmal vor ihrer Haustür vorgefunden. Wenn er nun hier am Boden liegen sollte, wäre er stocksteif gefroren.

Doch es war nicht Herr Travis, sondern ein kleiner, vollgepackter Korb, dessen braune Papierhülle von einer dünnen Schicht Pulverschnee bedeckt war.

Verwundert hob Judith den Korb auf. Sie hatte doch niemanden klopfen gehört! Mit dem Korb ging sie in ihre Küche zurück und riß das braune Papier auf.

„Lebensmittel!" rief sie voller Freude aus und konnte kaum ihren Augen trauen. „So was gibt's doch nicht! Lebensmittel!"

Der Korb enthielt eine kleine Tüte Zucker, eine Tüte Mehl, Gemüse, Käse und Brot.

„Wem verdanke ich das alles bloß?" fragte sie sich. „Wer hat mir wohl den Korb vor die Tür gestellt?"

Dann kam ihr leise eine Verheißung aus der Bibel in den Sinn: „Mein Gott aber wird ausfüllen all euren Mangel nach seinem Reichtum in Herrlichkeit in Christus Jesus." (Philipper 4,19)

„Danke, Herr!" flüsterte Judith. „Danke!" Und sie stellte den Korb auf den Küchentisch und fiel vor einem Stuhl auf die Knie.

„Verzeih mir meine Zweifel, Herr!" weinte sie. „Ich hätte doch wissen sollen, daß du für mich sorgen würdest."

Judith teilte sich die Lebensmittel sorgfältig ein. Sie würde sich viele Tage davon ernähren können, wenn sie sparsam damit umging.

Doch in der Woche darauf fand sie einen zweiten Korb mit Lebensmitteln vor ihrer Tür.

Wer mag nur dahinterstecken? fragte sie sich. *Es muß irgend jemanden geben, der sich als Engel der Barmherzigkeit betätigt!*

Von jetzt an bekam Judith den Rest des Winters über jede Woche einen Korb mit Lebensmitteln. In ihrer Gemeinde wußte niemand etwas davon, als sie von Gottes wunderbarer Hilfe in ihrer Not erzählte. Judith hatte schon insgeheim auf Sophie getippt, doch diese war ja selbst nur mit Mühe und Not in der Lage, ihre Kinder zu ernähren. Ob es Carl war? Er hatte sich stets um ihr Wohlergehen gekümmert. Doch Carl war genauso erstaunt wie alle anderen, als er von Judiths Proviantlieferungen hörte. Auch die Reillys konnten es nicht gewesen sein. Sie hätten ihr sofort und ganz offen geholfen, wenn sie geahnt hätten, in welcher Not Judith sich befunden hatte; das hatte Frau Reilly ihr versichert.

Auch andere waren überrascht, daß Judiths Vorräte so mager gewesen waren.

„Aber die Plätzchen?“ fragte Frau Cummings. „Sie hatten doch immer gekaufte Plätzchen!“

„Das war das einzige, was ich mir leisten konnte“, gestand Judith. „Ich hatte einfach nicht genug Geld, um alle Backzutaten gleichzeitig anzuschaffen.“

„Ach, Sie Ärmste!“ jammerte Frau Reilly. „Und keiner hat etwas davon geahnt! Ich mache mir ja die größten Vorwürfe, daß wir Sie so hungern ließen!“

Doch Judith lächelte nur.

„Sie trifft doch keine Schuld“, versicherte sie ihren Zuhörern. „Gott meinte es am Ende doch nur gut mit mir. Ich habe in diesem Winter mehr über Gottvertrauen gelernt als je zuvor. Ich habe gelernt, daß mein ganzes Leben in Gottes Hand steht.“

Zu den wöchentlichen Lebensmitteln bekam Judith nun auch von ihren Gemeindemitgliedern häufiger etwas Eßbares zugesteckt: ein Bündel Möhren, einen kleinen Sack Kartoffeln, ein paar Gläser Eingemachtes, hin und wieder ein Brathuhn oder ein Stück Rindfleisch und oft, sehr oft sogar, Eier und Milch. Doch nicht genug damit: Die Sonntagskollekte fiel von jetzt an reichlicher aus.

*

Aus einem Brief von Ruth erfuhr Judith, daß die beiden Schwestern, die bei der letzten Konferenz als *Anerkannte Die-*

nende Schwestern ausgesandt worden waren, ihre Posten inzwischen angetreten hatten. Verna, die im Jahr zuvor ihren Dienst aufgegeben hatte, war nun mit dem Gemischtwarenhändler ihres Einsatzortes verheiratet. Er war schon älter und hatte aus erster Ehe zwei Kinder.

Judith schmunzelte.

„Nicht auszudenken, wenn ich mit *unserem* Gemischtwarenhändler verheiratet wäre“, amüsierte sie sich. „Da würden die Fetzen aber fliegen!“

Trotzdem betete Judith regelmäßig für Big John McMann. Ob es allerdings etwas nützte, wußte sie nicht.

Seine Schwester dagegen schien mit der Zeit ein wenig aufzutauen. Vera McMann begrüßte sie immer herzlich, wenn sie in den Laden kam, und einmal die Woche kam sie sogar zum Tee.

Dennoch verbat sich die Frau das Thema „Religion“, und Judith litt darunter, daß es ihr nicht möglich war, Vera die Grundlagen ihres Glaubens zu erläutern.

„Herr“, betete sie, „wie wär’s, wenn wir uns die Arbeit teilten: Ich erweise ihr einfach nur Nächstenliebe, und du redest zu ihrem Herzen.“

Und so wurde Judith nicht müde, Tee einzuschenken und über das Wetter zu reden, über die gegenwärtige Grippeepidemie und über die Nachrichten, die Vera im Radio gehört hatte.

Judith hatte sich schon gefragt, ob ihre Nachbarin etwa diejenige sein könnte, die die Proviantkörbe an ihre Tür brachte, doch nach einer offenen Aussprache war sich Judith darüber im klaren, daß Fräulein McMann nichts mit den Lebensmitteln zu tun hatte.

Judiths Besuche bei Sophie und den Kindern gehörten zu den schönsten Stunden der Woche. Die vier fehlten nun keinen Sonntag mehr in der Kirche. Bevor Sophie zum Gottesdienst ging, hängte sie mutig ein Schild ins Fenster: „Wegen Gottesdienst geschlossen.“ Anfangs hatte sie befürchtet, daß sie nun mit Einbußen im Geschäft zu rechnen haben würde, doch sie berichtete der kleinen Gemeinde überglücklich, daß ihre Einkünfte neuerdings sogar gestiegen waren.

An einem Tag im Vorfrühling, als es von den Dächern tropfte und die engen Straßen des Städtchens von schlammigen Rinnsalen gesäumt waren, beschloß Judith, ihre Gummistiefel anzuziehen und einen Spaziergang in den Wald zu machen.

Seit ihrem letzten Besuch an dem Bach, den sie so sehr liebte, war viel Zeit vergangen. Bestimmt strotzte er jetzt geradezu vor Leben, seit die Sonne ihn mit Schmelzwasser fütterte.

Fest in ihren alten Mantel eingehüllt, fand Judith den Bach genauso vor, wie sie ihn sich vorgestellt hatte. Hier und da hatte er sich durch das Wintereis und die Schneedecke einen neuen Weg nach Süden gebahnt, wo er sich in den Hügeln verlor.

Judith suchte ihren Lieblingsbaumstamm und setzte sich darauf, um in das Blau des Himmels über ihrem Kopf zu schauen.

„Da liegt nun wieder ein Winter hinter mir, Herr", betete sie still. „Daß ich es geschafft habe, verdanke ich nur dir und deiner Fürsorge. Jetzt steht wieder ein neues Frühjahr vor der Tür. So herrlich das auch ist, so wird es doch kein reines Zuckerlekken werden. Eine Zeitlang wird uns der tiefe Schlamm zu schaffen machen. Ich werde nicht viele Hausbesuche machen können. Ich hoffe sehr, daß mein Garten dieses Jahr ertragreicher wird – obwohl ... du hast mich ja auch ohne ihn durch den letzten Winter gebracht. Trotzdem kann ich wohl kaum erwarten, daß die Lebensmittellieferungen bis in Ewigkeit vom Himmel fallen. Ach, Herr, ich danke dir so sehr für sie. Sie sind mir wesentlich lieber, als mein Essen von Rabenschnäbeln geliefert zu bekommen." Sie machte eine kleine Pause und malte sich aus, wie ihr himmlischer Vater auf seinem herrlichen Thron über ihren kleinen Scherz lächelte.

„Es war ein gutes Jahr. In mancher Hinsicht auch ein sehr schweres – aber du hast mich so viele Dinge gelehrt. Es war schwer, Nicky zu verlieren – aber wunderbar, Sophie als Schwester im Glauben zu gewinnen. Und danke für Frau Woodrow. Ich staune immer wieder, wie sehr sie im Glauben gewachsen ist, seitdem sie dir ihr Leben übergeben hat. Es tut mir so leid, daß ich ihren Mann vor seinem Tod nicht zu dir führen konnte. Andererseits weißt nur du allein, was in seinem

Herzen vor sich ging, bevor er den Schritt in die Ewigkeit getan hat.

Ich bin dir dankbar dafür, daß du Carl hierher gebracht hast. Er ist mir eine große Stütze. Ich bin froh, daß er so schnell akzeptiert hat, daß es bei einer unverbindlichen Freundschaft zwischen uns bleiben muß. Er ist so ein guter Freund, Herr!

Was mir wohl die meisten – und häufigsten – Sorgen gemacht hat, Herr, das ist die Sache mit Familie Travis. Irgendwie muß es doch eine Lösung für dieses Problem geben! Kann denn niemand etwas unternehmen, damit es keine Katastrophe gibt? Wenn ich einschreiten soll, auch über Frau Travis' Wunsch hinweg, dann mach du mir das bitte deutlich!

Und dann sind da Big John und seine Schwester, Herr. Es ist mir irgendwie nicht gelungen, ihnen das Evangelium näherzubringen. Ich scheine überhaupt keine Fortschritte in dieser Hinsicht gemacht zu haben – obwohl Fräulein McMann ja inzwischen sehr nett zu mir ist. Sie scheint mich sogar regelrecht gern zu haben. Wenn du ihr einfach deine Liebe durch mich zeigen willst, Herr, so bin ich dazu bereit.

Und Big John? Der ist so bärbeißig wie eh und je, wenn ich in den Laden komme – obwohl er mich jetzt nicht mehr ständig wegen meines Missionsdienstes auf die Schippe nimmt. Dafür bin ich dankbar. Ob er wohl je die Bibelstellen nachgelesen hat, die ich ihm aufgeschrieben hatte? Das weißt nur du allein, Herr.

Und danke, daß du Ruth bewahrt hast, und auch die beiden Neuen. Bewahre auch Morris, wenn er nun bald nach Afrika fährt. Ruth schreibt, daß er vor seiner Ausreise noch heiraten will. Ich hätte nie gedacht, daß er sich je die Zeit nehmen würde, sich eine Frau zu suchen – aber bei dir sind Wunder ja an der Tagesordnung.

Sei doch mit jedem Mitglied meiner kleinen Gemeinde. Ich danke dir für Herrn und Frau Reilly. Frau Reilly ist mir wie eine Mutter – und manchmal vermisse ich meine leibliche Mutter dadurch um so mehr. Aber es ist eine Wohltat, sie zu haben, Herr. Ich bin so froh, daß ich eine so mütterliche, kluge Frau in der Gemeinde habe, mit der ich über alles reden kann.

Sie steht schon viele Jahre lang in deiner Nachfolge, Herr. Wenn ich mit Sophie zusammen bin, dann ist sie mir eher wie eine Schwester.

Und Herr“, sagte Judith plötzlich zögernd, „sei auch mit Sam, wo immer er auch gerade sein mag. Hilf ihm doch, seine Verbitterung zu überwinden ... was sie auch verursacht haben mag, und hilf ihm, offen für dich zu werden. Er braucht dich doch, Herr ... und ich weiß, daß du ihn trotz allem noch liebst.“ Erneut hielt Judith inne. „Und manchmal ... manchmal fürchte ich, daß auch ich ihn liebe“, fügte sie flüsternd hinzu.

Mit Tränen in den Augen beendete Judith ihr Gebet. Sie verstand selbst nicht, warum sie den Mann nicht vergessen konnte, der ihr Herz so voll und ganz beschlagnahmt hatte und den sie doch nicht lieben durfte.

Der Brief

Zu Beginn des Sommers legte Judith ihren Garten an, nachdem Carl das Beet für sie umgegraben hatte. Sie hoffte inständig, daß die Saat in dem nun unkrautfreien Beet um so besser gedeihen würde.

„Wenn die Ernte gut wird, gebe ich Ihnen davon ab“, hatte sie Carl versprochen.

„Nicht nötig“, versicherte er ihr. „Meine Mutter legt jedes Jahr einen Riesengarten an, und sie schickt mir ihre Erzeugnisse immer gleich fertig eingekocht.“

„Solche Versprechungen kann ich leider nicht machen“, hatte sie lachend gesagt und sich herzlich bei Carl für seine Hilfe bedankt.

Der Garten gedieh tatsächlich viel besser als im Jahr zuvor. Judith rechnete damit, sich den gesamten Winter über von ihrem selbstgezogenen Gemüse ernähren zu können.

„Mein Papa ist krank.“ Eine Kinderstimme riß Judith aus ihren Gedanken. Sie war gerade damit beschäftigt, die Erde zwischen den Möhrenreihen aufzulockern.

Judith hob den Kopf. Neben ihr stand Rena.

„Krank? Was hat er denn?“ fragte sie. Ob Herr Travis seine Frau wohl wieder verprügelt hatte?

„Er muß andauernd brechen und ist so schwach, daß er nicht aufstehen kann“, antwortete Rena.

„Braucht deine Mutter Hilfe?“ fragte Judith.

„Sie hat gesagt, ich soll Sie holen.“

„Und Dr. Andrew? Sollen wir ihn auch verständigen?“

Rena schüttelte den Kopf.

„Aber ich kann doch gar nichts für einen Kranken tun“, sagte Judith.

„Das sollen Sie auch gar nicht. Mama will einfach nur, daß Sie bei ihr sind“, sagte das Kind. Judith ging in ihre Küche, um die Erde von ihren Händen abzuwaschen und sich eine leichte Jacke zu holen.

„Komm, gehen wir!“ sagte sie zu Rena, und die beiden machten sich auf den Weg zu der Travis-Farm.

Herr Travis befand sich in einem viel schlechteren Zustand, als Judith befürchtet hatte. Rena hatte recht gehabt: Er war krank, ernstlich krank. Sein Gesicht war eingefallen, seine Haut hatte einen gelblichen Schimmer, seine Augen waren trübe und schienen nichts wahrzunehmen. Hin und wieder wälzte er sich in seinem Bett hin und her, um dann entkräftet dazuliegen. Der Schweiß stand ihm in dicken Perlen auf der Stirn.

Frau Travis sagte nichts, als Judith sich neben sie setzte. Eine Zeitlang saß Judith schweigend da und umfaßte dann die dünne Hand der Frau.

„Ich koche Ihnen einen Tee!“ flüsterte sie und ging in die Küche.

Sie brachte Frau Travis den Tee und hielt mit ihr Wache. Hin und wieder sagte sie mit leiser Stimme einen Psalm aus dem Gedächtnis auf. Draußen wurden die Schatten immer länger.

„Die Kinder brauchen ihr Abendessen“, murmelte Frau Travis müde.

Judith ging in die Küche, um eine Mahlzeit für die Kinder herzurichten. Die Regale waren fast so leer wie Judiths im vergangenen Winter. Sie fand jedoch genug Zutaten für ein paar Pfannkuchen, und bald breitete sich ein leckerer Duft in der Küche aus.

Timmie und Rena fielen hungrig über das Essen her, und Judith backte weiter, bis die beiden keinen Bissen mehr wollten. Als nächstes machte sie einen Teller für Frau Travis zurecht, doch diese stocherte nur lustlos in ihrem Essen herum. Judith redete ihr zu, doch wenigstens eine Kleinigkeit zu probieren, auch wenn ihr nicht danach zumute war.

Schließlich nahm Judith den Teller wieder mit in die Küche und spülte das Geschirr. Anschließend half sie den Kindern, sich zum Schlafengehen fertigzumachen, und erzählte ihnen dann die Geschichte von den Kindern, die von Jesus gesegnet wurden.

Als sie sich vergewissert hatte, daß die beiden eingeschlafen waren, kochte Judith noch einen Tee für Frau Travis und reichte ihr eine Tasse davon. Dann rückte sie sich einen Stuhl neben ihr zurecht. Der Patient lag nun still in seinem Bett. Das Erbrechen hatte aufgehört. Jeder Atemzug schien ihn große Anstrengung zu kosten. Judith empfand eine fast unerträgliche Beklemmung. Mußten sie etwa tatenlos zuschauen, wie er starb?

„Soll ich nicht doch Dr. Andrew holen?“ fragte sie Mrs. Travis erneut.

„Er war doch schon hier“, erwiderte die Frau mit einem Seufzer. „Er kann ihm auch nicht mehr helfen. Es ist nur noch eine Frage der Zeit.“

Die Frau nahm die kraftlose Hand des Mannes in ihre und strich zärtlich, liebevoll darüber. Judith konnte es nicht begreifen.

„Sie fragen sich wohl, wie es möglich ist, daß ich ihn trotz allem noch lieben kann“, sagte sie. „Wissen sie, ich habe ihn nicht immer geliebt. Es hat eine Zeit gegeben, da habe ich ihn gehaßt – so furchtbar gehaßt, daß ich ihn am liebsten umgebracht hätte. Ich konnte es nicht ertragen, wie die Kinder unter ihm leiden mußten.“

Eine Zeitlang schwieg sie. Dann fuhr sie fort.

„Aber eines Tages las ich in meiner Bibel, weil ich auf der Suche nach irgendeinem Sinn des Lebens war, und da stolperte ich über einen Vers, wo es heißt, daß wir anderen vergeben müssen, wenn wir wollen, daß Gott uns vergibt. Das hat mir zu denken gegeben. Ich machte mir klar, daß ich ihm verzeihen mußte, wenn ich je Frieden mit Gott haben wollte.“ Ihr Blick ruhte auf dem ausgezehrten Körper ihres Mannes. „Auch wenn er mir das Leben zur Qual gemacht hat“, fuhr sie fort. „Zuerst hätte ich nicht gedacht, daß ich's schaffe. Und aus eigener Kraft hätte ich's auch nicht schaffen können. Aber Gott hat mir geholfen. Ich habe meinem Mann verziehen. Und als ich ihm erst verziehen hatte, da konnte ich ihn auch wieder lieben.

Natürlich nicht von einem Tag auf den anderen. Und nicht so, wie ich den jungen Mann einmal geliebt hatte, der mich vor vielen Jahren gebeten hatte, seine Frau zu werden. Eher so, wie eine Mutter liebt, mitleidig und fürsorgend. Er hat ja nicht nur uns wehgetan, sondern auch sich selbst. Manchmal denke ich, daß er selbst am meisten von uns allen gelitten hat."

Wieder hielt sie inne.

„So kam es also, daß ich zwar Angst vor ihm hatte und meinen Respekt vor ihm verloren hatte, aber ich haßte ihn nicht mehr. Ich liebte ihn ... auf eine andere Weise."

Judith glaubte zu verstehen. Irgendwie begann auch sie, Liebe und Mitleid für diesen gebrochenen, hoffnungslosen Mann zu empfinden.

„Diesmal wird er nicht durchkommen", fuhr die Frau seufzend fort, „und ich kann Ihnen kaum sagen, wie traurig ich bin. Er ist nämlich nicht bereit für die Ewigkeit. Er hat noch keinen Frieden mit seinem Schöpfer gemacht. Es gibt nichts mehr, was ich noch für ihn tun könnte. Er hatte ja die Wahl. Jetzt muß er die Konsequenzen selbst tragen. Ich habe unzählige Male dafür gebetet, daß er noch eine Chance bekommt ... eine einzige Chance, um noch mal von vorn anzufangen. Und Gott hat meine Gebete erhört, immer wieder. Jetzt ist mir klar, daß er sich einfach nicht ändern wollte, ganz gleich, wie viele Chancen er noch bekommen würde." Bisher hatte sie gefaßt und ruhig gesprochen, doch nun brach ihr die Stimme und wurde zu einem Schluchzen. „Es ist so schwer, der Wahrheit ins Auge zu sehen ... aber ... ich muß ihn jetzt aufgeben. Es ist doch sinnlos, den Kindern noch mehr Elend zuzumuten."

Tränen rannen ihr über das Gesicht, während sie die reglose Hand ihres Mannes streichelte. Judith empfand tiefes Mitleid mit beiden: mit der Frau in ihrem großen Kummer und dem Mann, der geistlich gesehen schon tot war. Sie stand auf und ging, nach dem Feuer sehen.

„O Vater im Himmel", betete Judith, als sie allein war, „ich habe so oft dafür gebetet, daß das Leid, das Elend in dieser

Familie ein Ende nähme – aber doch nicht so, Herr! Gibt es denn keine andere Möglichkeit mehr? Hat sie etwa recht? Hat er seine letzte Chance vertan?"

Judith legte frisches Brennholz nach und ging eine Zeitlang in der kleinen Küche auf und ab, bevor sie sich wieder neben Annie Travis setzen konnte.

Die ganze Nacht wachten sie bei ihm. Um zwei Uhr am nächsten Nachmittag tat er seinen letzten mühsamen Atemzug und lag still da. Judith wußte, daß er tot war. Auch Frau Travis wußte es. Doch keine Träne fiel. Die Frau stand nur auf und zog das Laken über das Gesicht ihres Mannes.

„Es ist vorbei!" sagte sie bekümmert. „Jetzt können Sie Dr. Andrew holen. Er muß den Totenschein ausstellen."

Judith nickte und machte sich auf den Weg ins Dorf.

„Ach, Herr Jesus", betete sie, „wenn er doch nur seinen Frieden mit dir gemacht hätte! Ich hatte nicht gewollt, daß es so endet. Ich hatte so sehr gehofft und gebetet ..." Doch schweren Herzens mußte Judith einsehen, daß es für Wilbur Travis keine Rettung mehr gab.

Der Postbeamte reichte Judith einen Brief. Sie drehte ihn verwundert in den Händen. Die Handschrift war ihr unbekannt. *Vielleicht ist er von jemandem in der Kirchenleitung, der eine Veranstaltung ankündigen will,* überlegte sie auf dem Heimweg. *Die Handschrift kenne ich jedenfalls nicht. Von meinen Bekannten kann es niemand sein.*

Es waren nur ein paar Zeilen. Ihr Blick wanderte zum Schlußsatz voraus. Der Brief war nur mit *Sam* unterschrieben.

Judiths Herz pochte schneller. *Was hat Sam mir denn mitzuteilen?* fragte sie sich.

Liebes Fräulein Judith! schrieb er,

Vermutlich kommt dieser Brief sehr überraschend für Sie. Vielleicht haben Sie mich ja längst vergessen, aber ich versichere Ihnen, daß ich Sie keineswegs vergessen habe. Tante

Moll hat mich über Sie und Ihre Arbeit auf dem laufenden gehalten.

Leider mußte mein alljährlicher Farmbesuch in diesem Jahr ausfallen; auch das Herbstpicknick mußte ich mir entgehen lassen. Ich wäre liebend gern dabeigewesen, aber ich habe in letzter Zeit sehr viel zu tun gehabt.

Ich habe vor, das kommende Wochenende auf der Farm zu verbringen. Darf ich Sie bei dieser Gelegenheit wiedersehen? Ich habe einiges mit Ihnen zu besprechen, und ein Brief erscheint mir dafür ungeeignet.

Bitte sagen Sie mir über Tante Moll Bescheid. Sie wird am Donnerstag wie gewöhnlich zum Einkaufen ins Dorf fahren, und sie hat mir versprochen, bei Ihnen vorbeizuschauen. Ein einfaches Ja oder Nein genügt – wenn ich auch von ganzem Herzen auf ein Ja hoffe.

Mit herzlichen Grüßen

Sam

⁕

Judith war verwirrt und überglücklich zugleich. *Sam kommt nach Hause, und er hat etwas mit mir zu besprechen. Wo hat er nur die ganze Zeit gesteckt? Warum hat Frau Reilly seit Monaten kein Wort über ihn verloren?*

Sie rätselte unablässig an dem Brief herum. Zum Glück war heute Donnerstag. Sie hätte es bestimmt nicht ausgehalten, auch nur einen einzigen Tag auf eine Erklärung warten zu müssen.

Als Frau Reilly kam, um für Judith Eier und Milch abzuliefern, fragte sie mit einem wissenden Lächeln: „Haben Sie einen Brief bekommen?“

Judith nickte.

„Ja, aber ich kann mir einfach keinen Reim darauf machen. Sam hat nicht geschrieben, wo er steckt. Das Ganze ist mir ein Rätsel. Was ist denn eigentlich los?“

„Um es gleich zu sagen, Judith“, begann Frau Reilly, „Sam

hat mir das Versprechen abgenommen, daß ich nichts verraten würde, bis er den richtigen Zeitpunkt für gekommen hielt. Anscheinend ist es jetzt soweit. Am Wochenende will er kommen."

Judith spürte ihr Herz hämmern, doch sie war nach wie vor verwirrt.

„Ja, das weiß ich. Ich soll ... ich soll Ihnen sagen, ob ich zu einem Treffen mit ihm bereit wäre."

„Und wie lautet Ihre Antwort?"

„Aber natürlich bin ich bereit dazu", antwortete Judith schnell und errötete. „Ich meine ... ich habe oft an ihn gedacht ... wie es ihm wohl gehen mag und so."

Erneut lächelte Frau Reilly.

„Und wann?" fragte sie.

„Wann ... wann wird er mich denn treffen wollen?"

„Nun, vermutlich sobald wie möglich. Er kommt Freitag an. Morgen, gegen vier, denke ich. Er kann Sie abholen und mit Ihnen zum Essen zu uns kommen."

„Nein", widersprach Judith, einem plötzlichen Einfall folgend. „Bitte sagen Sie ihm doch, daß ich ihn um ... um fünf an der Angelstelle treffen möchte. Er weiß schon, welche ich meine", erklärte sie hastig.

Lächelnd beugte sich Frau Reilly vor, um Judith einen Kuß auf die Stirn zu drücken.

„Sam wird sich freuen. Und wenn Sie mit Ihrer kleinen Unterhaltung fertig sind, kommen Sie zum Abendessen zu uns!" lud sie Judith ein. „Wissen Sie was? Richten Sie sich doch einfach gleich darauf ein, bei uns zu übernachten. Vielleicht möchten wir den Samstag ja gemeinsam verbringen."

Judiths Verwirrung war groß, als Frau Reilly gegangen war, doch sie hatte wenig Zeit, um an den Ereignissen des nächsten Tages herumzurätseln. Wenn sie den Samstag tatsächlich bei den Reillys verbringen wollte, mußte sie ihre Sonntagslektionen schon heute vorbereiten. Sie machte sich unverzüglich an die Arbeit, so schwer es ihr auch fiel, sich darauf zu konzentrieren.

Gemeinsam im Dienst

Mit großer Mühe gelang es Judith, ihre Gedanken ausreichend beieinanderzuhalten, um ihre Sonntagsschullektion und ihre Predigt auszuarbeiten. Es blieb sogar noch etwas Zeit, sich die Haare zu waschen und diese anschließend zu bürsten, bis sie glänzten.

Sie bügelte ihren besten Rock und band eine Schleife an ihre Lieblingsbluse. Dann wichste sie ihre abgetragenen Laufschuhe mit dem letzten Rest ihrer Schuhcreme.

Ich weiß gar nicht, weshalb ich mich so herausputze, schalt sie sich aus. Doch im Grunde ihres Herzens wußte Judith es sehr wohl. Sam kam nach Hause! Sie wußte zwar nicht, warum er um ein Wiedersehen mit ihr gebeten hatte, doch es genügte ihr, daß er es getan hatte.

Bis vier Uhr gelang es Judith, einigermaßen gelassen zu bleiben, doch dann gab es kein Halten mehr. Sie würde zwar nur etwas über eine halbe Stunde bis zu dem Treffpunkt am Bach brauchen, doch was sprach schon dagegen, wenn sie ein wenig früher dort eintraf? *Sam wird nichts von meiner Ungeduld merken. Er kommt ja erst um fünf*, sagte sie sich.

Mit brennenden Wangen und klopfendem Herzen machte sich Judith auf den Weg.

Es war ein herrlicher Sommertag. Träge krochen ein paar Wolken über den Himmel; sie glichen einer Herde Schafe auf einer Weide aus tiefstem Blau. *Die dort sieht aus wie ein Pferd im Galopp*, fand sie. *Und diese wie eine Rose mit silbernen Blütenblättern. Oh, und jetzt wird ein Frosch daraus, der gleich einen Riesensatz machen will.* Judith mußte über ihre eigene Phantasie lachen und versuchte, ihre Schritte ein wenig zu verlangsamen.

„Es schickt sich nicht, so eine Eile an den Tag zu legen, wenn man sich mit einem jungen Mann treffen will“, schalt sie sich.

Die Heckenrosen erfüllten die Sommerluft mit dem Duft ihrer Blüten und luden die Honigbienen dazu ein, ihren Durst an den vollen Trögen zu löschen. Judith schaute lächelnd zu, wie sie von einer Blüte zur anderen summten.

Sie hatte vor, sich im Schatten der Pappeln am Bach ins Gras zu setzen, um ihrer Nervosität dort in aller Ruhe Herr zu werden, bevor Sam eintraf. Doch zu ihrer großen Überraschung war er schon da. Er wartete genau an dem Fleck auf sie, wo sie gehofft hatte, ihre Aufregung in den Griff zu bekommen.

„Guten Tag!“ begrüßte sie ihn schüchtern. „Wir haben uns lange nicht gesehen.“

Sam kam auf sie zu und nahm ihre Hand in seine.

„Das stimmt“, sagte er, wobei er tief in Judiths Augen hineinsah. Schließlich ließ er ihre Hand los und führte sie an den Platz, wo er seine Jacke auf einem umgestürzten Baumstamm ausgebreitet hatte.

„Hier, setzen Sie sich doch!“ forderte er sie auf. In seiner Stimme lag großer Eifer. Und Judith war nur zu dankbar für eine Gelegenheit zum Hinsetzen.

„Sie haben sich überhaupt nicht verändert“, bemerkte Sam eine Spur zaghaft und fügte dann leise hinzu: „Das freut mich.“

Judith spürte, wie ihr die Röte in die Wangen stieg. *Sie haben sich auch nicht verändert*, wollte sie sagen. Noch immer schlug ihr Herz in seiner Gegenwart schneller, noch immer errötete sie. *Aber nein, das stimmt nicht ganz. Sie haben etwas Neues an sich. Ich weiß noch nicht recht, was es genau ist, aber ... Sie erscheinen mir irgendwie ... irgendwie ...*

Doch da fing Sam an zu sprechen.

„Meine Güte, da hab’ ich meine kleine Rede nun regelrecht eingeübt, aber jetzt, wo ich sie tatsächlich halten will, da ... da weiß ich gar nicht, wie ich anfangen soll.“

Judith sah ihn fragend an.

Sam fuhr sich mit der Hand über den dichten Haarschopf und lachte nervös.

„Ach, vielleicht fange ich einfach am Anfang an. Ende der einstudierten Rede!"

Wieder lachte er und nahm Judiths Hand. Sie zog sie nicht gleich zurück, doch sie wunderte sich über seine Geste.

„Erinnern Sie sich noch an unsere erste Begegnung?" fragte Sam, und Judith nickte langsam. Diesen Tag würde sie wohl ihr Leben lang nicht vergessen.

„Also, Sie ... Sie haben mich damals sehr beeindruckt. Die Art, wie Sie meine Hänseleien aufnahmen. Der Ernst, mit dem Sie Ihren Missionsdienst taten. Andererseits machte es mir großes Kopfzerbrechen, daß Sie ... daß Sie das ‚Pfarramt' im Dorf ganz allein ausüben. Das paßte mir ganz und gar nicht in den Kram.

Sie müssen wissen, daß mein Vater Pfarrer war. Es hat eine Zeit gegeben, da ich vorhatte, auch Pfarrer zu werden, aber dann wurde meine Mutter krank. Sehr krank sogar – aber wir hatten kein Geld für einen Arzt. Wir mußten hilflos zusehen, wie sie von Tag zu Tag schwächer wurde."

Sam machte eine Pause. Judith konnte ihm ansehen, wie schmerzhaft die Erinnerung für ihn war.

„Und dann starb mein Vater vollkommen unerwartet. Er war immer der Starke, Verläßliche gewesen, aber plötzlich war er tot. Er starb an einem Herzinfarkt. Wir hatten kein Einkommen, keine Rente, kein Dach über dem Kopf. Wir mußten in eine winzige Zweizimmerhütte ziehen, und ich mußte mit ansehen, wie Mutters Gesundheit immer schwächer wurde."

Judith stiegen Tränen in die Augen. Sie konnte die Verzweiflung des kleinen Jungen gut nachempfinden.

„Kurz und gut, ich kam zu dem Schluß, daß ich keine Lust hatte, Pfarrer zu werden, wenn Gott so schlecht für seine Leute sorgt. Und das habe ich Mutter auch in aller Deutlichkeit gesagt."

Wieder hielt er inne.

„Onkel George und Tante Moll hörten von unserer Not. Sie kamen und holten uns beide zu sich auf die Farm, und da haben wir auch bis zu Mutters Tod gewohnt. Mutter war noch nicht lange tot, da bin ich in die Großstadt umgezogen und habe mir einen Beruf ausgesucht, der mich bis an mein Lebensende gut betucht halten würde.

Ich hatte eine gute Stellung, als ich Sie kennenlernte. Aber glücklich war ich nicht. Und Sie junges, schmächtiges Ding kämpften mit aller Kraft darum, eine Gemeinde hier in Gang zu bekommen. Ich sah ein, daß Sie die Last niemals allein zu tragen hätten, wenn ich – und andere junge Männer wie ich – nicht vor unserer Verantwortung davongelaufen wären. Das machte mir zu schaffen. Aber ich ließ mir nichts anmerken. Statt dessen kam ich auf die verrückte Idee, Sie von Ihrer Berufung wegzulocken.

Kurz und gut", fuhr er fort, „das hat auch nicht geklappt. Sie haben mir schleunigst den Kopf zurechtgerückt. Und außerdem mußte ich mir eingestehen, daß ich ziemlich arg von Ihnen enttäuscht gewesen wäre, wenn es funktioniert hätte. Ich erwartete wohl von Ihnen, stärker und engagierter zu sein, als ich es gewesen war. Aber die Tatsache blieb bestehen, daß Sie Ihrer Berufung treu geblieben waren, während ich meiner den Rücken gekehrt hatte. Das nagte an mir, Tag und Nacht.

Zum guten Schluß nahm ich mir vor, das zu ändern. Unglücklich war ich ohnehin schon. Da konnte ich geradesogut das tun, wozu ich einmal berufen worden war.

Als erstes bereinigte ich alles mit Gott. Dann tat ich das, was ich längst schon getan haben sollte."

„Sie meinen ... Sie meinen ...?" fragte Judith.

„Ich habe meinen Beruf an den Nagel gehängt und Theologie studiert."

Judiths Augen wurden groß.

„Dann sind Sie also jetzt Pfarrer?"

„Noch nicht ganz. Ich bin noch nicht mit der Ausbildung fertig."

„Oh", hauchte Judith kaum hörbar.

Seine Hand umspannte ihre fester.

„Was wird Tante Moll nur dazu sagen?" fragte sich Judith laut.

Sam lachte.

„Sie hat schon alles gesagt, was es dazu zu sagen gibt“, erzählte er.

„Dann weiß sie also Bescheid?“

„Von Anfang an.“ Er blinzelte in das helle Sonnenlicht hinein. Judith umfaßte seine Hand fester.

„Tante Moll hat mir kein Wort von alledem gesagt“, wunderte sie sich.

„Ich hatte sie ja auch gebeten, es nicht zu tun. Ich wollte mir hundertprozentig sicher sein“, erklärte er. „Sicher, daß ich aus den richtigen Motiven Pfarrer werde. Weil ich berufen war – nicht weil ich verliebt war.“

Judith spürte, wie sie wieder errötete.

„Und – sind Sie berufen?“ fragte sie leise.

„Ja. Dessen bin ich mir jetzt ganz sicher. Gott hat es mir auf vielfache Weise bestätigt. Ich fühle mich sehr unwürdig zu diesem Dienst, aber ich bin dazu bereit, mein Leben zu investieren. Gott wird mich zu seinem Werkzeug machen müssen. Aus eigener Kraft kann ich nichts tun.“

„Das ist ja wunderbar!“ jubelte Judith. „Kein Wunder, daß Sie mir das nicht per Post mitteilen wollten!“

Sam ließ ihre Hand los und stand auf. Einige Sekunden blickte er in den Bach.

„Das war nicht das, was ich Ihnen nicht schreiben wollte“, sagte er zögernd.

Judiths Augen weiteten sich. Sam nahm sie bei der Hand und half ihr auf die Füße.

Er stand dicht vor ihr. Sie spürte, wie ihr Herz klopfte. Eigentlich hätte sie ein paar Schritte zurückgehen sollen, um sich Platz zu verschaffen, um eine Perspektive zu gewinnen, doch sie blieb wie von einem Magnet angezogen stehen.

„Was ich Ihnen nicht schreiben wollte, das ist die Tatsache, daß ich Sie sehr gern mag, Judith. Sehr gern. Sie haben nicht nur meinen größten Respekt, sondern auch meine ... meine Liebe. Ich habe gehofft ... und gebetet, daß Sie mir die Erlaubnis geben würden, Sie zu besuchen ... und Ihnen zu schreiben, wenn ich fort bin ... und vielleicht, wenn Gott es will ...“

Judith stockte der Atem. Hatte sie soeben richtig gehört?

„Wäre das möglich, Judith?“ fragte er mit rauher Stimme.

Judith wollte antworten, doch sie fand keine Worte.

„Ich weiß, das kommt sehr überraschend für Sie. Ich habe kein Recht zu hoffen, daß Sie mir zugeneigt sind ... außer ... außer dem Ausdruck in Ihrem Blick vor langer Zeit, als Sie mir versprachen, für mich zu beten. Haben Sie gebetet, Judith?“

Noch immer sprachlos, nickte Judith.

„Hat Gott Ihre Gebete erhört?“ fragte er weiter.

„O ja. Oh, und wie!“ murmelte Judith überwältigt.

Sam faßte Judith bei den Schultern und sah ihr suchend in die hellbraunen Augen.

„Und wie lautet Ihre Antwort?“ drängte er.

Judith schluckte. Ihre Augen füllten sich mit Tränen, während sie Sams Blick erwiderte.

„Ich ... ich denke, die Antwort lautet: Ja“, flüsterte sie. „Gott hat Sie ein zweites Mal in seinen Dienst berufen. Und diesmal folgen Sie diesem Ruf. So ... so eine schöne Gebetserhörung habe ich noch nie erlebt!“ Judiths Augen glänzten vor Freude.

Sam lächelte und zog sie an sich.

„Ich bin ja so froh, daß Gott Gebete erhört“, flüsterte er, und Judith errötete.

„Ach, aber *darum* habe ich doch gar nicht gebetet“, protestierte sie hastig und löste sich aus seiner Umarmung. Ihr Kopf war bei dem Gedanken rot geworden, Sam könnte meinen, sie hätte um seine Liebe gebetet.

Doch Sam machte ihre Sorge mit zwei Worten zunichte: „Ich aber“, sagte er leise, während er sie wieder in die Arme schloß und sie zärtlich umarmt hielt. „Ich aber. Wenn es Gottes Wille ist.“

Nun lächelte Judith verlegen, während sie langsam die Arme um seinen Hals schlang.

Die Classic-Serie von Janette Oke